千歳くんは
ちとせ
7
ネ瓶のなか
Chitose kun ha ramune bin no naka.7
裕夢
[hiromu]
イラスト／raemz

「おはよう、朔」

合宿の夜

色めく朝に

Chitose kun ha Ramune bin no Naka

contents

東堂舞
［とうどう・まい］

千歳朔［ちとせ・さく］
眉目秀麗、才気煥発な元野球部。
芯に熱いものを持つ。

柊夕湖［ひいらぎ・ゆうこ］
天真爛漫で誰からも慕われる少女。
一夏を越えて、大人びた女性に。

内田優空［うちだ・ゆあ］
穏やかで包み込むような優しさを
持った少女。料理が得意。

青海陽［あおみ・はる］
小柄で活発な体育会系少女。
女子バスケ部のキャプテン。

七瀬悠月［ななせ・ゆづき］
美しさと賢さをあわせ持つ少女。
女子バスケ部の副キャプテン。

西野明日風［にしの・あすか］
幻想めいた美しさを持つ先輩。
子どもっぽい一面も。編集者志望。

浅野海人［あさの・かいと］
仲間想いの体育会系男子。
男子バスケ部のエース。

水篠和希［みずしの・かずき］
多才かつ如才ないイケメン。
サッカー部の司令塔。

山崎健太［やまざき・けんた］
元・引きこもりのオタク少年。

上村亜十夢［うえむら・あとむ］
実はツンデレ説のあるひねくれ男。
中学時代は野球部。

綾瀬なずな［あやせ・なずな］
裏表のない明るいギャル。
亜十夢とよくつるんでいる。

岩波蔵之介［いわなみ・くらのすけ］
朔たちの担任教師。適当 & 放任主義。

望紅葉［のぞみ・くれは］
あらゆる面で高スペックな後輩女子。
陸上部所属。

一章　私たちの九月

隣にいるのに触れられないの、と秋は言った。

さみしがりやの九月が意地悪をするから、と夏が笑う。


ううん、ちがうよ。

——春を巻き戻そうとしているんだ、冬が答えを出すその前に。


九月の縁(へり)をまたぐと、みんな少しだけ迷子になる。

久しぶりの制服に身を包みながら、ふとそんな考えが頭に浮かんだ。

小さな手のひらで何度も打ち上げた紙風船が萎(しぼ)んで落ちるように夏は終わっても、またすぐ拾って膨らませるように秋は始まらない。

まるでひとりぼっちのシーソーだ、と思う。

八月(なつ)と十月(あき)、どっちつかずの宙ぶらりんな一枚板に乗って、誰もがこっそり両手を広げてる。

橋渡しをしようとしているのか、一方に肩入れしないよう踏ん張っているのかもわからないまま、なんとなく折り合いのつく立ち位置を探る束の間の中休み。

そういう色のないひとときが、いまの俺にはちょうどよかった。

鮮やかな絵の具をいくつもパレットに絞り出し、さあどれに筆をつけようかと胸を弾ませるみたいに、ともすれば躊躇(ためら)うみたいに。

どうしようもなく移ろいでいく季節のなかで、ほんの少しぐらいは立ち止まって深呼吸をする時間があってもいい。


ぎったん、ばっこん。

ぎったん、ばっこん。


それでもどこかで、鳴らさないようにしているはずの音が成(な)る。

きっと、まだ終わらせたくも染められたくもない誰かが。


——あいまいに、さいかいするために。

＊

さらさらと涼しげに、あるいはちりちりと夏の余韻が残る水面を、まるでアルバムみたいに眺めながら、河川敷の道をやわらかな半袖シャツたちがはためいていく。

まだ青々とした草木、朝でもうっすら汗ばみそうな陽射しに、しぶといセミの声。

七月の終業式が昨日だったと錯覚しそうなほど代わり映えしない光景のなかで、少しだけ遠くなった空と、すっかり馴染んだローファーで歩く後輩たちの軽やかな足音だけが、疑いようもなく進んだ時間を確認させてくれる絵日記だった。

なんて、かぽかぽ歩きながらふわあと口に手を当てていたら、

「おはよ、朔くん」

ぽむっと後ろから肩を叩かれる。

俺はいちいち振り返って確認するでもなく、自分の右肩あたりに向けて口を開いた。

「おはよ、優空」

そのあいさつを両手でそっと受けとるように、優空の穏やかな横顔が隣に並ぶ。

「大きなあくびして、初日から寝不足？」

「いや、ぐっすり寝たんだけどな。身体がまだ夏休み気分らしい」

「宿題は終わらせた？」

「もちろん、絵日記の天気だって調べてちゃんと埋めた」

「そういうとこ、あいかわらずだなぁ」

二学期の準備体操みたいな会話をちくたく刻みながら、どうにもじれったくなって、さっきから視界の端で髪の毛をいじいじといじっている優空に目をやった。

「そんなに心配しなくても、寝癖はついてないぞ」

俺が軽口を叩くと、ようやくこちらに顔を向けてぷくうとむくれる。

「当たり前です。ちゃんとお家出る前に鏡見てるもん」

きっとお互いに、なんとなくのぎこちなさが流れていることには気づいていた。

目を合わせるのが妙に照れくさかったり、いつもどおりをことさらに意識して口数が多くなったり、そのくせ吹けば飛んでいく綿毛みたいに当たり障りがなかったり、かけ合いの間合いがどことなくせっかちだったり……。

心当たりなら、充分すぎるほどにある。

少しだけ調子を取り戻した優空がなんでもないように続けた。

「朝ご飯はちゃんと食べてきた？」

だけど、と俺は思う。

「市場で優空が選んでくれた干物を焼いたよ」

「っ、そっか。美味（おい）しかった？」

すぐにまたつっかえた優空の言葉を申し訳なく感じながらも、

「ああ、おかげで最近ちょっと魚を好きになった気がする」

無自覚ではいたくないから、自覚的に答える。

目の前にいる女の子がくれた時間を、忘れたふりはできない。

誰かの気持ちに、自分の気持ちに、ちゃんと向き合っていくために。

優空はどこかはにかむように唇を結んでから、ふふとやさしく目尻を下げた。

「そろそろまた買い出し行かないとね」

「だな、次は肉系のメニュー多めで頼む」

「もう、言ってるそばから……」

この道を、またこんなふうに歩けてよかった。

言葉にはならないありがとうを、お隣さんに向けて心のなかでそっとつぶやく。

ふたりでゆっくりと足並みを揃えながら、どこか遠くで、やわらかなサックスの音色がのびやかに連なっているような気がした。

*

校門を抜けたところで、ちょうど昇降口の前に固まっている三人組が目に入った。

優空と顔を見合わせ近づいていくと向こうもこっちに気づいたみたいで、真っ先に海人がでかい声を上げる。

「うーっす！」

　隣にいる和希は目線であいさつをよこし、健太がさらりと口を開く。

「神、内田さん、おはよ」

　三人の輪に加わり、優空がそれに応えた。

「浅野くん、水篠くん、山崎くん、おはよう」

　俺も軽く手をあげてそれに続く。

「よう、どうしたんだお揃いで。集団登校でもしてきたのか？」

「んなわけねーだろ！」

　言いながら、海人ががしっと肩を組んでくる。

「途中で和希と健太が歩いてるの見つけて声かけたんだよ」

「そりゃべつにうれしくもない偶然だな」

「なんだよ朔、妬いてんのか？」

「冗談でもぞっとするようなこと言うんじゃねえよ」

　しっしと暑苦しい腕を払いのけながら、これでも海人なりに気を遣ってくれてるんだろうな、と思わず苦笑する。

　互いに一発ずつぶん殴ったあとの仕切り直しには、このぐらいの賑やかさがちょうどいいのかもしれない。

傍らで見守っていた和希が、挑発めいた笑みを浮かべる。

「そういうおふたりさんは、あんなことがあったのに朝から見せつけてくれるね」

俺がなにか言い返そうとするよりも早く、優空がにっこり微笑んで口を開いた。

「なにかな？　水篠くん？」

そのひえっとするほど乾いた声に、さすがの和希もたじろいだらしい。目を逸らしながら気まずそうに頬をかいている。

「えっと、野郎同士で出くわした俺たちから見たらうらやましいって話だよな、健太？」

「いやそんな爆弾こっちに渡されても知らんがな」

健太の醒めた反応に、みんながぷっと吹き出した。

腹を抱えながら海人が口を開く。

「新学期早々やっちまったな、和希」

健太も呆れ顔でそれに続く。

「駄目だよ水篠、内田さん怒らせると怖いんだから」

きょとんと、今度は優空が目をぱちくりさせる番だった。

「……えっと、山崎くん。私のことそんなふうに思ってたの？」

慌てたように健太が手を振り、早口で弁解する。

「え、あの、その、ごめん変な意味じゃなくって！　なんていうか、いっつも穏やかで優しいのに神でさえ頭が上がらない内田さんって、本当は締めるところ徹底的に締めるタイプなんだろうなっていうか……」

「もう！　ぜんぜんフォローになってないから！」

俺はその珍しいかけ合いに思わず頬を緩める。

「そうだぞ健太、優空を怒らせると」

「朔くん？」

「……こんなふうにきゅいっと締められるから気をつけようね？」

ぶはっと、もう一度みんなが吹き出す。

それはどこまでも見慣れていて、どこか新鮮な光景だった。

＊

俺たちはそのまま連れだって教室へと向かった。

あの日、あの夕暮れ、みんなから逃げ出すようにしてくぐったドアを、なんだか懐かしい気持ちで眺める。

『ばいばいみんな、また二学期にな』

もう取り戻せはしないと悟ってここへ置き去りにした言葉を、

『──ばいばい朔、また二学期にね』


夕湖が拾って、夏休みが終わる前に俺の手元へと返してくれた。

あんなふうにあたたかい色で上書きしてくれなかったら、教室に踏み入るこの一歩は、いくぶんか複雑な想いがまとわりついていたはずだ。

「おはよー」

もう来ているかもしれない、とわずかに期待しながら発した言葉に、

「あー、千歳くんだ。やっほー！」

想像とは違う声が返ってきた。

教室の真ん中ぐらいにいたなずなが、にぱにぱと手を振っている。

「みんなもおはよー」

こうして会うのは一学期以来だったけど、ついこのあいだビデオ通話をしたばかりなので、あんまり久しぶりという感じもしない。

優空（ゆあ）たちは口々に軽くあいさつを返して自分の席へ向かう。

俺は足を止め、あらためて言った。

「……おう、おはよ」

そのまま近づいてきたなずなが、どこかにいたずらっぽくにひっと首を傾ける。

「あれぇ？　千歳くん、もしかして夕湖だと思った感じ？」

「なんでだよ」

「うわ、反応早すぎて逆にガチっぽくない？」

「違うっつーの」

「えー、だとしたら普通にリアクション薄くてショックなんですけどー」

「あーはいはい、久しぶりになずなちゃんと会えて朔くん超ハッピー」

「なんか夏休み明けで私の扱い雑になってない?!」

そりゃそうだ、と苦笑する。

なずなはみんなといっしょに野球の練習を手伝ってくれたし、試合も観に来てくれた。

それになにより、夕湖や七瀬（ななせ）とあんなふうに笑い合っていたんだ。

いまさらただのクラスメイト扱いなんてできない。

言いたいことを言って気が済んだのか、話を切り上げようとしたなずなが、ふと思いだしたように目を細めた。

「夕湖なら、今日はもうちょっと遅くなると思うよ」

「だから聞いてないって」

俺が言うと、あはっと短く肩を揺らして今度こそ満足げに離れていく。

その華奢な背中を見送りながらふと、なずなの行く先で退屈そうにしているいかつい背中にも声をかけた。

「うっす、亜十夢」

「……おう」

あの野郎、こっちぐらい見ろよ。

振り返りもせず軽く手を上げた亜十夢に、俺は軽く肩をすくめる。

まあ、返事をよこしただけでも上出来か。

そうしてグレゴリーのデイパックを机の横にかけていると、

「おっはよー！」

「おはよー」

聞き慣れたふたつの声が耳に飛び込んできた。

前を歩いていたショートポニーテールがぴょこんと揺れる。

「おっす、旦那！」

数日前、なぜだか東堂舞が陽のスマホから電話してきたことを思いだす。

途中でがちゃ切りされて、それっきりだったっけ。

「結局ＯＧとの試合は勝ったのか？」

「いや負けた！」

からっと告げる陽の表情は、なぜだか憑き物が落ちたみたいにすっきりしていた。

そっか、と俺が相づちを打ったら、どこか不敵にへへっと笑って続ける。

「でも、強くなった」

電話で話したときはらしくない態度に心配したけど、なにか掴んだらしい。

そうやってどんどん先に進んで行くんだな、と少しだけ自分がもどかしくなる。

「そういや、あのあと東堂からメッセージきたぞ」

ふと思いだして俺が言うと、初耳だったらしい陽がぎょっと目を見開いた。

「は!?　なんで!?」

「こっちが聞きたいんすけど……」

この反応を見るに、東堂が番号を覚えて勝手に連絡してきたってとこだろう。

陽がうんざりしたように顔をしかめた。

「それで？」

べつに隠すほどの内容でもなかったので、東堂から届いた文面を読み上げる。

「『欲しい男は抱き寄せろ、振り向かないなら撃ち落とせ♡』」

俺が言い終わるよりも早く、陽(はる)の眉(まゆ)がひくひくと上がった。

「よーし、陽ちゃんちょっといまから芦高乗り込んでくるゾ♡」

「よくわからんが落ち着け」

「んんー？　千歳(ちとせ)くんは美人でスタイルのいい舞(まい)をかばうのかな？」

「おい流れ弾やめろ」

そんなやりとりを交わしていると、

「話が長い！」

後ろにいた七瀬(ななせ)がショートポニーテールをちょこんと引っ張った。

陽が振り向きながら不服そうに言う。

「だいたい、ナナ(悠月)が呑気(のんき)に金沢旅行なんかしてるから、うちのホームで舞に好き勝手されたんだぞ」

「エースのふがいなさを私のせいにされても、ねえ？」

「うっさい！　最後のほうはいい勝負してたし！」

「ひょいひょい抜かれるのはバスケだけにしておきなよ？」

「へーほーはーふーん、舞より先にあんたとけりつけてやる勝負だごらぁッ!!」

「さて、お約束もすませたところで、っと」

七瀬はあしらうように笑ってこちらを見る。

「やあ」

「おう」

なずな、夕湖との旅行中にかかってきたビデオ通話でちょっとやらかしたことを思いだす。

七瀬に着物の感想を聞かれて軽口を叩いたら怒らせてしまったのだ。

どうにもまだこのへんのさじ加減が難しい、と思う。

夏祭りの夜、優空と夕湖から口々に叱られたことは忘れていない。

『きっと朔くんはこう思ってるんだよ。

自分が気軽に女の子を褒めたりしたら、勘違いで惚れさせちゃうかもしれないぜ、って』

『ちょっと褒めたぐらいで勘違いさせちゃうとか、女の子を甘く見すぎ！』

『ちゃんとみんなと仲よくして早く心を決めてほしい！』

理屈ではわかってるつもりなんだけどな。

自分をさらけ出して向き合わないと、いつまで経ってもこの感情に名前をつけられないことぐらい。

こみ上げてくる気恥ずかしさに苦笑していると、七瀬（ななせ）がからかうように覗（のぞ）き込んでくる。

「もしかして、私の着物姿を思いだしてたり？」

「……まあ、な」

さすがに二回も同じへまをしたくはない、と素直に答えておく。

七瀬は意外そうに目を見開いて、にやりと芝居じみた大仰な口調で続けた。

「ふん、いまさら悔い改めたところで遅い。落とし前をつけたいのなら、それなりに行儀のいいお作法ってものがあるんじゃないのか？」

「わかってるさ、けじめはつける」

「それでいい、例のブツはいつごろになりそうだ？」

「焦るな、何事にも順序ってものがある。撃鉄を起こす前は十字を切って祈るように」

「引き金に指をかけて愛するように」

そうして俺たちは目を見合わせてぷっと吹いた。

ぶっちゃけ後半は自分でもなにを言ってるのかよくわからない。

こういうやりとりをするのも久しぶりだな、と思う。

着物の一件で怒らせてしまったとき、「いままでに作ったことのない料理を食べさせる」と約束していたから、七瀬が言ってるのはそのことだろう。

隣で黙って聞いていた陽（はる）が、うげっと顔をしかめて俺たちを見る。

「あんたらのそういうやりとり、本気でぞわぞわするんだけど」

「無粋なつっこみはやめたまえ」

七瀬はあくまでも挑発的だ。

「ないしょの話だから誰かさんにわからないように、ね？」

あっさりそれに乗った陽が、怒りを押し殺した笑顔で俺の胸ぐらを摑む。

「ねえ千歳？　陽ちゃんともナイショ話しろ♡」

「そんな強迫があってたまるか」

試合になると呆れるほどに格好いいふたりのじゃれ合いに加わっている自分が、どうにもくすぐったくて、やっぱりじれったかった。

＊

みんなとふたたび集まってわいわい話しながら、時計を見る。

ホームルームが始まるまであと十分ぐらいだ。

遅いな、と気づけば俺はしきりに入り口のほうへと意識をやっていた。

生真面目な誰かがぴしゃりと閉めたドアは、さっきからしんと沈黙を守っている。

この一年半、いつだって朝は俺よりも早く教室に着いていて元気よく迎えてくれた声が、輪の中心で色とりどりの花を咲かせていた笑顔が欠けると、こんなにもそわそわ落ち着かなくなることに自分でも驚いた。

まるでくしゃくしゃに丸めた赤点の答案用紙がつっかえているような違和感に、思わずごくりとつばを飲み込む。

この夏、俺はかけがえのないほど大切に想っている友達が差し出してくれた気持ちを受けとることができなかった。

いまの自分にはそんな資格がないと、瓶の底に沈んで夜空に目を背けながら。

だけどその女の子は始めるためじゃなくすべてを終わらせるために、自分のためじゃなく俺たちのために、想いを告げてくれたのだと知った。

そうやってひとりぼっちになろうとしているふたりを見つけて、手を繋いでくれた、もうひとりの家族みたいな友達がいた。

だからもう一度だけ、次こそは、いや、今度こそ。


――それぞれが、自分のために恋と向き合おうと。


重ねた手には、同じぬくもりがあった。

金沢にいるなずなからビデオ通話がかかってきたとき、スマホのディスプレイに映し出された顔を見たとき、動揺しなかったと言えば嘘になる。

だけど、そのあとに交わした会話とも呼べないような短い会話。

これまでのふたりからは考えられないぐらいにささやかで、慎ましくて、ともすればぎこちなくも映るつたないあやとりが。

俺にはとても、居心地がよかった。

降り積もった時間はやがて手編みのセーターみたいにいまを包んでくれるのだと、うっかり気の早い衣替えを始めてしまいそうなほどに。

だからこそ、こんなふうにもの足りない朝の教室がどうにも不安なんだと思う。

もしかして、やさしい仕切り直しができたと受けとったのは俺だけなんだろうか。

終わりは終わりでしかないんだろうか。


『なかったことにはしたくない』

自分ではっきりとそう誓ったはずなのに。

なんて、情けないことをめそめそ考えていたら、

――からるらっ。

まるで唄うようにドアの開く音が響いた。

「おっはよーっ!!」

きっと心が待ちわびていたその声に間髪入れず振り返り、

「「「「「「っっっ――――」」」」」」

俺は、いや、教室中が思わず息を呑んで不自然な沈黙が訪れた。
優空も、七瀬も、陽も、和希も海人も健太も。
一様に目を見開き、中途半端にぽかんと口を開けていた。
視界の端で、なずなだけがこっちを見てくつくつ肩を揺らしている。

「……あれ？　おはよー？」

続くきょとんとした声にようやく時間が流れ始め、

「「「「「「えええええええええええええーーーーっ!?!?!?!?」」」」」」

みんなの動揺と驚きがぱんぱんの水風船みたいに破裂した。

誰もがまだ状況を呑み込めていないらしい。

近くにいる人と顔を見合わせ、またドアのほうに目をやって、きょろきょろと視線を彷徨(さまよ)わせている。

もちろん俺もそのひとりだ。

だって、こんな光景、いくらなんでもかんたんには受け入れられない。

さっきまで思い描いていたその人が、見慣れていたはずの面影が――。

夕、湖が自慢のロ、ン、グ、ヘ、アを、ば、っ、さ、り、と、切、っ、て、い、た。

そっか、となぜだか一抹の切なさがよぎった。

ロングヘアが自分のトレードマークだと思っていたことも、それを生かしたアレンジが大好きだってことも、誰より時間をかけて手入れしていたことも知っている。

ふと、いつか交わしたなにげないやりとりが浮かんできた。

『ねーねー、朔は ロングって好き?』

『いまの夕湖に似合ってると思うよ』


『えへへー、そっか!

じゃあ、このまんまの私でいるね』

あのときの夕湖は、べつに俺が褒めたからじゃなくて、自慢の髪の毛を褒められたことそのものを喜んでいるように見えた。

だからこんな日が来るなんて、きっと誰も想像していなかったに違いない。

まだ混乱している空気のなか、夕湖が俺たちのほうへと近づいてくる。

「みんなおっはよー! 二学期もよろしくね!」

互いに顔を見合わせ、最初に怖ずおずと口を開いたのは七瀬だ。

「えと、おはよ。あの、それって……」

珍しく歯切れの悪いもの言いに、あっけらかんとした答えが返ってくる。

「うん、新しい私になってみた!」

　夕湖がお披露目するように小さく首を振ると、軽くなった髪の毛がふわっと広がり、それからせせらぐように流れた。

　まるで真夜中の初雪みたいだ、としんしん見とれてしまう。

　七瀬はどこか憧憬にも似た眼差しで、

「……さすが」

　小さく首を振って短く笑った。

　ふたりのやりとりを見守っているうちに落ち着きを取り戻したらしい優空が、こくりとやさしくうなずく。

「夕湖ちゃん、すっごくきれい」

「ありがと、うっちー！」

　陽も片手を上げてそれに続く。

「めっちゃいいじゃん！　私、もしかしたらそっちのほうが好きかも」

「ほんと!?」

　いえーい、と夕湖も手を上げそのままふたりでハイタッチを交わす。

「うおおおおおおおおおおおおおお！！！！！」

我慢しきれなくなった様子で叫んだのは当然のように海人だ。

「夕湖にはロングヘア以外ありえないと確信していた時期が俺にもありました。しかし、しかしだぞ諸君！　この姿を見てときめかずにいられる男がいようかいやいなあああああああああああいっっっっ！！！！！」

もはやクラス全体に向けて演説している海人を見て、夕湖がくすくすと笑った。

「もう、海人っていっつも大げさ」

そこで一度言葉を句切り、呆れ顔で息を吐いてから、

「でもうれしい」

はにかむようにふふっと目を細める。

「お、おうっ」

海人は急に照れくさくなったのか、腕で隠しながらがばっと顔を背けた。

その様子にやれやれと肩をすくめて和希が口を開く。

「俺はそういうの嫌いじゃないよ、夕湖」

「えー、和希が素直なのこわーい」

健太も意を決したように言った。

「夕湖、その、それ熱いっ！」

「熱いって感想なに?!」

誰ひとり、「どうして?」とは聞かなかった。

そういうやつらだよな、と俺は思う。

ひととおりのやりとりを終えた夕湖が、くるっと振り返って俺の前に立った。


――とくん。


ただそれだけで、心がにわかに色めきたつ。

これは緊張だろうか、と知らずに身を固くする。

久しぶりに面と向かって話す気恥ずかしさだろうか、まだ形の定まっていない関係性への焦りや怯えだろうか、あるいは、もっとべつの……。

うつむきがちに目を閉じていた夕湖の長いまつげが、瞬き五回分ぐらいの時間をかけてゆっくりと上を向き、ちらちらとわずかに揺らめく瞳はやがて真っ直ぐ俺を映した。

わずかに首を傾け、繊細な水引細工みたいに淡い笑みを浮かべ、

「おはよう、朔」

静かに、たおやかに、ただそう言った。

たとえばこんなとき、こんな夕湖を前に――――。

俺はどんな反応をするべきなんだろう。

これまでのふたりだったら、夕湖が不安と期待の入り交じった顔で「どう？　どう？」とぐいぐい詰め寄ってきて、俺は照れ隠し交じりに大仰な褒め言葉を並べていたはずだ。

だからそんなふうに軽口でお茶を濁せばいい、あるいは互いに気まずくならないよう、なにひとつ察していないふりをすればいい、あえてつっこんでネタにしてしまうのもいい。

……なんて、どれも野暮が過ぎるな。

俺は心のなかで静かに自嘲してから、

「おはよう、夕湖」


ただ自然とそう返していた。

このあいだ、画面越しの夕湖と話したときに感じたことがある。

きっともう、そんなに言葉はいらない。

しばらくは、という前置きが必要だとは思うけれど、なぜだか聞きたいことは聞かなくてもわかるような気がするし、知りたいことは知らなくてもいいような気がする。

伝えたいことだって伝える前に届いているはずだけど、と俺は穏やかに目を細めた。

ごめんねよりもありがとうの想いを込めて、

「いま、いまの夕湖に似合ってると思うよ」

これだけは上書きしておきたかった言葉を口にする。

夕湖は、まるで俺がそう言うことを最初から見透かしていたみたいに、

「――じゃあ、このまんまの私を見ていてね」

くしゃっと、笑ってくれた。

*

「……あー、最後に。来月の藤志高祭に向けて、そろそろクラスの出し物やらなんやらを決めていく必要がある。近々ホームルームの時間をとるから、各自どうするか考えておくように」

蔵（くら）センの嬉々（きき）としたしょうもない話と休み明け恒例になっている高校生（せいしゅん）への妬（ねた）み嫉（そね）み、それからだるそうな事務連絡を終え、二学期の登校初日が終わった。

そんな時期か、と机の上を片づけながら思う。

藤志（ふじ）高祭は、十月の三日間を使って開催されるいわば学祭というやつだ。

初日は藤志高近くにある複合施設の大ホールで文化部の発表が行われる「校外祭」。二日目が「体育祭」で三日目は「文化祭」だ。

去年は野球を辞めた直後でとても学祭を楽しもうなんて気にはなれなかったから、学校中が浮かれている準備期間をどうやり過ごしていたのかも、当日どんなふうに見送っていたのかもほとんど覚えていなかった。

そんなことを考えながらグレゴリーのデイパックを背負うと、

「おーい朔（さく）、蛸九（たこきゅう）でも行かね？」

海人（かいと）が声をかけてくる。

そういえば、一学期の終業式以来おばちゃんに顔を見せていない。

小言のひとつぐらいはもらいそうだな、と苦笑した。

「いいけど、みんな大丈夫なのか？」

俺の言葉には陽（はる）が答える。

「女バスは自主練の日だからご飯食べる時間ぐらいはあるよー」

和希(かずき)がそれに続いた。

「俺も同じく。せっかくだから、学祭どうするか相談しない？」

どうするかってのは、二年五組としての出し物とか、それとは別にこの面子(メンツ)でなにかやるのか、という意味だろう。

基本的に文化部の発表の場となっている校外祭はともかく、体育祭と文化祭に関しては積極的に関わろうと思えばいろんな形で参加することができる。

「珍しいやつが珍しいこと言いだしたな」

俺がからかうように応じると、和希が呆(あき)れた顔で肩をすくめた。

「去年は誰かさんに気を遣ってみんな言いださなかったからね」

「……なんかごめん」

近づいてきた七瀬(ななせ)がおかしそうに肩を揺らす。

「水篠(みずしの)ってそういうの積極的なタイプなんだ？　ちょっと意外かも」

和希はほんの少し目を細めて窓の外を見る。

「花火大会といっしょだよ。来年も同じようにはしゃげるかはわからないからね」

その言葉に、帰り支度を済ませて集まってきた健太(けんた)、優空(ゆあ)、夕湖(ゆうこ)も顔を見合わせてこくりとうなずいた。

＊

蛸九のドアを開けると、

「夏休みになったらいっぺんも顔見せないで、薄情な子たちだよ」

案の定、真っ先にお小言が飛んできた。

俺たちはおばちゃんをなだめながら、ささやかなお詫び代わりに焼きそばやたこ焼き、からあげを片っ端から注文する。

それらがひととおり揃うと、和希がさっそくとばかりに口を開いた。

「それで、学祭なんかやる？」

詫びのつもりだったのに、結局おばちゃんがサービスでジャンボに変更してくれたたれ焼きそばをがっついていた海人が応じる。

「文化祭でやるクラスの出し物はホームルームとかで決めるよな？　それ以外ってことか？」

和希はこくりとうなずいて続ける。

「だね。実行委員とか文化祭の自由参加枠とか」

他の高校がどうなのかは知らないが、藤志高の学祭においては基本的に全生徒がなんらかの委員会や団体みたいなものに振り分けられる。

体育祭や文化祭の実行委員会はその最たるものだろう。藤志高祭を思いきり楽しみたい人は意外と多いらしく、毎年けっこう競争率も高い。逆にそこまで積極的じゃない生徒たちは、美化委員会とか記録委員会みたいに、比較的手間のかからないものもあったはずだ。

それから海人が口にしていた文化祭における各クラスの出し物。

これは食べ物系の屋台やお店、お化け屋敷みたいな体験型、演劇や漫才といったステージパフォーマンスまでさまざまだ。

あとは個人や友達同士で申し込むことができる文化祭の自由参加枠。軽音のライブやアカペラコンテストなんかが花形になっている。

つまり、クラスの出し物以外にもこの面子(メンツ)でなにかをやるなら、同じ委員会に入るか文化祭の自由枠ってことになるだろう。

七瀬(ななせ)がフライドポテトをつまんでなにげなく口を開く。

「文化祭のバンドとか、一生に一度はやってみたかったけどね」

俺はたこ焼きを食べかけていた手をとめ、それに応えた。

「へえ、意外だな」

「そう？　べつに音楽詳しいとかじゃないけど、やっぱり単純にかっこよくない？　私はなんだかんだ小さい頃から体育会系だったからさ、バンドとか吹奏楽部とか、お客さんの前でステージパフォーマンスする分野ってちょっと華やかで憧(あこが)れるんだよね」

七瀬の気持ちはわかるかもな、と思う。

もちろん野球やバスケだって全国まで行けばけっこうな観客が入るし、その前で練習の成果を出すという意味では似ているところがあるんだろう。

だけどプロでもない俺たちは、誰かを沸かせるためにプレーしているわけじゃない。あくまで相手との勝ち負けを競っていて、結果的に観ている人が盛り上がってくれるだけだ。

その点、バンドのライブや吹奏楽のコンサートみたいなものは、大前提として観客たちに向けて演奏するんだと思う。

自分のパフォーマンスに対する反応が目の前にいる人たちから直接返ってくるのは気持ちいいんだろうな、なんて想像してみたことは確かにある。

俺はしばらく考えてから口を開く。

「七瀬(ななせ)だったらギターでもベースでも、練習すれば簡単な曲ぐらいあっさり弾けるようになりそうだけどな」

文化祭に向けて初心者の友達同士がバンドを組む、なんて珍しい話でもない。

そもそもがなんだってそつなくこなす器用さをもっているし、チケットを販売してライブハウスで演奏するならともかく、文化祭のステージだったら少しぐらい拙(つたな)くても充分盛り上がるだろう。

七瀬は顔の前で軽く手を振る。

「や、本気で言ってるわけじゃないよ。一曲とかならともかく、学祭の準備と部活やりながら何曲も練習するのはさすがに厳しいかな」

「まあ、それもそうか」

陽がどこか残念そうに言った。

「女バスは来月にウインターカップの予選も控えてるしさ。学祭はきっちり楽しみたいけど、なんかやるならクラスか委員会のほうにまとめてくれると助かるかも」

七瀬も申し訳なさそうに頰をかく。

「だね、みんなごめん」

藤志高はかなり学祭に力を入れているので、直前になると全校的に部活が休みになったりする。とはいえ、陽たちのように大会期間と重なっていたら当然そっちの練習をおろそかにはできないし、委員会とクラスの出し物で手一杯だろう。

和希はその反応を想定していたように口を開く。

「まあ、それは当然でしょ。じゃあとりあえず文化祭の自由枠はなしってことで。最悪クラスの出し物だけでも充分だけど、やってみたい委員会とかある？」

「はいはいはーい！」

元気よく手を上げたのは夕湖だ。

「あのね、体育祭の応援団とかどう⁉」

「「「「「ああ……！」」」」」

俺、和希、海人、七瀬、陽の声が重なる。

優空と健太はとっさにぴんとこなかったのか、きょとんと夕湖を見ていた。

基本的にうちの体育祭は全学年が赤組、青組、黄組、緑組、黒組の五つに割り振られる色別の対抗戦で、リレーや綱引きなんかの結果で優勝を目指すという一般的なものだ。ちなみにうちのクラスは青組になったらしい。

ただ、そういうお決まりの競技とは別に「造り物」と「応援団」というちょっとした目玉イベントみたいなものがある。

前者は、それぞれのチームカラーに合わせた巨大なオブジェを指す。

たとえば赤組なら赤ジャケットのルパンとか、緑組ならヨッシーとか、高さ五メートルぐらいはあるキャラクターを骨組みから作って、背景パネルとともにグラウンドの各陣営へと配置する。パフォーマンスタイムには、ちょっとした寸劇みたいなのも行われていたはずだ。

後者は文字どおり自分たちの組を応援する役割を担う。

競技中は他の生徒に率先して声を出したり、旗を振ったり、ときには応援ソングみたいなものを唄ったり……。

ただ、応援団の見せ場は造り物と同様にパフォーマンスタイムだ。

手作りの衣装を身にまとい、音楽に合わせて一から考えた創作ダンスをグラウンドで披露するという時間が設けられている。

造り物も応援団もその出来によって順位付けされ、かなりの点数が加算されるので、体育祭における花形と言っていい。

真っ先に反応したのは陽だ。

「いいじゃん！　身体(からだ)動かすことなら得意だし」

俺はからかうように口を開く。

「陽、ダンスなんてできるのか？」

「ちっちっち」

陽は人差し指を顔の前で左右に振って続ける。

「舐(な)めてもらっちゃ困るよ、旦那(だんな)。バスケが上手(うま)い選手ってのは総じてリズム感がいい、これ私の持論ね」

「おお、なんかそれっぽいな。てことは海人も大丈夫か？」

その言葉に、海人は力こぶを作ってみせた。

「おうよ！　バスケのリズム感がダンスに通用するのかは正直わからんが、頭より身体を動かすことなら多分なんとかなる！　旗とかがんがん振るし！」

妙に説得力があるな、と俺は苦笑する。

俺は和希と七瀬に目をやった。

まあ、このふたりはどうとでもなるだろう。

和希がすかした笑みを浮かべた。

「同じ未経験なら、俺が海人に後れを取る理由はないね」

七瀬もからかうように口の両端をにこりと上げる。

「相手を陽に変えて右に同じ」

「ひどくないっ?!」

「あんだとこらぁーっ！」

まあ、ごりごりの運動部連中に関しては最初から心配していない。

問題は、と俺はここまで会話に参加していなかったふたりを見た。

案の定、優空がどこか困ったように手を上げる。

「わ、私はちょっと不安かも」

まっさきに反応したのは夕湖だ。

「えー、うっちーは小さい頃から音楽やってるんだから絶対できるよ！」

「というよりも、その、恥ずかしいというか……」

「でも、うっちー初日の校外祭で吹部のステージあるよね？　みんなの前で演奏するんだよね？　それと変わらなくない？」

「まあ、そう言われるとたしかに……」

「大丈夫！　右手と右足いっしょに動いてても笑わないから！」

「もう！　そこまで運動音痴じゃありません！」

ふたりできゃっきゃとはしゃぐ様子を見て、優空は平気そうだなと頬を緩める。

そうして自然と、みんなの視線が一箇所に集まった。


「無理むり無理むり絶対に無理ぃっっっっ！！！！！！！」


健太が必死に両手を振りながら立ち上がる。

「あんたら深海魚を真夏のビーチに引きずり出して愉快にサンバ踊れって言うのかよこの人でなし！　体育祭の応援団なんて陽気でド派手な熱帯魚の群れに混じれるとでも思ってんのか元引きこもりのオタク舐めんなよアァン!?」

「お、落ち着け健太。熱帯魚もビーチでサンバは踊れない」

言いながらも、まあそうだよなと思う。

ああいうのは進んでやりたがる人と絶対に無理という人がきれいにわかれる。

だからこそ体育祭の花形でありながら、立候補がいればたいていは揉めることもなくすんなり希望が通るのだ。

これぱっかりは個々人の性分によるものだし強制はできない。

とはいえ、こんな形で健太だけ仲間はずれってのはさすがになしだ。

造り物とか他の委員会で再検討かな、と思っていたら、

「健太、ちょっといいか?」

和希が立ち上がった。

まだなにも言ってないうちから健太が拒否反応を示す。

「いやいや説得されてもほんとこればっかりは無理! 俺は適当に楽そうな委員会入るから、応援団はみんなだけで……」

和希は小さく首を振りながらその肩に手を置いた。

「いいから聞けよ、健太」

「ダンスとか死んでも無理だって!」

こうなった健太を説得するのは骨が折れるぞ、と俺は苦笑する。

和希のお手並み拝見ってとこか。

「健太はアニメが好きだよな?」

「なんだよいまさら。言っておくけどアニメの学祭はフィクションだぞ」

自称オタクのくせに身も蓋もないこと言うなおい。

和希は涼しい声で続ける。

「ダンスっていえばさ、アニメだとオープニングとかエンディングでキャラクターが踊ってたりするだろ？　ああいうのって誰が見たいんだろうな。なんか内輪ノリっていうか、ちゃんと作品の世界観に合った映像流してくれるほうがうれしくないか？」

健太がびっくりするほど乾いた目で口を開く。

「は？　ファンにはご褒美(ほうび)ですが？　完コピは義務ですが？」

ほんのわずかに口の端を上げながら和希がしれっと言う。

「ちなみに声優さんのライブなんかだとオタ芸とかやるんだろ？」

健太はあからさまなため息をついた。

両方の手のひらを天井に向け、呆(あき)れ顔で言葉を返す。

「やれやれ、これだからオタクに理解あるふりしたなんちゃってスカし野郎は。ちゃんとライブ見たい人の迷惑になるからイマドキはそういうことやんないの。だいたい俺は声優オタじゃないから声優さんのライブっていう表現も厳密に言えばニュアンス違うし、なにか語りたいなら勉強して出直しな」

すげえ、和希のやつあの腹立つ顔をよく平然と受け流してんな。

俺なら間違いなくでこぴんの一発ぐらいはいってたぞ。

「じゃあ、健太はオタ芸のひとつもできないってことか」

「は？　できますがなにか？」

「いまどき流行らないんじゃなかったのか？」

「あーわかってない、わかってないよ水篠。会場でやると人の迷惑になるけど自分の部屋だったら自由だろ。ライブ映像流しながら全身全霊キレッキレで踊りますが？　神に教えてもらったトレーニング続けてるせいでなんならいまが全盛期ですが？」

よく見ると必死に笑いを堪えているのか、和希の肩が小刻みに揺れている。

さすがにここまでくると、俺にも狙いが読めた。

和希は努めて冷静に言葉を紡ぐ。

「へえ？　ちょっと興味あるんだけど、さすがに人前でやるのは恥ずかしいよな？」

健太は無駄に胸を張って答える。

「ふん、神は言った。『自分が自分を誇れればそれでいい』。好きなものを恥ずかしがる必要なんてどこにもないね」

おい、俺の言葉をこんなとこで引用すんなださい感じになっちゃうだろ。

和希が話を締めにかかる。

「じゃあ、試しに今度踊ってみてくれよ。どうせならいままでに覚えてきた振り付けより新しいやつがいいな」

健太はきりりと顔を引き締めてそれに答えた。

「その挑戦、受けて立つ」

「練習期間も考慮してお披露目は来月かな。場所は学校のグラウンドで」

「そんなに時間がもらえるなら三つでも四つでもご覧にいれよう」

「どうせやるなら細部までこだわろうぜ、衣装から作ってさ」

「ふっ、コスプレは初めてだが嫌いじゃない」

「と、いうわけで」

和希がにっこりうさんくさい笑みでぐるりとみんなを見る。


「健太も応援団参加するってさ」

「――あるぇえええええええええええええええ????????」


とっくに我慢の限界に達していた俺たちは、ふたりのかけ合いにぶはっと吹き出した。

海人(かいと)がひいひいと苦しそうにお腹(なか)を抱えて言う。

「なんだよ健太、俺らのなかでいちばん経験者じゃねえかよ」

陽(はる)は大げさに目許(めもと)を拭(ぬぐ)っている。

「山崎(やまざき)のキレッキキレダンス、楽しみにしてる」

七瀬はさらっとフォローに入った。

「大丈夫、大勢で踊るんだからそんなに個人が悪目立ちしないよ」

夕湖がぱっと顔を明るくして立ち上がる。

「健太っちー、たくさん思い出つくろ！」

優空は健太を見上げながらやさしく微笑んだ。

「いっしょに頑張ろうね、山崎くん」

最後に俺も口を開く。

「ま、そういうことだ。せいぜいみんなで青春しようぜ」

健太は狐につままれたような顔でぼそりとつぶやいた。

「……げせぬ」

そうしてもう一度みんなで笑い合いながら、想う。


二度とは戻らない十七歳のひと夏。

その青いトンネルをくぐり抜けて、確かになにかが変わった。

陽といっしょに去年の夏を終わらせて、新しい夏を迎えたこと。

夕湖が俺と向き合ってくれたこと。

そんな夕湖と俺に、優空が向き合ってくれたこと。

本当は七瀬と明日姉のおかげで、とっくに変わり始めていたこと。

和希と海人が、どこまでも和希と海人だったこと。

健太が健太になったこと。


——みんなで今年の夏を終わらせた、こと。


どれひとつとして、なかったことにするつもりはない。

だけど、それでも。

こうして帰ってこられたささやかな日常が、俺にはどうしようもなく愛おしかった。

*

朝と同じ河川敷の道を、朝とは反対方向に歩いていく。

みんなとは蛸九で解散した。

七瀬、陽、海人、和希はそのまま部活へ。

夕湖と優空は駅前で買い物をするらしく、ちょうどアニメイトに用事があったという健太も途中まで同行していくみたいだ。

とくになんの予定もなかった俺はとりあえず帰路につき、素敵な時間の過ごし方が野良猫といっしょに寝そべっていないだろうかと期待するように、のんびりと景色を眺めている。なにをしてもいいし、なにをしなくてもいいような、気持ちのいい昼下がりだった。

八月を過ぎて役目を終えた風鈴が、ちりんと申し訳程度に残業している。

どこからか漂ってくる甘い匂いは、余ったとうもろこしを慌てて茹でているのかもしれない。

そうしているうちに、やがて小さな水門のそばに座っている人影が目に入ってきた。心なしかいっそう穏やかになる歩調を意識して早めながら、護岸の真ん中に設けられた人ひとり分の細い道までたかたかと下りる。まっさらなワンピースを濡らしてむくれている少女のような横顔が少しでも華やぐように。

できれば、賑やかな祭り囃子みたいに響くことを祈りながら声をかける。

「明日姉っ」

手にしていた文庫本から顔を上げた明日姉は、まるで授業参観に遅刻したお父さんが教室に駆け込んできたときのような安堵を浮かべ、それからつんとそっぽ向く。

「今日はもう会えないのかと思ってた」

俺はこっそり苦笑しながら隣に腰かける。

「ごめんごめん、みんなとご飯食べてたんだよ」

さりげなく文庫本の表紙を見ると、『ぼくと、ぼくらの夏』というタイトルが目に入った。

読んだことはなかったけど、もしかしたらこの人なりに過ぎた季節を名残惜しく思っているのかもしれない。

明日姉はくすぐったそうに肩を揺らして言った。

「冗談だよ。あんまり気持ちのいい昼下がりだから、すぐ家に帰っちゃうのはなんだかもったいなくて。会えるかな、って思ってたのも嘘じゃないけど」

似たようなことを考えていたんだな、と些細なことが少しだけうれしくなる。

いっしょにURALAの見学へ行ったとき、もしかしたら望まない形で傷つけてしまったんじゃないかと心配したけれど、とっくに立ち直っていたみたいだ。

そういえば、と俺はふと思いだして口を開く。

「明日姉は何色？」

返ってきたきょとんとした視線に、言葉足らずだったと気づいて補足する。

「ごめんごめん。体育祭の組分けが、ってこと」

質問の意味は伝わったみたいだが、明日姉の反応はまだぼんやりしていた。

「まだ聞いてなかったと思うけど、どうして？」

「いや、さっきみんなと応援団やろうかって話してたんだよ」

基本的に学祭の委員会や体育祭の色分けは縦割りで行われる。

つまりは部活を除けば、高校生活において学年の違う人といっしょに活動する数少ない機会のひとつということだ。

言いたいこと、というよりも無意識に垂れ流していた甘ったるい期待を察したのか、明日姉が照れたように顔を背けた。

「ちなみに君は？」

「青組だったよ」

「そっか、体育祭の応援団……」

困ったような横顔を見て、俺は慌てて続ける。

「まあ、明日姉はカラフルな衣装着てみんなの前で踊るって柄じゃないよね」

一応はフォローの軽口だったのに、明日姉がむっと唇をとがらせた。

「ちょっと、それどういう意味かな？」

その反応が面白くて、俺はついからかいたくなってしまう。

「明日姉は白いワンピースで読書してるほうが似合うって意味だよ」

ますますぷくうと頰を膨らませて明日姉が言った。

「君ね、私にはダンスなんてできないと思ってるんでしょ？」

「……正直に言うと、いつぞやみたいに『待って！　置いてかないで！』ってなる未来しか見えません」

「たしかに運動がすごく得意とは言えないけど苦手ってほどじゃないもん」

「問題は未知との遭遇でぽんこつ化することなんだよなぁ」

「……君が私のことどう思ってるかよおくわかりました！」

ぷんぷんと向けられた背中に俺は苦笑して声をかける。

「冗談だよ。ただ、無理して合わせてくれなくてもいいって伝えたかったんだ」

明日姉は短くため息をついて肩を落とした。

「わかってるの、性分じゃないってことぐらい」

「カラオケでも絶対に唄わなかったしね」

「あー、またそういうこと言う」

「こういう性分なんだよ」

明日姉は呆れたようにこちらを向く。

その表情は思っていたよりも切なげで、期待していたよりも儚げだった。

明日姉はそのままなにかを言いかけて、そっと口をつぐみ、やがてぽつんとつぶやく。


「これが最後の学祭かぁ……」

どこにも行き着かない寂しさが不意に伝染して、しんみりと言葉を返す。

「せめて、おんなじ色になれるといいね」

「うん、君とおんなじ青色」

そうして俺たちは、道端にとめられている赤い自転車を、ベランダで揺れる黄色いTシャツを、風にそよぐ緑の木々を、すいすい飛ぶ黒いカラスを見送りながら、ふたりでしばらく青い空を眺めていた。

*

――さぱっ。

ツーハンドのスリーポイントが百回目のリングをくぐり、私、青海陽(あおみはる)はようやく肩の力を抜いて大きく息を吐く。

蛸九でみんなと解散してから始めた自主練は、気づけばみっちり十九時。センも、ヨウも、後輩たちも。誰ひとり帰るそぶりを見せずに夢中で練習していたから、各自が適当なところで切り上げていいと声をかけることすら忘れていた。

本当に変わったな、とその光景を頼もしく思う。

Tシャツの裾で汗をがしがしとぬぐい、パス出しを手伝ってくれていた相方に言った。

「さんきゅ、今日はここまでにしようか」

ナナは自分も百本決めたあとだというのに涼しい顔だ。

「練習だとかなり確率上がってきたね」

「よく言うよ」

ちゃんと数えたわけじゃないけど、ナナは百本決めるのに百二十本とか百三十本ぐらいしか打ってないはずだ。

こっちは余裕で二百本を超えてるし、なんなら三百本近く費やしたかもしれない。

私が考え込んでいることを察したのか、ナナはふっと笑って背中を向け、みんなにてきぱきと片付けの指示を出し始める。

じつはチームメイトにもないしょで練習していたスリーを打ち明けたら、「なんで自分に相談しなかったのか」とめちゃくちゃ怒られた。

『いや、ある程度の基礎ができてからじゃないと混乱させるというか、余計な練習に付き合わせちゃうかなと思って』

『正気か？　他のシュートもそうだけど、スリーなんて実戦形式でばしばし打って感覚摑んでくしかないの！　練習で八割入るようになっても、試合だと四割に満たないなんてざらなんだから。ましてパス出しすらない定位置からのシュート練のみなんて、やらないよりはましだけど効率悪すぎ！』

『……はい、ごめんなさい』

実際のところ、ナナがランダムに散らすパスを受けとってから打つだけでもぐんと成功確率が下がってしまった。

これが実戦のパスでディフェンスがいたらどうなるかなんて、考えるまでもない。

私はよく「なんでいまスリー狙いに行かなかった!?」ってナナに詰め寄ることがあるし、それが全部間違っているとは思わないけど、試合で平然とすぱすぱ決める相方のすごさをいまさらになって痛感する。

でも、と私はボールを抱きしめる。

『強くなった』

あいつに向けた言葉はうそじゃない。

アキさん、ケイさんとの試合以来、冗談みたいに調子が上がっていた。

長くスポーツをやっている人間には、ときどきこういうことがある。

成長っていうのはなだらかな曲線じゃない、と私は思う。

もちろん日々ゆっくりと技術や体力は向上しているんだろうけど、それでも階段の踊り場で足踏みしているような停滞を感じる時期が必ず訪れる。

練習の質も、量も、限界まで振り絞って追い込んでいるはずなのに、理想のプレーばっかり先走って身体がついてこない。

だけど、ある日。

すこんと天井が抜けるように、階段を二つか三つ飛ばしで上がってしまう。

まるで昨日までの自分を脱ぎ捨てたみたいに身体が軽くなり、描いていた数歩先のプレーに追いついて、やがてぴたりと重なる。

殻を破っただとか、壁を超えただとか、なにかを掴んだだとか。

確かにそういう瞬間があって、私にとってはそれがこのあいだの試合、より正確にいえば美咲ちゃんの話だったんだと思う。


『――お前たちは戦士じゃない、戦う女たちだ』

あのひと言が、私のもやもやを吹き飛ばしてくれたから。

ふと、蛸九でみんなと交わした約束が浮かんできた。

私が体育祭で応援団か、と思わず自嘲する。

学祭への関わり方にはいろんな形があるけど、そのなかでも間違いなく五本の指に入るぐらい手間と時間がかかることは間違いない。

なにせパフォーマンスタイムのダンスはテーマ選びに始まって、衣装や音楽、振り付けに至るまですべてを自分たちで考え、選び、作り、覚え、演じないといけない。

去年の私だったら、バスケの邪魔になるからって理由で目もくれなかったはずだ。

そんなことに割く時間があるなら練習するよ、って。


だけど、と愛する男を想う。


バスケに情熱を捧げれば捧げるほど、あいつが恋しくなる。

あいつに焦がれれば焦がれるほど、バスケが研ぎ澄まされていく。


だから、私は迷わずに選んだ。

野球の練習に付き合うっていう口実がなくなって、夏休みっていう言い訳が通用しなくなっても、まだあんたの傍にいられるのなら。
どんな話ができるだろう、どんな時間を過ごせるだろう、どんな思い出になるだろう。
その全部を抱き寄せて糧にすればいい。
もしかしたら、と思う。

本当は答えなんて、聞かなくていいのかもしれない。
本気の勝負なんて、挑まなくていいのかもしれない。

きっと私はいま、誰よりも幸せ者だ。
ただ想うだけでこんなにも満たされるのなら、その先を望む必要なんてあるのかな。
だって、本当は気づいてるんだ。
私はバスケとあんたをどうしようもなく結びつけてしまった。
だからこそ強くなれると知って、だからこそ怖さを知る。
どこまでも裏表だからこそ、ふとした拍子に考えてしまうんだ。
もしもこの恋が終わってしまったとき、私はまだコートに立っていられるんだろうか。
いまとなにひとつ変わらないまなざしでリングを見つめられるんだろうか。

……きっと、無理。

吹っ切れてまたバスケ一筋になれるのか、戦う気力をなくして二度とこの場所に戻ってこられなくなるのかはわからない。

ただひとつだけ、確かなのは。

恋が終われば、いまの私も終わってしまうということ。

だったらさ、と私は思わず胸を摑む。

だったら私だけを見てなんて贅沢は言わないからさ。

私があんただけを見ていられたらそれでいいからさ。

両方を失ってしまうぐらいなら、いっそ両手に抱えたままで。

――ずっと、こんな関係が続いていけばいいのに。

＊

私、内田優空はいつものように夜ご飯の支度を進めていた。

今日の主菜はめかじきの梅しそ巻きだ。

うちのお父さんも、弟も、誰かさんといっしょであんまりお魚料理を好まない。だけどこれはそもそも梅干しがご飯に合うからか、ふたりともけっこう喜んでくれる定番メニューだ。

まずは冷蔵庫で解凍しておいためかじきをひと口大に切り、軽く塩を振ってそのまましばらく放置しておく。そのあいだに、大粒の梅干しをいくつか取り出し、種を除いて包丁でペースト状になるまで叩(たた)いた。

安売りしていたとき大量に購入し、底に水を張った容器で保存していた大葉を用意する。

それから切り分けためかじきの上に梅干しのペーストを塗り、大葉で巻いて、軽く片栗粉をまぶせば下準備は終わりだ。

焼き始める前に、いったん火にかけていた鍋を確認する。

あらかじめ煮ていたのはじゃがいもと玉ねぎで、とくに変哲のないお味噌汁の具材。平日なので、出汁(だし)は顆粒タイプのもので済ませていた。

じゃがいもに火が通っていることを確認し、火を止め味噌を溶く。最後に乾燥わかめを入れれば完成だ。

続いてフライパンを火にかけ、我が家ではサラダ油の代わりに使っている米油を熱し、切り分けて下準備しためかじきのうち、まずは半分を焼いていく。

充分に火が通ったらお皿に盛り付け、残っていた分をフライパンに並べる。

塩と梅だけでも充分に美味(おい)しいと私は思うけど、濃いめの味つけが好きな弟のために、いつも半分はめんつゆをかけて味を変えるようにしている。

今日は夕湖(ゆうこ)ちゃんが金沢のお土産で買ってきてくれた「いしるだし」があったので、それを回しかけた。

じう、と魚醤(ぎょしょう)のいい匂いがふわっと立ち昇り、ふと今朝のことが頭をよぎる。

——夏が終わり、親友の女の子が髪を切った。

言葉にすればたったそれだけのできごと。

だけどこんな日がくるなんて、考えたこともなかった。

ものすごく大切にケアしていることを知っていたし、その長さを生かした新しいアレンジを見つけたときは、いつだってとびきりうれしそうに報告してくれたことを思いだす。

なにより、これ以外には考えられないというぐらい。

ロングヘアがよく似合う女の子だったから。

お母さんがいなくなったあの日に始まって高校へ入るまでずっと、私は当たり障りのないシヨートカットを貫いていた。

おしゃれな髪型にしようと思ったことも、誰かにかわいいと思われたいこともなくて、ただただまわりから浮かずに溶け込めていられたらそれでよかったのに……。

夕湖ちゃんと、あなたと出会って、私は初めて女の子らしくなりたいと願った。

新しくできた友達の長い髪の毛は、笑うたびにくすくす揺れて、怒ったらぷんと飛び跳ねて、たかたか駆け寄ってくるときにはウエディングベールみたいに余韻を残す。

まるで私の想像するかわいい女の子そのものみたいに見えた。

きっとあのとき、私は大嫌いな男の子に惹かれていくのと同じぐらい、夕湖ちゃんにも惹かれていったんだと思う。

だから恥ずかしくて伝えたことはないけど、本当は去年からずっと変わらずに憧れで。


あの女の子みたいに、って。

願をかけるように伸ばした髪の毛はずいぶんと長くなったのに。

——少しは近づけたと思っていたら、また遠ざかっちゃったな。

ぱちっと油の跳ねる音がして、私はあわててフライパンを回し菜箸でめかじきを転がす。

そんな自分が可笑しくなって、思わず頬を緩めた。

やっぱりすごいな、夕湖ちゃん。

高校に入るまで恋愛にはとんと疎かった私でも、さすがにわかる。

ああいうことがあって髪を切るというのは、つまりそういうことで、だけど夕湖ちゃんには悲壮感とか後悔なんてまるでなかった。

天使の羽根みたいだと何度も見とれていたロングヘアをばっさり切ってしまったはずなのに、どうしてだろう……。

とんと地面を蹴ったら、本当にそのまま窓から飛んでいっちゃいそうなほど軽やかだった。

放課後、駅前でいっしょに買い物をしていたときだって。

いつもの夕湖ちゃんが帰ってきたと感じた次の瞬間にふと、私の知らない夕湖ちゃんが顔を覗かせるような瞬間があった。

どこか大人びていて、触れたら消えてしまいそうに儚げで、だけど心はちゃんとここに在るような、他のなににも例えがたい雰囲気。

私にはそれがちょっとだけ寂しくて、まぶしかった。

火を止め、めかじきをお皿に移し、そっと胸をなで下ろす。

あのまま終わりにしなくて、また手を繋げて本当によかった。

だけど、とキッチンに置いてあるスツールを見ながら思う。

『いつか自分のために恋と向き合う、その日まで』

あの夕暮れ、私が口にしたのは期限つきの仲直りだ。

少なくとも、朔くんと夕湖ちゃんにとっての「いつか」がいまじゃないことだけは、はっきりとわかっていたから。

大切なふたりのために紡いだ言葉だった。

だったら、と今度は自分自身に問いかけてみる。

私にとっての「いつか」はいつなんだろう。

夕湖ちゃんはどこまでも夕湖ちゃんらしく前に進んで、朔くんは私の言葉をすべて受け止めたうえで、きっと向き合うための居場所をあの家に作ってくれた。

だというのに、私は。

特別になりたいと気づいたはずなのに、もう少しわがままになろうと決めたはずなのに、どこかでまだしがみつこうとしている。

自分のために恋と向き合ったからといって、すべてが壊れてしまうわけじゃない。

だけど私は、この夏。

朔くんの、夕湖ちゃんの心を透かすようにして。

止めどなくこぼれ落ちる涙を、胸をかきむしりたくなるような痛みを、自分が自分でいられなくなるような苦しみを、おぼれてしまいそうな哀しみを、思い出ごと消してしまいたくなるほどの後悔を――――。


恋の終わりを知ってしまったから。

あの日の夕湖ちゃんは私だから。


想いを告げたのか秘めていたのか、違いはたったそれだけで。

もしも夕暮れの教室で告白したのが私だったら、まったく同じ言葉で断られていたはずだ。

もしもあなたの心に私の居場所があるとしても、隣には他の女の子が、いる。

踏み出す勇気も覚悟もないままに、結果だけを先に受けとってしまった。

深く傷つかないままに、浅く傷ついてしまった。

だからこそ私は、表面上は終わらなかったいまがどこまでも満ち足りていて、この幸せに浸っていたいんだと思う。

夕湖ちゃんとまたふたりでお出かけできるようになって、朔くんと当たり前のように買い出しの約束をして、応援団には少しだけ途惑ったけれど、藤志高祭だって忘れられない時間になるはずだ。

叶うなら、と淡い期待をしてしまう。

私だけじゃなくて、みんなが。

あの八月を抜けてたどり着いたこの九月を愛おしく愛でていて。

いつかはいつかのまま。


——ずっと、こんな普通に身を委ねていられたらいいのに。

＊

『明日姉は何色？』

君はまるで離れ小島の郵便屋さんみたいだ。

忘れたころにふらっとやってきて、うれしいお手紙を届けてくれる。

同じことを繰り返していいかげん慣れればいいのにと自嘲しながらも、今日は来るかな、明日はどうだろうとついつい待ちわびてしまう。

気づかないふり見ないふりを祈るように何度も繰り返しながら、本当はずっと思っていた。

しみじみと、かやの外に置かれた夏だった。


しずしずと、ひとり過ぎゆく夏だった。


君とのデートはまるで幼い七日間の続きに立っているようで、夏勉でいっしょに時間を過ごせたときは、ほんの短いあいだでもクラスメイトになれたような気がしていた。

そんな些細(ささい)なひとときに浮かれて、はしゃいで、恋しているうちに——。

知らないところで君はどうしようもなく傷ついていて、哀しいほどに部外者でしかなかった私は、きっと流れていたはずの涙を拭(ぬぐ)ってあげることさえできなかった。

それでもせめて先輩でぐらいでは在りたいと。

懐かしいおばあちゃんの家に誘って、君の心に向き合って、だけどいったいどれほど力になれたのかはわからない。

やがて迎えたお祭りの夜。

君が彼女たちとご縁を結び直して戻ってきたことに、もう驚きはしなかった。

前日に電話がかかってきたときから、そうなることはわかっていたから。

泣いてる君にオムライスを作ってあげたのはあのやさしい女の子で、ずっと寄り添ってくれていたことが伝わってきたから。

きっと、この夏。

柊さんに、内田さんに、七瀬さんに、青海さんに、水篠くんに、浅野くんに、山崎くんに、それからもちろん君に。

みんなで分かち合った悩みが、苦しみが、痛みが、かけがえのない物語があって、どれだけページをめくってもそこに私の名前はない。

これまでも、これからもきっとそうだと諦めていて、だからこそ。


——君のなにげないひと言が、泣き出してしまいそうなほどにうれしかったんだ。


考えると期待してしまうから、意識しないように努めていた。

そのせいで、真意をすぐにくみ取ることはできなかったけれど。

藤志高祭でもしも同じ委員会になれたら、体育祭で同じ色になれたら……。

きっと君よりもっとずっと前から、私はその可能性を思い描いていた。

ふと気づけば、机の端に置いているレトロなラジオからはBUMP OF CHICKENの『Stage

of the ground』が流れてきている。

体育祭の応援団か、と私は思わず頬を緩めた。

なんだかとっても君たちらしい。

きっとみんなではしゃいで、だけどものすごく真剣に取り組んで、恥ずかしくなるほどに熱く、見ている人がわくわくするパフォーマンスを披露するんだろうな。

もしも、その輪に入れたら……。

自分が大声で応援したり衣装を着て踊ったりするなんて、やっぱり想像はできないけれど、冒険してみるのも悪くないのかな。

君はいつだって、私を知らない場所に連れ出してくれるから。

あるいは、と思う。

私がいま本当に求めているのは、そういう時間なのかもしれない。


君の、ではなく、君たちの。

物語に私の名前を並べてほしい。

先輩と後輩でいたからこそ気づかなかったことがあると思う。

それはきっと、素敵なことばかりじゃなくて。

いままでは君というやわらかなフィルター越しで話にしか聞いていなかった彼女たちとの関係を、繋(つな)がりの深さを、誰かに向けるまなざしを、ふとしたときに交わし合う仕草を、こぼれる私の知らない表情を――。

目の前で見て、傷つき、戸惑い、苦しくなることだってあるはずだ。

だけど私は、その痛みさえもがうらやましい。


『せめて、おんなじ色になれるといいね』

『うん、君とおんなじ青色』


染まれたらいいな、と思う。

最近、ふとしたときに考えることがある。

東京に行ったら、私の恋は本当に終わってしまうんだろうか。

確かにそういう覚悟をしていた。

この町を離れて夢を追いかけるなら、いつもの河川敷で三年生になった朔くんをこっそり待つことも、思いつきでデートに誘ったりすることも、お嫁さんになることも、ないんだって。

だからこそ、残された時間に精いっぱい向き合おうとしてきたはずなのに。

それでもときどきは、甘い逃げ道に誘われてしまう。

君と再会してからの一年間を思いだしてみる。

私たちはそもそもが毎日顔を合わせるような関係じゃなかったし、最近になるまでは電話やLINEはもちろん、約束のひとつさえ交わさなかった。


たとえばそういうふたりのままでは、いられないんだろうか。


向こうで頑張ってバイトをすれば、月に一回ぐらいは帰ってこられるかもしれない。

君にはないしょで、授業が終わるころ河川敷に座って本を読んでいよう。

そうして驚いた顔を充分に楽しんだら、デートに連れ出したっていい。

ちょっと野暮にはなってしまうけど、私たちの進路相談も、文字どおりの進路相談だって、電話でなら話を聞いてあげられる。

ビデオ通話を使えば休日に君と東京の街を歩くことだってできるはずだ。

それはあっという間に過ぎ去ったこの一年間と、なにか違うだろうか。


職場見学に出かけた日、ふたりで夜ご飯を食べているとき。

君があの夏祭りへと戻ってくる前に、柊(ひいらぎ)さん、内田(うちだ)さんとどんな話をしたのか、その結末がどうなったのか。

多分、私に聞かせてもいいところだけを丁寧に話してくれた。

それはもらい泣きしてしまいそうに美しくて、私にとっては逃げ出してしまいそうなほどに残酷な物語だったけど……。


たった一筋の、月明かりが射(さ)した。

君の恋はまだ、はじまっていない。


もしかしたら、と思う。

誰に対しても誠実で、自分に対してはとびきりやこしい君のことだ。

たったひとりを、あっさり選べたりはしないんじゃないだろうか。

これから君の心にいる女の子たち一人ひとりと向き合って、できればその端っこぐらいには私もいたいと願ってしまうけれど、とにかく時間をかけて、まるで小説を書こうとするように、言葉をひとつずつすくいとるように、ゆっくりと自分の気持ちに名前をつけていくんじゃないだろうか。

ともすれば、そのあいだに。

私たちのあいだにある一年が、埋まってくれたりはしないだろうか。

たとえば君が東京への進学も視野に入れ始めたら……。

大学生になってしまえば、学年の差なんてあってないようなものだ。

なんて、いくらなんでもご都合主義に過ぎることはわかってるけれど。

叶うなら、私が卒業したそのあとも。


――ずっと、こんな距離(じかん)が続いていけばいいのに。

＊

ちゃぽんと水滴の落ちる音で、私、七瀬悠月(ななせゆづき)は静かに目を開けた。

季節を問わず、こうしてゆっくりと湯船に浸(つ)かる時間が好きだった。

お風呂の電気は消して、代わりにアロマキャンドルをつける。

ちろちろと揺れる火をただぼんやりと眺めていることもあれば、浴槽のへりに頭を預けたりもたれかかったりして、なにかに想いを馳せることもある。

バスケのこと、相方のこと、友達のこと、好きな男の子のこと。

今日は九月のことを考えていた。

より正確に言えば、ひと夏を越え、秋へたどり着く前の私たちについて。


千歳のことを想う。

——それでも俺の心のなかには他の女の子がいる。


あの人は苦しそうに、もう一度そう言ったらしい。

夕湖が心のなかにいる、と前置きしたうえで。

あいかわらずなんて不器用な男、と思わず笑いがこみ上げてくる。

たったひと言、「返事はもう少し待ってほしい」と口にすることが、どうしてもできなかったんだろう。

千歳の言う女の子が誰を指すのかぐらい、さすがにわかる。

夕湖(ゆうこ)、うっちー、陽(はる)、西野(にしの)先輩。

——それから、私。

なんて、ちょっと図々しいかもしれないけど、さすがにここで自分を含めないほど初心(うぶ)でも臆病者でもない。

いま、千歳(ちとせ)の心にいる女の子はこの五人だと思う。

だとすればちょっとぐらい浮かれるかわいげがあってもいいはずだけど、手放しに喜べないのはあいつの葛藤(かっとう)を理解できるからだ。

私たちに対して、他のクラスメイトとは違う感情を抱いているのは間違いない。

だけどそれは友達だとか相棒だとか憧(あこが)れだとか……。

少なくともまだ、恋とは違う形をしている。

私たちはあまりにも、幻想と幻滅に振り回されてきたから。

恋なんて名前をつけるのは最後の最後でいい。

本当の千歳に触れるまで、私は確かにそう思っていた。

たとえば学校で一番よく話す人、たとえば家族のように過ごせる人、たとえば同じ熱量で隣を走ってくれる人、たとえば初めて飾らない自分を認めてくれた人。

そういう些細な理由に片っ端から恋というシールをぺたぺた貼りつけ、勝手に舞い上がって勝手に引き剝がす人たちをたくさん見てきた。


恋は無責任に誰かを傷つけるための免罪符だ。


かつての自分も、いまのあなたも。

きっとそんなふうに考えていて。

傷つけたくはない大切な人たちを想うからこそなおさらに。


——どの気持ちを恋と名づければいいのかがわからない。


つまり、となんとはなしにお湯をすくう。

手のひらに浮かんで揺れる七瀬悠月を見ながら、思う。

千歳が私に向けてくれている気持ちには、いずれ「似たもの同士」みたいな名前がつけられてもおかしくないってことだ。

まったくいやになる、と苦笑してため息をついた。


西野先輩のことを想う。

正直、彼女のことはいまでもよくわからない。

千歳が憧れている人だってことは嫌でも伝わってくる。

西野先輩にとってあいつが特別な存在だってことも。

私が背中を押した東京旅行以来、ふたりの関係に以前みたいな神秘性は薄れたように見えるけれど、ますます他人が触れがたい時間を紡いでいるようにも感じられる。

なにより、西野先輩はそう遠くないうちに遠くへ行ってしまう。

どちらかが、それまでに答えを出すんだろうか。


陽のことを想う。

七月の芦高戦以来、相方がくすぶっていることには気づいてた。

なんというか、ずっと気持ちが空回っているみたいで、かといって練習をおろそかにしていたり目標を見失っているわけでもなさそうだったから、具体的になにか手助けができるわけでもなくもどかしい気持ちで見守っていた。

だけど、私にとっても憧れの先輩であるアキさん、スズさんと試合をした日。

ウミは確かになにかを摑んだみたいだった。

私に隠れてスリーの練習をしてたってのはさすがに驚いたけど、習得すればますますやっかいな選手になるのは間違いない。

対戦する相手にとっても、それから私にとっても。

十中八九、ウミのスランプには千歳への恋心が関わっていたと思う。

そこから抜けたってことは、自分のなかで折り合いをつけられたということだ。

味方にいれば頼もしいのに、敵に回すとこれだけ手強いライバルもなかなかいない。


うっちーのことを想う。

うっちーのことを想うと、胸が苦しくなる。

——誰よりも理解り合っていたい。

私はそう望んでいたはずなのに。

千歳(ちとせ)の隠していた心を、見つけてあげることはできなかった。

誰よりもあいつを理解していたのは、私じゃなくて彼女だったから。

一番大切な人のために迷わず駆け出す強さと、最後にはみんなを繋(つな)いでくれるやさしさをもったあの子は、いま、なにを考えているんだろう。


それから夕湖(ゆうこ)のことを、想う。

認めたくはないけど、正直にいえば、いま。

千歳の心の真ん中に立っているのは、うっちーか夕湖なんじゃないかと思う。

一度告白されたらいやでも意識してしまうとか、そういうありがちな話じゃなくて。


——この夏、夕湖は見違えるほどに美しくなった。


金沢旅行のときにそう感じて、今朝、あらためて打ちのめされてしまう。

彼女に訪れた変化をどんな言葉で表現すればいいのかが、私にはわからない。

大人びた、内面が成長した、慎ましやかになった……。

どれも近いようで、的を射てはいない気がする。

たとえばふとしたときに見せる穏やかなまなざしに。

たとえば千歳に向けるやわらかい笑顔に。

たとえばその名前を呼ぶ愛(いと)おしそうな声に。


はっとするほど惹(ひ)かれてしまう。

だからあの人も、きっと……。


最後に私は私のことを想う。

傍観者になったつもりで、冷静に自分を眺めてみる。

西野(にしの)先輩みたいに別れが近づいているわけでも、陽(はる)みたいにスポーツを通じて強く結びついているわけでも、うっちーや夕湖みたいに本音をぶつけ合ったわけでもないけれど。

だからこそ、女の子として誰よりもバランスよく心の距離を近づけられてはいるはずだ。

偽物の恋人だったときよりも恋人らしいと思える瞬間が、少しずつ増えてきた。

これでいいのだろうかとも、これでいいんだとも思う。

特別な絆がないことは、特別な理由がなくてもそばにいられることの裏返しでもあるから。

なにはともあれ、と私は浴槽を出て鏡を見る。

いろんなことがあった夏だけど、ひとまずは落ち着くべきところに落ち着き、こうして九月を迎えられてよかった。

夕湖の告白とその結末は、良くも悪くも私たちを束の間の停滞に押し込むはずだ。

陽には夕湖の許可をとって私がことのあらましを伝えたし、西野先輩にはきっと千歳から話しているだろう。

それを聞いておきながら、「夕湖が駄目でも自分なら答えは違ったはず」と思える人は、さすがにいないんじゃないだろうか。

私たちはもう少しだけ時間をかけて、この恋と向き合っていく必要があるんだと思う。

なにひとつ終わってないことはわかっているけれど、せめていまぐらい。

遠くに聞こえる次の祭り囃子に身を委ねながら、みんなと過ごせる日々を楽しんでもいいのかもしれない。

だからいつか、あなたが名前をつけるその日までは。

――ずっと、こんな偽物が続いていけばいいのに。

＊

始業式から数日後。

二年五組では、校外祭、体育祭、文化祭を含めた学校祭全体の委員会や、文化祭におけるクラスの出し物を決めるために七限目を使ってホームルームを開いていた。

一応クラス委員長の俺こと千歳朔が教壇に立って司会を、副委員長の夕湖は後ろの黒板で書記を担当してくれている。

先に始めた学校祭の委員会決めは、希望者に挙手してもらって、定員よりも多かったら話し合いかじゃんけんで決めてもらうという方針をとった。

俺たちが応援団でいっせいに手を挙げたら他の人が意志を表明しづらいだろうと、事前に打ち合わせて最初はしばらく様子見をしたが、希望者は誰もいなかったため、チーム千歳の面々は揃って応援団に入ることができた。

ちなみに男女合わせて八人は定員をオーバーしているけれど、同学年で体育祭の青組になった理系クラスは希望者が一人もいなかったらしく、応援団の人員はこっちから出すということで問題はないそうだ。

このへんはあらかじめ蔵センにも確認していたし、毎年よくあることなのでとくに心配はしていなかった。

本当は男女あと一人ずつ枠に余裕があり、なずなと亜十夢にも声をかけたけれど、あえてどっちとは言わないが死んでもやらねえって態度だったので、ふたりは比較的仕事が少ないと言われているところを選んだ。

そんなこんなで、委員会決めのほうはあっさりと話がまとまり、いま相談しているのは文化祭でやるクラスの出し物。

こちらに関してはみんなかなり乗り気みたいで、さっきからいろんな案が飛び交っている。

「やっぱり食べ物系やりたくない？　やきそば！　たこ焼き！　フランクフルト！」

「クレープとかホットケーキみたいなスイーツもいいよねー」

「お化け屋敷とか!?」

「ネタ動画みたいなのもありじゃない？」

かつ、かつ、かっか、つっかっか。

夕湖が丸みのあるかわいらしい文字で、出てきた意見を黒板に並べていく。

「はいっ！　はいはいはーいっ！」

無駄に元気よく立ち上がった男を見て俺は言う。

「はい海人」

「猫耳にゃんにゃんメイド喫茶!!!!!!!!」

「「「「えーーーーー」」」」

「なんでッ?!」

反対の声を上げたのはおもに女子たちだ。
陽が呆れたように言う。
「あんた山崎の影響でアニメとか見すぎなんじゃないの」
海人はかんたんに諦められない様子だ。
「なんでだよ、絶対盛り上がるって！　夕湖とかうっちーに『ご主人様、お帰りにゃん』って言ってほしいよなあ健太!?」

話を振られた健太は、眼鏡のブリッジに指をかけやたら乾いた声で言う。

「浅野、フィクションはフィクション」

「てめえ健太裏切る気かッ!?」

「そろそろ大人になろうよ」

「熱くコスプレを語り合った日々はどこへっ!?!?!?!?」

そのやりとりに、教室中がどっと沸く。

海人の案が流されそうな雰囲気に、男子連中はこっそり残念そうだ。

夕湖たちのメイド姿、想像したやつは絶対に何人かいる。

もちろん俺もそれに同じく。

すると、教室の端で黙って成り行きを見守っていた蔵センがおもむろに口を開いた。

「おい山崎」

その真剣な口調に、健太は少し身構える。

「は、はい……」

蔵センはふうとわざとらしいため息をついて真面目な顔で言った。

「――いまのは浅野が正しい。お前もつまらん大人にはなるな」

健太はとっさになにを言われてるかが理解できなかったらしく、言葉に詰まる。

「え……？」

無駄にアンニュイな表情で蔵センがぽつりとつぶやく。


「俺は『ご主人様、お帰りにゃん』って言われたい」

「ただのセクハラ教師じゃねえか！！！！」


ぶはっと、あちこちで笑い声が弾ける。

健太もそろそろ蔵センがこういう大人だってわかったほうがいいぞ。

そんなことを考えていると、和希（かずき）がやれやれと肩をすくめた。

「時代遅れだね、海人」

海人は不服そうに言葉を返す。

「じゃあ和希はなんかいいアイディアあんのかよ」

和希は気障（きざ）にふっと口の端を上げる。

「あえてのグイグイ男装喫茶」

理解できないといった顔で海人が首を傾げた。

「女子が男の格好するってことか？　誰に需要あるんだそれ」

和希が意味深な笑みを浮かべたまま続ける。

「たとえば執事服を着た悠月に壁ドンからの顎クイされたくない？」

「――お前天才かよッッッ!!!!!!」

和希のやつ、すかした面してすげえこと言いだすな。

そのかけ合いを見ていたクラスメイトたちもくすくすと笑っている。

当の七瀬は、めずらしくぽかんとした顔で固まっていた。

なんというか、和希からこういう持ち上げる系のからかい方をされることに慣れてないから、反応に困っているんだろう。

正直俺も、七瀬を例に出したことは驚いた。

あいつもあいつで、なにか心境の変化があったらしい。

「はいはーい！」

次に立ち上がったのはなずなだ。

「うちのクラス顔がいい男の子多いし、逆にコスプレ女装カフェは!?」

「「「「ある！」」」」

「「「「ねえよ!!」」」」

今度はクラスの男子と女子で反応が真っ二つに割れた。

なずなは人差し指をわざとらしく下唇に当て、まるで俺たちの反応を楽しむようにからかうように続ける。

「そうだなぁ、とりあえず千歳くんはフリフリメイドさんでしょ？」

「おいやめろ」

「水篠くんはギャルメイクで女子制服かな」

「勘弁してよ」

「浅野くんは、うーん幼稚園児とか？」
「このがたいでッ?!」

それから、となずなは視線を教室の一点に向けた。

「亜十夢はバニーちゃん」
「ぶっっっっっっ飛ばすぞ!!!!!!」

そのかけ合いに、ふたたびクラスメイトたちが吹き出した。
ひとしおりの笑いが収まるのを待って、なずながこっちを見る。

「冗談はさておき、演劇とかは？」
「おお、定番っちゃ定番だな」

クラスの出し物は教室に限定されていない。
これまでの案だと、たとえばカフェとかお化け屋敷ならここでやるだろうし、焼きそばやクレープみたいなものは外の駐車場に模擬店を出す。

他クラスと時間の調整は必要になるだろうが、希望すればステージも使える。

なずなが話を続けた。

「なにやるかによるけど、演劇だったらある意味で男女のコスプレ要素もあるしさ。得意不得意によって作業も分担しやすくない？」

「と、言うと？」

「ステージ出ても苦じゃない人は役者やればいいし、そういうの苦手な人は脚本とか大道具小道具とか照明とか、あとは衣装とか？　そういう裏方に回ればいいじゃん」

「なるほどな」

学校祭に向けて、委員会活動とクラスの出し物を並行で進めるのはけっこうな労力だ。なにをやろうがそれなりに準備は大変だし、役割分担は発生するけれど、作業の種類が多いと手分けしやすいってのは確かにある。

「オッケー、じゃあ夕湖それも書いておいてくれるか？」

「はーい！」

お馴染みの返事じゃなかったことが気になりふと振り返ると、夕湖が黒板に「演げき」と書いていて、なぜだかそれが妙にほっとした。

＊

結局、「猫耳にゃんにゃんメイド喫茶」や「グイグイ男装カフェ」、「コスプレ女装カフェ」みたいなネタっぽい案も含めてクラスで投票を行った。

一応、紙に書いて箱へ入れてもらうという匿名形式だ。

夕湖とふたりでさくっと集計し、結果を見ながら俺は口を開く。

「じゃあ三位ぐらいから発表しまーす」

一度言葉を句切り、こほんと咳払いをしてから続ける。

「第三位、猫耳にゃんにゃんメイド喫茶！」

「「「「えーーーーー」」」」

今度は女子と男子の声が混じり合っていた。

前者は「投票したの誰だよ」の意味で、後者は「一位じゃないのかよ」の落胆だろう。匿名なのをいいことにけっこうな数の男子が投票したな、これ。

ちなみにチーム千歳の女子たちから冷たい視線が飛んできてる気がするけど怖いからそっちは見ない。

……僕だけじゃないよ？

気を取りなおして俺は結果の書かれた紙を見る。

「はいはい静粛にー」

本当に順位が間違ってないのかをもう一度確認して口を開く。

「……第二位、コスプレ女装カフェ」

「「「「えーーーーーっっっ!?!?!?」」」」

三位のときとは意味が逆転しているのであろう男女の声が響いた。

あっぶねえ、誰だよ投票したの。

俺はチーム千歳の女子たちを見るが誰も目を合わせてくれないですねてめえらこのやろう。

でもまあ、二位三位がこれなら男女ともにお互いさまってことでいいか。

ちなみに和希（かずき）の「グイグイ男装カフェ」は四位だった。ちょっとマニアックだったのに加え、三位と男子の票が割れてしまったんだろう。

ということで、と俺はクラスメイトたちの顔を見て告げる。

「第一位、演劇に決まりました！　はい拍手ー」

「「「「おぉーーーーーーーーー!!!!」」」」


ようやく男女ともに素直な歓声と拍手が鳴り響いた。

まあ、うまく落ち着くべきところに落ち着いたな、と思う。

地味になずなの言葉も説得力があった。

クラスの喧噪を見守りながら、ちらりと時計を確認する。

学祭の委員会も、クラスの出し物も、存外にすんなり決まったことでまだホームルームの時間が余っていた。

ふと夕湖に目をやると、そうだねとにこり笑ってこくりうなずいてくれる。

だよな、と俺は口を開いた。

「今日中に決まらなくてもいいけど、なんの演目にするのか軽く相談しとこうか。いったん誰が役者をやるかは置いておいて、見てみたいとか挑戦してみたいって話ある？」

俺の言葉に、みんながざわざわと相談を始める。

「運動神経いい男子多いし、アクション系とか？」

「流行(はや)ってる漫画をやるのもウケそう!」

「二・五次元的な?」

「ああいうミュージカルっぽいのもありだね」

「いやでも役者の負担半端なくない?」

「男子も女子も出番あるほうがいいよね」


さまざまな意見が飛び交うなか、なずなが手を挙げた。

「いっそのことオリジナル作っちゃうとか?」

俺は頰(ほお)をかきながらそれに答える。

「本番までもう二ヶ月切ってるからなぁ。ちなみにオリジナルで脚本書けるとか、未経験だけど書いてみたい人とかっている?」

聞くだけ聞いてみたけれど、さすがに誰も手を挙げない。

文芸部の子とかだったらあり得るかと思ったけれど、どうにも難しそうだ。

なずなもその様子を見てあっさりと引いた。

「だよね。じゃあやっぱり流行ってる漫画とか映画から引っ張ってくるか、もしくは定番もののアレンジかな?」

それを聞いた海人(かいと)がすかさず口を開く。

「やっぱ文化祭の演劇って言ったらロミジュリじゃね!?」

なずながぱちんと手を叩(たた)く。

「あはっ、王道だよねー！　なんとなくみんな話は知ってるだろうから、現代版で福井を舞台にするとかでも面白そう」

「めっちゃよくない!?　登場人物みんな福井弁とか！」

「ウケる！」

すると話し合いを見守っていた蔵(くら)センが言った。

「あー、去年もロミジュリやってたぞ。何年か前に福井弁バージョンも見たな。べつにかぶったところで問題はないが、一応伝えておく」

なずなが残念そうに肩をすくめる。

「うーん、それ聞いちゃうと違うのにしたくなるよね」

俺は一応司会として口を挟む。

「ギャグに振るか真面目(まじめ)にやるかはともかく、定番をアレンジっていう方向性は悪くないんじゃないか？」

教室を見回すと、みんなこくこくと頷(うなず)いている。

なずながうーんと口に手を当てた。

「てことは、元ネタをどうするか問題だよね」

珍しくと言ったら失礼だけど、ここまで話し合いに積極的なのは、自分の意見が採用された手前、なにか少しでもアイディアを出そうとしてくれているんだろう。

考えに詰まったのか、なずなが話を振る。

「悠月（ゆづき）、なんかない？」

七瀬（ななせ）はこの流れで自分に話が回ってくるとは思っていなかったのか、わずかに目を見開いたあと、しばらく考え込み、

「白雪姫、とか……？」


ぽつりと、そうつぶやく。

珍しくその声色は、思わず本音が転がり落ちたようにやわらかな丸みを帯びていた。

「あーいいじゃん！」

なずなが立ち上がってクラスを見回す。

「わりと絶妙なとこついてるかも。高校の学祭だとロミジュリほどメジャーじゃないし、あとこれ完全に私の偏見なんだけど、シンデレラより白雪姫のほうがオシャレな感じしない？」

その明け透けなもの言いに、クラス中がぷっと吹き出す。

七瀬の口から白雪姫が出てくるってのは少し意外だったけど、絶妙な線という意見には俺も

同感だ。聞いたことないって人はまずいないだろうし、だからこそアレンジもしやすい。

「あっ！」

なずながなにかを思いついたように目を見開いてこちらを見た。

「ごめん千歳くん、一瞬仕切ってもいい？」

「おう、もちろん」

そう答えると、たたんとこっちに向かってくる。

俺は一歩引いて夕湖の隣に並び、教卓の前を譲った。

なずなが軽く右手を挙げながら言う。

「ぶっちゃけでいいんだけど、役者やりたい人ってどんぐらいいる？」

しん、と教室が静まり返ってしまった。

みんな気まずそうに目を伏せたり互いの顔色を窺ったりしている。

本当にやりたくないのか、それとも恥ずかしくて手を挙げられないのか、ちょっと判断に迷うところだな。

少し補足をしようかと思ったら、なずなが続けた。

「んじゃ逆に、できればやりたくないって人は？　それべつに普通のことだから、遠慮とかせずにはっきり教えてくれたほうが助かる」

口を挟むまでもなかったな、と俺は短く息を吐く。

迷わず真っ先にだるっと反応したのは亜十夢だ。

それをきっかけに次から次へそろそろと連鎖していき、最終的にはクラスメイトのほとんど全員が手を挙げていた。

おそらく俺たちに気を遣ったのであろうチーム千歳の面々だけが、苦笑まじりに成り行きを見守っている。

「おっけ、なら私から提案」

なずなはこの状況を想定していたような気楽さで言った。

「白雪姫の主要な登場人物って、白雪姫、お妃様、お妃様の化けた魔女、王子様、七人のこびとのマックス十一人だよね？　それ、千歳くんたち応援団の面子にお願いしない？」

なるほど、と思っていたらなずなが振り向き胸の前で両手を合わせる。

「ごめん、順番違うけど千歳くんたち的にどう？　っていうのも、応援団の準備ってかなり重いじゃん？　だったらそっちのメンバーで役者まとめちゃったほうが、集まって練習とかやりやすいかなって」

想像していたとおりの説明に、俺は小さく頷いた。

こっちの都合も考えてくれた悪くない提案だと思う。

優空や健太はちょっと抵抗があるかもしれないけど、そもそも応援団として人前で踊るわけだし、そのへんのやりとりは蛸九で済ませた。

なずなが付け加えるように口を開く。

「大道具とかの裏方だと、逆にこっちのほう顔出さなきゃいけない時間増えちゃうと思うんだよね。代わりにってわけじゃないけど、もし引き受けてくれるならクラスの代表は私がやるから、細々したことは任せてもらっていいよ」

確かに、応援団とこっちの準備を両立するのはけっこう骨が折れそうだ。

名ばかりとはいえ、一応はクラス委員長だから参加しないわけにもいかないと思っていたけれど……。

俺はみんなの顔を見ながら口を開く。

「個人的にはありなんじゃないかと思う」

隣に立っていた夕湖が続いた。

「私も賛成！」

七瀬も頬をかきながら言う。

「役者なら個人の練習で補える部分が多いし、かけ合いとかは応援団のついでにできるし。部活のこと考えるとそっちのほうが助かるかも」

陽が勢いよく手を挙げる。

「同じく！」

和希はこっちを見て軽く頷き、海人もぐっと親指を立てていた。

心配していた優空も、怖ずおずと口を開く。

「せ、台詞が少なめのこびと役なら……」

健太がぶんぶんと首を縦に振った。

「完全に同意」

ありがとう、とにぱり笑ってなずながクラスメイトたちを見た。

「そんじゃ、役者は千歳くんたちにお願いするってことでいい？」


「「「「おぉーーーーーーー!!!!!!」」」」


ぱちぱちと肯定の拍手が鳴り響く。

なずなに助けられたな、と思う。

こういうのはなかなか自分たちから提案しにくいもんだ。

そういえば、とふと気づいて俺は口を開く。

「魔女役はお妃様がやればいいと思うけど、それにしたってふたり足りなくないか？」

魔法の鏡は声だけだから誰かが兼任するとしても、白雪姫、お妃様、王子様、七人のこびと。

最低でも十人は必要になるけど、俺たちは八人しかいない。

なずなが平然とそれに答える。

「大丈夫、とりあえずは亜十夢に無口なこびとさんやらせるでしょ？」

それはさすがに、とつっこむよりも早く、

「っざけんな、やるわけねぇだろ！！」


案の定、亜十夢の声が響いた。

あはっ、となずなが笑う。

「いいじゃん、こびとさんの帽子似合うよ」

「お前いいかげんにしとけよ！」

そのかけ合いに、俺はぷくくと肩を揺らす。

亜十夢をこんなふうに扱えるのはなずなぐらいだろうな。

「じゃあ、私がこびとさんやるから、あんた大道具と小道具のとりまとめね。帰宅部なんだしそんぐらい手伝いなよ」

ちッ、と亜十夢の短い舌打ちが響き、

「……わかった」

じつに渋々とそう答えた。

なずな相手にこれ以上ごねたら余計に手間が増えると判断したんだろう。

ふたりが普段どんなやりとりを交わしているのか、ちょっとだけわかった気がする。

してやったりという顔のなずながこっちを見た。

「んで、あとひとり分は脚本のアレンジで減らしちゃえばいいんじゃない？」

俺はこくりと頷き言葉を返す。

「まあ、厳密にこだわるほどのことでもないか」

なずながぱちんと手を叩く。

「せっかくなら白雪姫、お妃様と魔女、王子様も決めちゃおっか」

俺は時計を確認してから答える。

「そのほうが脚本作りやすいかもな」

だよね、となずなが七瀬を見た。

「悠月、白雪姫やれば？」

「「「「おぉっ!?」」」」

にわかにクラスメイトたちが色めきたつ。
まあ発案者ってのもあるし、能力はもちろん主役としての存在感は抜群だろう。
だけど当の本人は、気まずそうに首を振った。
「私は白雪姫って柄じゃないよ」
へえ、と俺は思わず眉を上げた。
七瀬がこんなふうに謙遜するのは珍しい。
てっきり余裕めかした笑みであっさり引き受けるものかと。
なずなもちょっと意外そうな顔をしている。
そんな周囲の反応を察したのか、七瀬は慌てて付け加える。
「あ、お妃様と魔女のほうなら引き受けるよ」
確かに、となずなが挑発的に口の端を上げた。

「そっちのほうがお似合いかもね」

「んん？　どういう意味かな綾瀬さん？」

「あはっ、鏡に尋ねてみれば？」


いつのまにかすっかり息ぴったりだな、と俺は苦笑する。

もしかしなくても、このあいだの金沢旅行がきっかけなんだろう。

俺はふたりのやりとりをにこにこと見守っている夕湖の横顔に目をやる。

当たり前のように両方を誘ってしれっと仲直り、ってところか。

まあ、いまさら驚きはしない。

夕湖はつくづくそういう女の子なんだと思う。

それはそうと、と七瀬が切り出す。

「白雪姫は夕湖がいいんじゃないかな？」


「「「「おぉっ!?」」」」

ふたたびクラスメイトが沸き立つ。

夕湖（ゆうこ）は自分を指さしながらきょとんと口を開いた。

「え？　私？」

なずなが呆（あき）れたように笑う。

「まあ、舞台の上であの魔女と張り合えるのは夕湖ぐらいでしょ」

七瀬（ななせ）がすかさずつっこみを入れる。

「お妃様（きさき）、ですから」

そのやりとりにくすくす髪を揺らして、夕湖が答えた。

「演技とかあんまり自信ないけど、大丈夫？」

こくりと七瀬が頷（うなず）く。

「平気だよ、台詞（せりふ）飛んだりしても私がフォローするから」

「じゃあ……」

夕湖は一度言葉を句切ってなずなの隣に立ち、

「かーしこまりー！」

元気にいえいと手を挙げた。

「「「「うおぉーーーーーーーー!!!!!!」」」」


男女を問わずに教室中がわっと盛り上がる。

夕湖の白雪姫と七瀬のお妃様。

そりゃあみんなの期待も高まるだろう。

さっそくあちこちで妄想を膨らませてるみたいだ。


「柊さんのドレスめっちゃかわいいの作ろうね！」

「七瀬さんはセクシーなやつ！」

「脚本どうする!?」

「うわーどっちにも幸せになってほしいんだけど」


「──てか待って王子様は!?」

誰かの声がひときわ大きく響くと、なずながにひっと振り返ってこっちを見た。

「そりゃあ、ねえ……？」

両方の手のひらを天井に向けて和希が大げさに肩をすくめる。

「朔だね」

海人は画鋲でも踏んづけたみたいに顔を歪めながらこっちを睨みつけてきた。

「今回はてめえに譲ってやる」

健太が中指でくいっと眼鏡を正す。

「爆ぜ散れ」

机に頬杖を突いていた陽がへっと口の端を上げる。

「旦那、気障な台詞は得意でしょ」

優空はにっこり微笑んでいるのに、なぜだかやたら乾いて響く声で言う。

「大丈夫だいじょうぶ、朔くんはかっこいいから」

俺はぽりぽりと頬をかいた。

「……いや俺だけ断れないしやるけどさ、なんか圧強くない？」

そう言うと、教室がやいやい賑やかになる。

次から次へと調子のいいやじが飛んできた。

「おい千歳、七瀬さんを選ばないってどういうことだよ！」

「知らねえよ話考えたやつに言え」

「眠ってる柊さんを連れて帰るとかこの誘拐魔！」

「俺じゃなくて王子がな！」

「このヤリチン王子!!」

「あんだと打ち首にするぞ無礼者!!!!!」


誰も彼もが、次の祭りに浮かれている。

ひとりでひざを抱えていたって周りが空回りするなら、いっそみんなでくるくる踊ろうと。

彼も彼女も君もあなたも僕も私も。

ぴーひょろひるる、笛を吹き、とことんたかん、鼓を叩く。

ひらひら手を振りからころ巡る。

なずながちょちょいと手招きし、七瀬はすすいと教壇に上がった。

お妃様と白雪姫が、頼りない新米王子様を見る。


七瀬は舌先で唇をちろりと濡らして、艶めかしい声色で言った。

「毒りんごはお好き?」

夕湖はまるで触れたら消えてしまう沫雪のように目を細める。

「私を連れてってね、王子様」


もしも、と思う。

どこかに魔法の鏡があったなら。

きっといま、世界で一番情けない男の顔が映し出されていると思う。

お妃様がお妃様ならよかった。

王子様（おとこのこ）が白雪姫にしか出会わなければよかった。


――そうしてふたりは手を取り合って、いつまでも幸せに暮らしましたとさ。


物語は都合よくそんなふうに結ばれるけれど。

ふたりになれなかった心は、真っ白な紙の上に置いてけぼりのまま、どうやってその先を綴（つづ）っていけばいいんだろう。

もしかしたら俺たちは、誰もひとりぼっちで迷子にならないように、最後の最後までページを使い切ろうとしているのかもしれない。

叶わないと知りながら、それでもどこかで願ってしまう。

いつか涙で幕が下りた舞台に並んで頭を下げながら。

――めでたしめでたしと、みんなで手を叩(たた)けますように。

二章　私たちの青色

　第二体育館は秘密基地みたいだ、と足を踏み入れるたびに思う。

　あたりを囲む壁が深い鈍色（にびいろ）だからだろうか。

　大きさが第一体育館の三分の二ぐらいしかないからだろうか。

　あるいは通りかかるたびに空っぽで佇（たたず）む印象に囚（とら）われているのだろうか。

　とにかくこの場所は校舎内でもとりわけ不思議な静けさと閉塞感に満ちていて、こういう日にはおあつらえ向きかもしれない。

　委員会決めから約一週間後の七限目、正確に言うとその手前にある休み時間。

　俺、夕湖（ゆうこ）、優空（ゆあ）、七瀬（ななせ）、陽（はる）、和希（かずき）、海人（かいと）、健太（けんた）の、チーム千歳（ちとせ）もとい二年五組応援団のメンバーは第二体育館に集まっていた。

　今日は一、二、三年で学祭委員会の初顔合わせだ。

　体育祭では各学年十クラスを五つの色に割り振るので、基本的には一学年につき二クラス、計六クラスの縦割りチームを組む。

　必然的に応援団もそれに倣（なら）うのだけど、同じ青組になった理系のクラスに希望者がいなかったため、二年は五組のこの面子（メンツ）で全員ってことになる。

休み時間になるとすぐに移動を始めたからか、集合場所の第二体育館についたのは俺たちが最初みたいだ。

ひとまずはバスケのゴール近くに車座で座る。

海人が待ちきれないといった様子で口を開いた。

「やっべ、テンション上がってきた！　部活以外で他の学年となんかやる機会なんて学祭ぐらいだもんな」

陽が呆れた顔で言う。

「あんた後輩のかわいい女の子にぐいぐい絡まないでよ」

「ふっ、わるいな陽。言っておくけど俺は先輩後輩には意外とモテる」

「タメだとすぐに素がばれるからでしょ」

「ひどくないッ?!」

あぐらをかきながら涼しい顔で頬杖を突いていた和希が口を開く。

「でもまあ、二年てわりと責任重大だからね。実際のとこ絡みは増えると思うよ」

優空がくすりと笑って続いた。

「応援団長と副団長は私たちから出すんだよね？」

俺たちが早めに来た理由はこれだ。

受験を控えた三年生の負担を減らすために、学祭の委員会では基本的に二年生が中心的な役割を担う。

　応援団で言えば優空が口にした団長、副団長、それからパフォーマンスのテーマやダンスの振り付け、衣装なんかの方向性も俺たちが主導で決めていくことになる。

　こくりと頷いて和希が言った。

「とりあえず、団長は朔でいいんじゃない？」

　予想はしていた展開なので、俺はとくに途惑うでもなくそれに応える。

「おう、やりたい人がいないならやるぞ」

　この面子で部活に入っていないのは俺と健太だけだ。

　最初からある程度はフォローしようと決めていた。

　とはいえ、健太が応援団長っていうのはさすがにちょっと酷だしな。

　その提案に、誰も異論はないようだ。

　和希がお約束をなぞるみたいに続ける。

「となると、副団長は……」

　思わず、俺は夕湖のほうを見た。

　みんなの視線も、自然とそちらに吸い寄せられる。

　たとえばクラス委員のときみたいに、こういう話の流れでいつだって真っ先に名乗りを上げるのはその女の子だったから。

だけど予定調和を自ずから乱すように、

「――はい、千歳が団長やるなら私が副団長やるよ」

七瀬がすらりと手を挙げた。

「「「え……？」」」


思わず転がり落ちた三つの声は、誰のものだろうか。

その反応を察したのか、苦笑して七瀬が頰をかく。

夕湖のほうを見ながら、少し照れくさそうに言った。

「ごめん、やっぱりやるつもりだった？」

その言葉には、間髪入れず穏やかな答えが返ってくる。

「ううん」

夕湖は少し首を傾け、恥ずかしそうに笑った。

「私、応援団のダンスとクラスの演劇で手一杯になってぜったい朔に迷惑かけちゃうから。悠月がやってくれるならそっちのほうがいいと思う」

七瀬は意外そうに眉をひくりと上げ、それから納得したようにふうと頷く。

「了解、なら任せて」

一度言葉を句切り、俺たちをぐるりと見回して続けた。

「みんなもそれでいいかな?」

ふたりのやりとりを静かに眺めていた和希が、どこか切なげに目を細める。

「まあ、朔と悠月ならなんの心配もないでしょ」

その言葉に、みんながこくこくと同意した。

不意に自然な沈黙が訪れて、実感する。

これまでなら間違いなく夕湖が副団長に立候補して、そのまま決まっていたと思う。

七瀬はきっと手を挙げなかっただろうし、もしやってみようという気持ちがあったとしても、まずはみんなの反応を窺っていたはずだ。

やっぱり、俺たちはどうしようもなく変わってしまったんだな。

それが新鮮で、不思議と心地よくて、だけど少しだけ寂しかった。

＊

しばらく待っていると、ちょうど十人ぐらいの三年生たちが第二体育館に入ってくる。

先頭を歩く人を見て、海人が勢いよく立ち上がった。

「うおおおおおっ、西野先輩も応援団やるんですか!?!?!?」

明日姉はちょっと恥ずかしそうに小さく手を振って近づいてくる。

すぐ後ろを歩いているのは奥野先輩だ。他にも進路相談会や勉強合宿で見覚えのある人が多いから、仲のいい面子で応援団に立候補したんだろう。

海人に続いて、俺たちも立ち上がる。

明日姉はくすぐったそうに笑った。

「こんにちは、みんなよろしくね」

よろしくお願いします、と口々にあいさつを返す。

夏勉や夏祭りでいっしょに過ごしたからか、進路相談会のときに比べたらみんなぐっと打ち解けた雰囲気だ。

つつと明日姉が近づいてきて、耳元でそっとささやく。

「君はあんまり驚かないんだね」

「なんとなく、同じ色になれるような気がしてたんだよ」

俺がそう答えると、ちょっとだけむっとして続ける。

「私としてはそれなりに葛藤があったんだけどな」

「わかってるよ、こう見えてじつはすっごい喜んでるから」

それは照れ隠しの軽口ではなく、素直な本音だ。

明日姉はことあるごとに「私たちは同じ時間を共有できない」と漏らしていたし、俺もずっとその寂しさを抱えていた。

だけどこうしてふたりとも応援団になれば、学校生活のなかでもとりわけ大きなイベントに向けていっしょに活動していくことができる。

俺たちにとって最初で最後の、クラスメイト（チーム）だ。

明日姉はその答えに満足したのか、ふふっと頰（ほお）を緩めて離れていく。

それを見て、近くにいた奥野先輩が話しかけてきた。

「また会ったな、千歳（ちとせ）くん」

俺は少しだけ反応に困って今度こそ軽口を叩（たた）く。

「夏勉のときはかっこいい去り際だったのに締まらないっすね」

奥野先輩はぷっと可笑（おか）しそうに続けた。

「まあそう言うなよ。残された学校生活を楽しみたいってのは俺もいっしょなんだ」

明日姉に告白してきっぱり振られたと言っていたけれど、それで気まずくなったわけじゃないみたいだ。

さわやかな口調には、どこか吹っ切れたような清々（すがすが）しさがあった。

進路相談会のときは牽制（けんせい）し合っていたけど、いまはこの人のことをあんまり憎めない。

そんなことを考えていると始業のチャイムが鳴り、ほとんど同時に一年生たちがぱたぱたと駆け込んできた。

さあ、祭りの準備を始めよう。

俺は柄にもなく、ネクタイをきゅっと整えた。

*

応援団は一、二、三年を合わせて約三十人。

まずは簡単な自己紹介から始めようということになった。

俺と七瀬（ななせ）が前に立ち、学年順の三列で横並びに座ってもらっている。

こうして見るとけっこうな人数だ。

こほんと咳払（せきばら）いをして、俺は口を開く。

「えー、このたび応援団長を任されました、二年五組の千歳朔（ちとせさく）です。やるからには優勝トロフィーをかっさらうつもりですが、なによりまずはこのメンバーで楽しくわいわい青春していきたいと思っています。よろしくお願いします」

校長先生のあいさつじゃあるまいし、最初からあんまりだらだら語っても仕方ないだろう。

ひとまず簡単に終えると、ばちばちと思ったより大きな拍手が鳴り響いた。


「おぉー！」

「いいぞー団長」

「よろしくー」

「やっぱ千歳先輩かっこよくない!?」

「応援団選んでよかったー」


先輩や後輩の反応に思わず苦笑する。

わざわざ応援団に入るような面子だから、基本的に根が陽気なんだろう。

続いて七瀬が一歩前に出る。


「副団長の七瀬悠月です。こう見えて負けず嫌いなので、やるからには勝つ！　後輩にはやさしく、先輩はびしばし遠慮なくしごいていくつもりなので覚悟してくださいね」

言葉の強さとは裏腹に、身振り手振りをつけながら大仰かつ茶目っけたっぷりの口調でみんなを沸かせた。

「むしろご褒美！」

「厳しめにお願いします！」

「てか七瀬先輩美人すぎる!!」

「青組最高！」

それから三年、二年、一年の順でひとりずつ自己紹介をしてもらう。

基本的にみんな明るくはきはきと喋っていて、聞いてる側もわっと盛り上がり、初回なのに和気藹々としたいい雰囲気だった。

なんなら一番おどおどしていたのは健太だけど、それも和希、海人とのかけ合いで笑いが起きていたからとくに問題はない。

ひととおりの自己紹介が終わったところで俺は口を開く。

「ありがとうございました。ということで、これから基本的には二年が主導で進めていくことになるんだけど、三年生と一年生からもひとりずつ代表を選んでもらっていいですか？　俺たちの話し合いとか練習に参加してもらうことになると思うから、それも踏まえたうえでとりあえず立候補ありますー？」

これも毎年の慣例らしい。

さすがにその都度全員で集合するのは難しいので、基本的には二年が舵を取りつつ、違う学年の意見をとりまとめて代表の人にもってきてもらったり、話し合いで決まったことを共有してもらったりする。

ダンスなんかは振り付けを先に覚えてもらって、俺たちが全体を見つつ、目が行き届かないところや学年別の自主練はカバーしてもらうというわけだ。

「はい」

とっくに腹を決めていたんだろう。

迷わず真っ先に手を挙げたのは明日姉だった。

「三年の代表は私がやります」

他の先輩たちは予定調和みたいにちぱちぱと手を叩いている。

明日姉はうちの学年とも交流があるし、妥当なところだと思う。

「じゃあ三年生は明日ね、西野先輩にお願いします。一年生はどうかなー？」

二年や三年の先輩たちがいる集まりにひとりで放り込まれるわけだ。

正直やりづらいだろうなと思っていたら、

「――はい！　やりたいです！」


元気のいい声が響く。

ぴんと手を挙げているのは、一年生のなかでもとびきり華のある女の子だった。

こういう言い方もなんだけど、七瀬と並んでも引けをとらないぐらい整った容姿、すらりと伸びた手脚に、ややオーバーサイズ気味の制服でわかりにくいけどスタイルも抜群にいい。

きっと同学年では人気のある子なんだろうな、と思いながら言う。


「おお、ありがとう。えっと、望さんだよね？」


さっきの自己紹介で記憶していた名前を口にすると、丁寧にもう一度自分で繰り返す。

「はい、一年五組の望紅葉です。よろしくお願いします」

もしかしたら事前に話し合いをしていたのかもしれない。

一年生たちは温かい目で拍手をしている。

「じゃあ西野先輩、望さん、一応前に来てもらってもいいですか？」

明日姉はふありと七瀬の隣に、望さんはしゃっきりと俺の隣に並んだ。

ふと、瑞々しいライムみたいな香りが鼻孔をくすぐる。

望さんがこちらを見て首を傾け、どこか初々しさの残る笑みを浮かべた。

高校に入ってからはあまり後輩と接する機会が多くなかったので、少しくすぐったい気持ちで軽く頷いて俺はみんなに向き直る。

「それではあらためて、団長の千歳朔、副団長の七瀬悠月、三年生代表の西野先輩、一年生代表の望さん。この体制で本番に向けて協力し合っていければと思います。みなさん、よろしくお願いします」

「「「よろしくお願いしまーす!!!!!!」」」

古びた第二体育館に、青色の声が躍る。

まだ見慣れない顔ぶれを眺めながら、上手くやっていけそうだなと頬を緩めた。

＊

それからみんなで連絡先を交換し、青組応援団のグループLINEを作って今日のところはお開きとなった。

まずまず上出来な顔合わせになったと思う。

体育館から出て行く先輩や後輩の背中を見送っていると、七瀬が声をかけてきた。

「千歳、今日の夜は空いてる？」

「ん、例の件か？」

料理を作るという約束を思いだしてそう言うと、呆れたような視線が返ってくる。

「あのね、めちゃくちゃ催促してくる女みたいに言わないでよ」

「あれ、違った？」

「作ってくれるっていうならもちろんご馳走になるけどさ。そうじゃなくて、今後のこと。ふたりで軽く打ち合わせしておかない？」

「ああ」

間抜けな勘違いが照れくさくて、思わず頰をかく。

ここから先は、まずパフォーマンスの内容を決めないと始まらない。

もちろん二年のみんな、それから明日姉と望さんも加えて相談することになるけれど、その前にふたりでなんとなくの方向性を話し合っておこうということだろう。

とくに異論も予定もないので軽く頷いて応える。

「了解、場所は？」

「千歳の家」

「時間は？」

「部活終わってから」

「なに食いたい？」

「作ったことがないもの」

「けっきょく催促はするのかよ」

体育館の出口に向かいながら必要最低限の会話をぽんぽん積み重ねていたら、ふと、俺たちの後ろをてとてとついてくる足音に気づいた。

立ち止まって振り返ると、望さんがどこか興味津々といった顔でこちらを見ている。

もしかしたら、話しかけるタイミングを待っていたのかもしれない。

だとすれば申し訳なかったな、と俺は口を開く。

「ごめん、俺たちが最後かと思ってた。なにか質問？」

まるでその言葉が届いていないように、望さんは目を合わせたままでぼうっとしている。

「えと、望さん……？」

もう一度声をかけると、ようやくはっとして明るい笑顔を浮かべた。

「あの、先輩にちゃんとごあいさつもお礼もできてなかったなと思って。これからよろしくお願いします！」

お礼ってのは、一年生の代表になることを許可してくれてという意味だろう。

真面目（まじめ）な子だな、と思わず俺は苦笑する。

「そんなにかしこまらなくていいのに」

望さんは、両手でそっとスカートを握りながら言う。

「いえ、ちゃんとやり直したいんです」

そっか、と俺は軽く頷いた。

「こちらこそよろしく。二年もみんな応援団は未経験だから、なにかアイディアとかがあれば遠慮せずに提案してくれると助かる」

「はい！」

それから望さんは七瀬を見てぺこりと頭を下げる。

「七瀬さんもよろしくお願いします」

後輩の扱いには女バスで慣れているんだろう。

七瀬はくだけた口調でそれに応じる。

「うん、困ったことがあったらいつでも相談して。たとえばうちの団長にしつこく口説かれてる、とかね」

「おい副団長いたいけな後輩に偏見植え付けるのやめろ」

「大丈夫だよ、こう見えて女の子にはやさしいから」

「男の子にもやさしいからね！」

くすっと、堪えきれなくなったように望さんが吹き出す。

「みなさんって、すごく仲よしなんですね」

その素直な言葉に、七瀬と思わず顔を見合わせる。

俺たちにとっては慣れたやりとりだけど、こういう反応をされるとちょっとくすぐったい。

そういえば、と望さんが首を傾げた。

「さっきちょっとお話ししてるのが聞こえてしまったんですけど、先輩ってひとり暮らしなんですか？」

さすがに家庭事情まで伝えても反応に困るだろうけど、それ自体はべつに隠すことでもないので、俺は軽い口調で答える。

「ああ、慣れると気楽なもんだぞ」

七瀬が補足するように口を開いた。

「んで、当然のように仲間内のたまり場みたいになってるってわけ」

後輩相手に妙な誤解を避けたかったのだろう。

望さんはその説明を額面どおりに受けとってくれたみたいだ。

「そうなんですね！　じゃあ私も今度お邪魔してみたいです！」

「えっ、と……」

社交辞令として受け流せばいいのに、最近いろいろとあったせいでうっかり言葉に詰まってしまった。

慣れた相手だったら「うむ、かわいい下着を用意しておくように」ぐらいの軽口でかわすところだけど、初日から本気で引かれたらとても困る。

かといって七瀬がうちに来ることを知られてしまっているうえ、こうも無邪気に言われると、真面目に断るのも傷つけてしまいそうで怖い。

……朔くんぴんち。

助けを求めるように隣を見ると、七瀬は呆れたようにじとっと目を細めてため息をつく。

それから小さく肩をすくめ、俺の代わりに応えた。

「あのね、望さん。あるところにお腹を空かせた狼さんがいました。狩りに出る体力もなくなって、巣穴でうずくまっています。そこに真っ白な野うさぎが迷い込んでしまいました。さて、狼さんはどうするでしょう？」

望さんはきょとんと人差し指を唇に当て、少しだけ考えてから言う。

「食べちゃいますかね？」

七瀬は神妙な面持ちでこくりと頷いた。

「あなたは野うさぎ、団長が狼。よろしい？」

「よろしくねえよ！！！」

我慢しきれずにつっこむと、望さんがくつくつと可笑しそうに肩を揺らす。

「じゃあ、七瀬さんも食べられちゃうんですか？」

屈託のない問いに、俺はふたたび言葉に詰まってしまった。

その点、七瀬はさすがに余裕がある。

どこか冗談めかした色っぽい声でちろりと舌を出す。

「私は満腹の荒くれ狼だから、甲斐性なしにうっかり食べられたりしないの」

堪えきれないといった様子で、望さんが口許に手を当てる。

必死に笑いをかみ殺しながら言った。

「ごめんなさい、七瀬さんのおっしゃってる意味はわかります。でもおふたりの様子を見てたら、そういう心配はいらないのかなって調子に乗っちゃいました」

かしこまってちょこんと頭を下げられ、なんだか申し訳ない気持ちになる。

七瀬も少しだけばつの悪そうな顔でこっちを見ていた。

さすがになにも考えず口にしていたわけじゃないらしい。

初対面の女の子だからって変に警戒しすぎたかもな。

これから応援団の中心メンバーとしていっしょに活動していくんだ。

話し合いをする場所がうちになる、ってことも充分に考えられるだろう。

七瀬が先輩らしい大人びた笑みでこくりと頷く。

だよな、と頷き返して俺は言った。

「手土産は上品なお菓子より腹に溜まるジャンクフードがいいな。そうすれば狼さんも満足して悪さはしない」

望さんはぽかんと目を見開いたあと、すとんと腑に落ちたように目尻を下げた。

「承知しました、先輩！」

それから、と恥ずかしそうに顔を背けながら続ける。

「その、先輩、七瀬さん……。もしよかったら、私のことは紅葉って下の名前で呼んでくれるとうれしいです」

俺と七瀬は顔を見合わせ、そのあどけなさにふふっと吹き出した。

もし妹がいたらこんな感じなんだろうか、と微笑ましくなる。

この場所をなるべく心地よく思ってもらえるように俺は口を開いた。

「あんまり気張らずにいこう、紅葉」

どこまでも頼れる先輩らしく七瀬が続く。

「なにかあったら気軽に連絡してくれていいからね、紅葉」

紅葉は軽く握った拳を胸の前に掲げ、

「はい、せいいっぱい頑張ります！」

弾けるシトラスみたいにくしゃっと笑った。

*

かたこと騒ぐ土鍋をあやすように火を弱めた頃合いで、ぴんぽんと心なしかくつろいだチャイムの音が鳴る。

「開いてるぞー」

俺が声を上げると、かちゃりと七瀬が顔を覗かせた。

「やあ」

「おう。もう作り始めてるから先にシャワー浴びててくれ」

そう言いながら、さらっとなに言ってるんだろうなと自嘲する。

まあ部活のあとだから汗を流したいだろうし、放っておいても向こうが同じことを口にしていたはずだ。

さすがに俺もいちいち大げさな動揺はしなくなった。

「さんきゅ」

七瀬も荷物をダイニングチェアに置き、当然のようにクローゼットからマイバスタオルを取り出してくる。

そもそもあれが常備されている時点でいまさらだよな、と思う。

料理の仕上がり時間を調整するために俺は尋ねた。

「髪も洗うか？」

「ううん、今日は軽く汗だけ流させてもらおうかな」

そうして慣れた様子でバスルームに向かおうとしていた七瀬が、ふと吸い寄せられるように近寄ってくる。

俺の隣に立ち、すんすんと鼻を鳴らした。

「なんかいつもよりご飯のいい匂いがする」

「土鍋で炊いてるんだよ。はじめてだから焦げても文句はなしだぞ」

俺が言うと、七瀬(ななせ)はくすぐったそうに頬(ほお)を緩める。

「ひとつ目もーらいっ」

機嫌よくそうつぶやいて、今度こそバスルームのほうへ消えていく。

俺は例によってチボリオーディオの音量を上げた。

トマトとレタス、玉ねぎ、にんにくを取り出して包丁を握る。

トマトはへたを取ってざっくりと角切りに、レタスは適当な枚数を重ねて気持ち太めの千切りに、それから玉ねぎはみじん切りにした。

にんにくは小さめのを二片。

根元を切り落としてから包丁の腹で潰(つぶ)し、皮を剥(む)く。

熱した鉄フライパンに多めの油を敷いてから傾け、にんにくを入れた。

そのままじっくり弱火に当てて、香りが立ってきたら焦げる前に取り出してざっとみじん切りにしておく。

続いて玉ねぎを炒め、うっすら茶色がかってきたら合い挽(び)き肉を追加する。

がらり、と浴室のドアが開いた。

いつのまにか土鍋がぷちぷちとおしゃべりを始め、かすかに香ばしい匂いも漂っていることに気づき火を止める。

このましばらく蒸らしておけばいい感じに炊き上がるはずだ、多分。

炒めていた挽き肉に火が通ったところでざっと塩胡椒をふり、みじん切りにしていたにんにくを加え、こまめに味見しながら目分量でスイートチリソース、ケチャップ、ウスターソースを入れていく。

少し甘かったので、ほんの少しだけ醤油を垂らした。

スプーンですくって口に含み、こんなもんかと火を止める。

しゃらり、リビングとバスルームを区切るカーテンが開いた。

すっきりした顔で出てきた七瀬が口を開く。

「お風呂、というかシャワーいただきました」

俺はご飯を盛るための平皿を用意しながら応える。

「あと一月もするとシャワーじゃ寒くなるかもな」

「そしたら入浴剤買ってくるね」

「湯船に浸かってくつろぐ気満々かよ」

七瀬が近寄ってきて、キッチンの近くに置いてあったスツールになにげなく手をかけた。

それを見た瞬間、

「──あっ」


俺は反射的に言葉を漏らしてしまう。

スツールを引き寄せ腰をかけようとしていた七瀬(ななせ)がぴたりと止まる。


「えっ……？」


どこか不安げな目がこちらに向けられた。

じんじんと、疼(うず)くような沈黙が流れる。

それは優空(ゆあ)に対する感謝の気持ちを込めて用意した椅子(いす)だった。

だからって他に誰も座らせないとまで決めていたわけではないけれど、七瀬が腰かけようとしているのを見た瞬間、とても不誠実な気がしてしまったのだ。

ほんの一瞬、優空の哀しむ顔が頭をよぎってしまったのだ。

もちろん、七瀬にはなんの悪気もない。

あらかじめ片づけておかなかった俺のせいだ。

やがて先に沈黙をやぶってくれたのは七瀬だった。

まるで大切なものを扱うように、両手でそっとスツールを元の場所に戻し、

「ソファでくつろいでてもいい？」

何事もなかったようにくるりと振り返る。

ぱたぱたと、わざとらしいほどに軽やかな足音で離れていく背中を眺めながら。

――ごめん、と心のなかでつぶやいた。

*

蒸らし終わった土鍋の蓋を開けると、つやつやの米粒がふっくらと立ち並んでいた。

なにげにけっこう心配だったけど、鍋肌に触れている部分がうっすら茶色になっているだけで焦げ付きもない。

さっきの失態を頭の隅に追いやって俺は口を開く。

「七瀬、どんぐらい食う？」

「もち大盛り！」

陽(はる)みたいな口調に思わず苦笑して言葉を返す。

「カロリー気にしてるんじゃなかったのか？」

「あれ、千歳(ちとせ)は男の子の前で小食ぶる女は趣味じゃないと思ったんだけどな」

「ご名答」

平皿にご飯をよそい、さっき炒めていた合い挽(び)き肉と玉ねぎをのせる。レタス、トマトを盛り付け、仕上げに細切りタイプのとろけるチーズをまぶした。

皿を運び、先に作っていたスープも冷蔵庫から取り出してくる。

ふたり分のスプーンと麦茶を用意してダイニングチェアに腰かけた。

向かいに座っていた七瀬(ななせ)がわくわくと口を開く。

「さーて、千歳食堂、本日のメニューは？」

「タコライスと枝豆の冷製ポタージュになります。どちらも提供させていただくのはお客様がはじめてでございます」

ぱちぱちと大げさな拍手が響く。

「おおー！」

「ちなみに後者に関しては二度と口にできるかわかりませんので、ぜひゆっくりと味わいながらお召し上がりください」

「え、なんで？」

「……想像以上にめんどくさかったんだよ」

優空が前に置いていったハンドミキサーを使ったけれど、かなり手間がかかった。

枝豆をぷちぷちと必死に取り出した時間が頭をよぎり、肩をすくめる。

「少なくとも、自分のために作ろうとは思えないな」

七瀬が口許に手を当ててくすっと吹き出した。

目を細め、からかうような口調で言う。

「じゃあ、私のため？」

俺は照れくささに顔を背けながらぼそぼそと答えた。

「……夏休みにカツ丼作ってくれただろ？　あのときのお礼もかねて、今度は俺が七瀬の好きそうなもんに挑戦してみようかなって」

一度言葉を句切り、誤魔化すように笑う。

「まあ、俺の発想じゃメインはタコライスが限界だったけど」

そうして七瀬を見ると、どこか呆気にとられたような顔で固まっていた。

俺がきょとんと首を傾げても、ぱちくりとまばたきを繰り返す。

「……七瀬？」

肩を叩くように名前を呼ぶと、ようやくはっとしてやわらかく目尻を下げ、

「――へへ、うれしいな」

くしゃっと、七瀬らしくない笑顔で言った。

俺はくすぐったくて首筋をぽりぽりとかく。

「食おうぜ、七瀬」

「うん！」

「じゃあ、いただきます」

「いただきまーす！」

七瀬はきょろきょろと視線を泳がせた結果、先に枝豆の冷製ポタージュを手に取る。

ちなみに、それっぽい雰囲気が出るかと思ってガラスのコップに入れてみた。

木製のスプーンを使って七瀬がスープを口に含む。

俺の言葉を真に受けたのか、舌の上でゆっくりと味わうように唇が動き、やがてこくりと飲み込んだ。

驚いたような目でこちらを見る。

「うっそ、千歳が作った料理とは思えない」

「おいこらどういう意味だ」

七瀬はちょこんと舌を出して言う。

「ごめんごめん、からかいたかったんじゃなくてさ。千歳のご飯っていい意味で男の子っぽい大雑把さがあるんだけど、これはオシャレなお店で食べる味みたい」

「そりゃあ『お店の味を再現』ってレシピをいくつも参考にしたからな」

「ふふ、さんきゅ」

はにかむようにそう言って、今度はタコライスの皿に手を添える。

土鍋で炊いたから気を遣ってくれたんだろう。

七瀬はまずは上にのっている具材を避け、白いご飯だけを食べる。

「めちゃくちゃふっくらしてて甘い。このちょっとだけ茶色くなってる部分が、いかにも土鍋で炊いたって感じでいいよね」

その反応を見て、ふふんと得意げに応じる。

「はじめては土鍋の炊飯だけじゃないぞ。ちょうど米が切れてたから、『いちほまれ』を買ってみたんだ」

俺も七瀬に倣って白飯だけで食べてみた。

これまではずっとコシヒカリ派だったけど、引けを取らないぐらいに美味い。

続いて七瀬は具材といっしょにタコライスを頬張る。

「うまっ！　でも、こっちは安心する千歳食堂の味」

「そりゃあ枝豆のスープで精根尽き果てたからだな。タコライスは具材と手順をざっと確認しただけで、味つけのあんばいは勘に頼ってる」

俺が言うと、くすくすと可笑しそうに肩を揺らす。

とりあえず上々の反応だったことに安心して、俺もタコライスを食べた。

はじめてにしては、なかなか悪くない。

野菜をいっしょにとれるし作り方も簡単だから、これはリピートしそうだ。

「温玉のせたり、マヨネーズとかタバスコかけるのもありだな」

ひとりごとみたいに言うと、七瀬が呆れたように応える。

「8番でもそうだけど、千歳ってトッピングとか味変好きだよね」

「一度にいろんな楽しみ方ができてよくないか?」

「最近、地味に影響受けて味噌汁に七味かけるときあるんだよね」

「そりゃあいい。いっしょにとんとん、ってしようぜ」

「もうやってるんだよなぁ……」

ささやかな会話を重ねながらふと、俺は気がかりだったことを口にした。

「そういえば、演劇も主要な役どころなのに副団長まで引き受けて大丈夫だったのか?」

七瀬はなんでもないことのように応える。

「その言葉、そっくりそのまま返すけど?」

「俺と違って七瀬には部活があるだろ」

しかも陽がウインターカップの予選を控えていると話してた。

詳しいことは知らないが、野球で言えば春のセンバツがかかった地区大会みたいなものなんだろう。

だとすれば、学校行事に時間を割いてる余裕はないはずだ。

七瀬は食事の手を止め、ぽつりとつぶやく。

「大丈夫、バスケをおろそかにしてるつもりはないよ。最近のウミを見てて、ちょっと思うところがあるんだ」

その真摯な声色と眼差しに、余計な心配だったなと思う。

「そっか」

素直にそう言うと、挑発めいた言葉が返ってくる。

「私が相方じゃ不満だった？」

「まさか、これ以上ないってぐらいに頼もしいよ」

「ならよし」

七瀬が麦茶をひと口飲み、そろそろといった様子で本題に入った。

「それで、応援団どうやって進行していこうか」

ちなみにホームルームで話していたとおり、クラスの演劇はなずながうまく亜十夢をこき使いながら進めてくれるらしい。

まずは文芸部の子と協力して脚本の叩き台を作るみたいだ。

俺、夕湖、七瀬の主要な役者はグループLINEに招待され、なにか意見を求められれば答えるという形を取っている。

そっちがある程度できあがるまでは、ひとまず体育祭の応援団に集中していればよさそうだ。

俺は少し考えてから口を開く。

「なにはともあれ、まずはコンセプトだよな」

造り物がチームカラーに沿った巨大なオブジェを作るように、応援団もパフォーマンスでそれぞれの色を表現することになる。

蔵センに聞いたところ、たとえば青組なら過去には「空」「人魚姫」「青春」「涙」みたいなコンセプトがあったらしい。

少しでも自分たちの色を連想できるなら、けっこう自由に解釈してもよさそうだ。

七瀬がこくりと頷く。

「とりあえずは私たち二年、西野先輩、紅葉で話し合う感じかな」

「クラスと同じようにトークルーム作っておくよ。コンセプトはさくっと決めちゃって、選曲とかダンスの振り付け、衣装に時間を割いたほうがいいと思う」

「同感。ちなみに千歳はいまの時点でなにか思いついてる？」

俺は少し考えてから口を開く。

「青っていうとどうしても空と海みたいな自然が思い浮かぶけど、地球？」

「すごい荘厳な踊りになっちゃいそうじゃない？」

「ガリガリ君」

「急にチープかよ」

「ならプールとか？」

「水着で踊るぐらいしか思いつかないぞ……？」

「ふむ」

「一考の余地ありみたいな顔するな」

冗談はさておき、と思う。

過去に先輩たちがどういうパフォーマンスをしたのかはわからないけど、あまり抽象的なコンセプトだと見ている人に伝わりにくい気がする。

ひと言で青色を連想できて、かつダンスで表現しやすいものが見つかるといいけど。

タコライスの皿を空にして俺は言った。

「まあ、そのへんはみんなで話し合いながら考えたほうが早そうだな」

だね、と七瀬もスープをきれいに飲み干した。

ことんとグラスを置いて口を開く。

「本当に美味（おい）しかった、ごちそうさま」

「満足したか？」

「うん、胸いっぱい」

「なるほど、そこに栄養がいくわけか」

「ばーか」

ふたりで皿をシンクに運び、七瀬（ななせ）が洗い物を始める。

俺は布巾を持って隣に立った。


じゃぶじゃぶきゅっきゅ。

ちゃぷちゃぷしゅっしゅ。


手際よく洗われていく食器を受けとり、水気を拭（ふ）き取りながら俺は口を開く。

「しかし明日姉（あすねえ）はともかく、紅葉（くれは）もやりやすそうな後輩でよかったな」

七瀬はちらっとこちらを見て、冗談めかした声色で答える。

「誰かさんが鼻の下を伸ばすぐらいに、ね」

「勘弁しろよ、そういうんじゃない」

「……ごめん、いまのはちょっと品がなかった」

「……ときに紅葉ちゃんは彼氏いるのかな？」

「おい」

なんの気なしに反応したけれど、思ったよりも真面目に受け止められてしまったので軽口で茶化しておく。

ふたりで顔を見合わせ、くぷっと吹き出した。

ただまあ、と俺は苦笑する。

思い返してみても、やはり七瀬と並んで一歩も引けを取らないぐらいの美人ではあった。

いまさら他の女の子をそういう目で見られないってのはもちろん、ああも屈託のない態度でこられると妹のようにしか思えない。

なんて、そもそも一方的にこんなことを考えるのは紅葉に対して失礼が過ぎるな。

食器を洗い終わった七瀬がタオルで手を拭きながら言う。

「千歳、ちょっとテーブル動かしてもいい？」

「いいけど、なにしようってんだ」

理由がわからないままに、ふたりでテーブルの両端を持ち壁際に寄せる。

七瀬はそのまま寝室へ向かい、誕生日にプレゼントしてくれた三日月型のライトをどこか愛おしそうに抱えて戻ってきた。

移動させたテーブルの上へ乗せ、コンセントに差して灯りをつける。

そのまま部屋の照明を落とすと、三日月がリビングにぼんやりと浮かび上がった。

七瀬(ななせ)はふふっと手を差し出しながら言う。

「余計なところ触らないから、スマホ貸してくれる？」

「わざわざ断らなくても、そんな心配はしないよ」

言われたとおりに自分のスマホを渡すと、さりげなく俺にもディスプレイが見えるようにして操作をはじめる。

心配してないって言ってるのに、こういうところが七瀬らしい。

無料の登録だけしてあまり使っていない音楽アプリを開き、なにやら検索を始めた。

探していた曲が見つかったのか、いたずらっぽい上目遣いでこちらを見る。

「王子様、ダンスのたしなみは？」

「あると思うか？」

「団長と副団長が初心(うぶ)なステップ踏んでちゃ締まらないと思わない？」

「王子様なのか団長なのかややこしいな」

七瀬がスマホをタップすると、どこか色気のある男性ボーカルが流れ始めた。

ディスプレイには『メリー・ジェーン』と表示されている。

さすがに俺も七瀬の意図がわかった。

ふっと唇の端を上げて口を開く。

「応援団でオールディーズの流れるチークタイムやる気か？」

「私たちの白雪姫には舞踏会があるかもよ？」

「だったら小道具でガラスの靴も用意してもらわないとな」

「私には履けないガラスの靴にしてね」

これはきっと、どこまでも七瀬らしい手遊びみたいなものだ。

なにひとつ意味なんてないのに、ただひとつの意味しかない。

いつかのおしゃべりな夜をなぞるように、七瀬が言った。


「今晩は、踊りませんか？」

「今晩は、踊りましょうか」


だから俺も、いま今宵(こよい)はあの春に帰ろう。

躊躇(ためら)いがないと言ったら嘘(うそ)になる。

恥じらいがあると知ったら癖になる。


そういうことを繰り返して、こういうことになったんじゃないのか。

誰かが耳元でささやいた。
うるせえな、言われなくてもわかってんだよ。
だけど、はぐらかしてばかりじゃたどり着けないから。
こういうことのなかに、そういうことを探すんだ。

いつか、名前をつけるために――。

三日月が照らす薄暗がりのなか、男の子と女の子は偽物の王子様とお妃様になる。
俺は大仰にめかし込むように右手をぴんと広げ、左手をすっと腰のあたりに構えた。
七瀬は左手で右手を握り、余った右手がそっと肩に添えられる。
触れないように離れないように、互いの頬を近づけて。
俺は宙ぶらりんだった左手を七瀬の腰に回した。

それからはじめの一歩。

打ち合わせもなしに踏み出した先はどうしようもないぐらいに重なっていて、俺たちはかけがえのない似たもの同士なのだと知る。

切ないほどにすれ違う胸から、七瀬の鼓動が伝わってきた。

頬と頬のあいだに横たわる言い訳みたいな隙間(すきま)が、隠しきれないほどにのぼせている。

瞬(まばた)きの音さえも届きそうな距離に揺られて、それでも視線は交わさずに。

でたらめなステップを踏んで、示し合わせたようにひらひら回る。

たとえば俺たちの白雪姫に舞踏会があったとしても。

ふたりのめでたしめでたしは訪れないと知りながら、それでも演じ続けるように。

七瀬がまるで舞台の上みたいに諳(そら)んじる。


「鏡よ鏡」

顔を少し離し、まるで呪(まじな)いを唱える魔女のように潤(うる)んだ蠱惑的(こわくてき)な瞳(ひとみ)で見上げてきた。

「この世でいちばん美しいのは、誰？」

それは俺自身に問いかけられているようで、うっかり惑わされてしまわないように、目を背(そむ)けるように、もう一度頬を近づけた。

＊

翌日の十九時過ぎ。

俺たち二年五組の応援団、明日姉(あすねえ)、紅葉(くれは)の面々は、学校から最寄りにある福井のご当地チェーン「オレボステーション」に来ていた。

ここは一般的なコンビニとお弁当屋さん、食堂が一緒くたになっているようなお店だ。

コンビニスペースの隣には店内で調理された惣菜(そうざい)や弁当がこれでもかと並んでおり、テイクアウトはもちろんのこと、イートインコーナーでそのまま食べることもできる。

加えて食堂はほぼワンコインぐらいで注文できる定食が充実しているので、俺も自炊が面倒なときなんかにちょくちょく利用していた。

もし他にお客さんがいたらテイクアウトして近くの公園にでも行こうと話していたのだが、都合のいいことにイートインコーナーは空っぽだ。

学祭の準備は時間との勝負みたいなところがある。

俺と健太(けんた)、明日姉以外はみんな部活に入っているので、しばらくはこうして夜に集まる機会が増えることになるだろう。

ちなみに紅葉は陸上部らしい。

専門は一〇〇メートルでインターハイにも出場したというから驚いた。

それぞれに食事を購入し、俺たちはイートインコーナーに入る。

男子組はカツ丼やカレーといった店内飲食メニューを、女子たちはみんなでオレボ名物のバイキングをチョイスしていた。

これは専用の容器をもらい、店内に惣菜として販売されているご飯や炒飯、パスタなんかの主食、とり大根や肉じゃがといったおかずを好きに選んでいくシステム。言ってしまえば、自分好みのお弁当を作れるようなものだ。

四人掛けのボックス席をふたつ確保し、和希、健太、海人、陽がそのうちのひとつに、夕湖、優空、明日姉、紅葉がもう片方に座った。

俺と七瀬はすぐ隣のカウンターに腰かける。

昨日の夜、みんなにはパフォーマンスのコンセプトを考えてみてほしいと伝えていた。

たったひと晩でいい案が浮かぶかは微妙なところだけど、あれこれ悩んでいるよりは話し合ったほうがアイディアも出やすいだろう。

ひとまずは思い思いに食事を始めた。

カウンターに座っているとボックス席に背中を向けてしまうことになるので、俺はさくっとチャーシュー麺を食べ終えてみんなのほうに向き直る。

話を切り出す前に、いっしょに頼んでいただし巻きスパムおにぎりをひと口頰張った。おにぎりというより女の子の拳ぐらいはあるでかい寿司みたいな見た目で、その名のとおりスパムとだし巻き卵がのっている。

　これ一個でもかなりの満足感があるので、男子連中が部活の帰りなんかによく買って帰るオレボの定番商品だ。

　口の中を空にしてから俺は切り出す。

「食べながらでいいんだけど、なにか思いついた人いる？」

　真っ先に反応したのは同じくだし巻きスパムおにぎりを頬張（ほおば）っていた陽（はる）だ。一応つっこんでおくと、それバイキングにちょい足しする食べ物じゃないと思うぞ。

「はい、ポカリスエット！」

「言いたいことはすごくわかるんだけど、まんまＣＭのイメージになっちゃいそうだな。制服着て踊る系というか」

「だよねー、私もそれしか思い浮かばなかった」

　続いて、意外なことに明日姉（あすねえ）がひょっこり手を挙げる。

「はい、明日姉」

「えっと、幸せの青い鳥、とか……？」

「ああ、そういう発想もあるのか」

「もとの童話があるから、インスピレーションも湧（わ）きやすいかなって」

　悪くない案だと思う。

ひとりだけ上級生だからってことで、あれこれ考えてくれたんだろう。

ちょうどご飯を食べ終えたらしい七瀬も、明日姉のほうに向き直って頷く。

「うん、ありだと思います。候補のひとつにしておきましょう。他のみんなはどう？」

次に手を挙げたのは優空だ。

「水族館、なんてどうかな？」

俺は軽く頷いて言葉を返す。

「いいな、海とかよりも具体的でイメージしやすい」

「熱帯魚みたいにカラフルでひらひらした衣装作って、みんなで泳ぐみたいなダンスにしたらきれいかなって」

「確かに、それも候補にしておこう」

優空は照れくさそうに頬をかく。

「前に蛸九で山崎くんが面白いたとえ話してたの思いだしただけなんだけどね」

「はいはいはーい！」

夕湖が元気よく手を挙げた。

「サムシングブルー！」

それには七瀬が応える。

「へえ？　なるほどね」

俺は頬(ほお)をかきながら口を開く。

「聞き覚えある言葉だけど、それってなんだっけ？」

七瀬(ななせ)がくすっと笑って言う。

「結婚式の伝統的な風習みたいなものだよ。花嫁が身に着けると幸せになれるって言われるサムシングフォーってやつ。サムシングオールド、サムシングニュー、サムシングボロー、それからサムシングブルー」

「じゃあ、そのコンセプトって……？」

夕湖(ゆうこ)が無邪気な笑みを浮かべた。

「うん、結婚式！」

とたん、妙に気まずくなって俺は目を逸(そ)らす。

こういうところは相変わらずで安心するというか、純粋に思いついたから口にしただけなんだろうけど、あんなことがあったあとでそのコンセプトはさすがに重くないか？

俺が意識しすぎなのかとみんなの様子を窺(うかが)うと、苦笑している七瀬以外は誰も彼もどう反応したものかと困っているようだ。

夕湖は視線を彷徨(さまよ)わせながらきょとんとしている。

「あれ？」

しばらくそうしてようやく、

「────っっっ」


みんなの反応と自分で口にしたことが結びついたらしい。

かあっと頬を染めてうつむいてしまう。

やがてそろそろと顔を上げながら、

「ごめんね、朔」


迷子の子犬みたいな目でぽつりと言った。

なぜだかその様子があんまりにも愛おしく思えて、俺は誤魔化すように口を開く。

「いや、目のつけどころは普通に面白いと思うぞ」

それからつい、この場ではただひとり気まずさと無縁の後輩に話を振った。

「えっと、紅葉はなにか思いついたか？」

静かに成り行きを見守っていた紅葉は、驚いたように自分を指さす。

「え、私ですか!?」

うん、情けない先輩でごめんね。

「みなさんの案、どれもおしゃれで素敵だなーと思いましたけど……」

ちなみに、応援団の顔合わせをした日の夜、俺と七瀬(ななせ)も含めた全員に丁寧なあいさつが届いたらしい。いつのまにかみんなを下の名前で呼んでいるぐらいに打ち解けるのが早く、こっちとしても変に気を遣わなくていいから本当に助かっている。

事前に考えてくれてはいたのだろう。

紅葉(くれは)は悩むそぶりも見せずに口を開く。

「わたしも海つながりなんですけど、海賊とかどうですか?」


「「「……おぉー!」」」


思わずみんなの声が重なった。

紅葉が屈託のない笑みを浮かべて続ける。

「私、先輩たちのアクションとか見てみたいです!」

「……海賊か、ありだな」

しばらく考えてから口にしたのは七瀬だ。

「剣とか小道具使えばけっこう華やかになりそうだし、衣装もイメージしやすいよね」

紅葉がうれしそうに声を弾ませた。

「はい！　先輩が船長、悠月さんが副船長ですね！」

俺はこくりと頷いて同意する。

「確かに、殺陣とかやればわかりやすく盛り上がるだろうな」

和希も乗り気みたいだ。

「バック転バック宙ぐらいなら朔もできるでしょ？」

「小学校以来だけど、まあ練習すればどうとでもなる」

紅葉の顔がぱっと華やぎ、両腕を胸の前で交差させる。

「先輩と和希さんがこう左右から交差してそれやったらめっちゃ熱いです！」

海人が力こぶを作りながら言う。

「海賊だったらどでかい槍とか斧とか振り回すぜ！」

紅葉はいちいち生真面目に反応する。

「海人さん絶対似合う！」

健太が眼鏡のブリッジに手を添えながらぼそっとつぶやいた。

「……ふっ、この俺が海賊か。悪くない」

「あの、健太さん……？」

なんか変なスイッチが入ったらしい。

陽が頭の後ろで手を組みながらにっと笑う。

「あーそれ賛成。色気のある踊りとか言われるよりアクションのがわかりやすい」

たははと紅葉が頬をかいた。

「女子は守られる役かなーって思ってたんですけど、陽さん戦う気満々なんですね」

明日姉は淡く微笑んで口を開く。

「ふふ、素敵な冒険になりそう」

紅葉がほっと胸をなで下ろす。

「よかった、明日風さんに海賊はちょっと野蛮なコンセプトかなって思ってたんで」

優空はくすくすと目尻を下げる。

「紅葉ちゃん、考えてくれてありがとうね」

照れくさそうに紅葉が目を伏せた。

「でも優空さんの水族館もきれいだろうなって思いました！」

そうして自然とみんなの視線がひとりに集まる。

さすがにもう気持ちを切り替えたようで、どこまでも夕湖らしく拳を突き上げた。

「よーそろー！」

そのかけ声に、俺たちはみんなで拳を突き上げた。

「「「「よーそろー！」」」」


ぶはっと誰かが吹き出し、けらけらと色とりどりの花が咲く。

紅葉が中途半端に拳を上げながら、驚いたように目を見開く。

「え、ほんとにいいんですか!?　夕湖さんも？」

「もっちろーん！」

そうして俺たちは、自然と飲み物を手に取って立ち上がる。

七瀬(ななせ)がこほんと咳払(せきばら)いをした。

副船長っぽさのつもりなのか、やたら仰々しく低い声で言う。

「それでは諸君、我々はここに海賊団を結成する」

七瀬がこっちを見たので、その意図を汲(く)み取って俺はわざとらしくきりっと表情を作った。

無駄に格好をつけた声色で、芝居じみた台詞(せりふ)を口ずさむ。

「七つの海をまたにかけ、五つの色を青で塗りつぶせ」

そうしてロ一ヤルさわやかを高々と掲げた。

「野郎ども、出航だ————!!」

「「「「おぉ——————————!!」」」」

ペットボトルが、紙パックが、ぽこぽこと音を鳴らす。
それはどこまでも俺たちらしい進水式で、どこまでも青めいた開戦の合図だ。
間抜けに陽気に、さわやかに涼やかに澄み渡っている。
船にはラム酒もシャンパンもないけれど、サイダーやポカリがあればそれでいい。
いつものみんなと、先輩に後輩。
一度きりだ、と思う。
来年にもまた学祭は巡ってくるけれど、そこに明日姉(あすねえ)はいない。

よほど巡り合わせがよくないかぎり、紅葉だって来年は違う色だ。

後にも先にも一度きりの航海に、せめて後悔を残したくはないから。

互いに手を取りながら、俺たちはどこまでも深く青に染まっていく。

＊

オレボを出ると、なんだかんだで二十一時を回っていた。

これから帰って宿題を片づけなきゃいけないと考えたら、やっぱり部活組にはけっこうな負担だよな、と思う。

ふと隣に立っている後輩を見て口を開く。

「大丈夫か？　さすがに疲れたよな」

心なしか肩を落としていた紅葉は、慌ててにぱっと笑った。

「ぜんぜん！　こう見えて体力には自信があるので」

「ならいいけど、くれぐれも無理はしないでくれよ」

そのやりとりを近くで聞いていた七瀬が言う。

「千歳、紅葉のこと送ってあげてくれない？」

「ああ、確かに」

時間も時間だし、一年の女の子をひとりで帰すのは少し気が引ける。

紅葉は驚いたように手を振った。

「いやいや、そんな気を遣っていただかなくても大丈夫ですよ」

七瀬はその純朴な反応に苦笑しながら続ける。

「まあ、こういうのは先輩の義務じゃなくて特権みたいなものだから」

一度言葉を句切り、どこか挑発めいた目をこちらに向けた。

「かわいい後輩の前でかっこつけたい誰かさんのためにも、送られてあげてよ」

それが紅葉のために用意した建前だってことはさすがにわかる。

俺は七瀬の言葉に乗っかって言う。

「後輩の女の子を家まで送るっていうのは男子高校生が一度は見る夢なんだよ」

紅葉はふふっと可笑しそうに肩を揺らした。

「それって先輩もですか？」

俺はおどけるように言葉を返す。

「ああ、せっかくならこの機会に便乗しておきたいところだ」

紅葉は恥ずかしそうに一度目を伏せてから、

「――じゃあ、私が先輩の望みを叶えてあげますねっ」

弾けるようにくしゃっと笑った。

夕湖も、優空も、陽も、明日姉も、男連中も、その様子を温かいまなざしで見守っている。

まあ、紅葉は今日のMVPみたいなもんだからな。

ささやかな労いぐらいはあっていいだろう。

おかげで悩み始めたら延々と悩み続けそうなところをさくっと切り抜けられた。

似たようなことを考えていたのかもしれない。

クロスバイクの鍵を外していた七瀬が、ふと思いだしたようにこちらを見る。

「ここからどう進めていこうか？」

「曲と踊り、衣装は早めに固めたいよな」

それを決めないことには、全体練習や制作を始められない。

とはいえ、部活のあとに毎日こんな時間まで居残りするのはさすがにみんなの負担が大きいだろう。

しばらく考え込んでいると、

「はいはいはーい！」

夕湖がなにか思いついたように手を挙げた。

みんなをぐるりと見回して続ける。

「もしよかったら、今週末にうちでお泊まり合宿しない⁉」

「「え……？」」

俺と七瀬（ななせ）の声が重なった。

確かにまとめて時間をとったほうが効率的だとは思うけれど、この人数で誰かの家に押しかけるっていうのはいくらなんでも気が引ける。

七瀬が申し訳なさそうに頬（ほお）をかいてこちらを見た。

「さすがに迷惑じゃない……？」

「だよな」

ならうちでやるかと言いたいところだけど、集まって話をするぐらいならともかく、みんなで寝泊まりするにはちょっと狭い。

夕湖（ゆうこ）はあっけらかんと口を開く。

「大丈夫！　お父さんとお母さん旅行（デート）でいないから！」

それに、と少し恥ずかしそうに続ける。

「たまにあることだから慣れてはいるんだけど、週末にひとりきりってやっぱり寂しいし……」

俺と七瀬は顔を見合わせる。

琴音（ことね）さんたちがいないのなら、ちゃんと片づけさえして帰ればそこまで迷惑にはならないのかもしれない。

答えに迷っていると、夕湖があっと思いだしたように言う。

「ただ、ご飯とかは自分たちで用意しなきゃいけないかも。あと、さすがにこの全員分のお布団はないかな……」

俺はぽりぽりと首すじをかきながら答える。

「まあ、飯はこの人数ならテキサスハンズとか買いに行ったっていいけど……」

テキサスハンズというのは福井発のピザチェーンだ。

ちなみに、「頼もう」じゃなくて「買いに行こう」なのは、自分で取りに行くかそのまま店内で食べれば一枚からでも全品半額になるからだ。

いまではさほど珍しくもないけど、全国に先駆けてこのサービスを始めたのはテキサスハンズらしい。

あの、と優空(ゆあ)が口を開く。

「もし単純にご飯だけの問題だったら私が作るよ。大勢いるから手の込んだものは難しいと思うけど」

七瀬が少し照れくさそうに言う。

「うっちーの邪魔しない程度に私も手伝おうかな」

俺も言葉を続けた。

「あと布団に関しては、この時期なら男子連中は床に雑魚寝でいいだろ」

和希たちを見るとこくりと頷いている。

「みんな部活は大丈夫なのか？」

俺の問いかけには陽が答えた。

「私とナナは土曜日の午前中だけ練習あるけど、日曜は美咲ちゃんの用事があってオフ」

反応を見るに、他のみんなも大丈夫そうだ。

明日姉も紅葉もどこかわくわくとした表情を浮かべている。

まあ、こういうのも学祭ならではかもしれない。

「じゃあ……」

一度言葉を句切り、確認するようにみんなの顔を見てから口を開く。

「やるか、青色海賊団お泊まり合宿！」

「「「「おぉーーー!!!!!」」」」

そうして俺たちは、夜の海でもう一度拳を突き上げた。

＊

みんなとはオレボの前で解散し、俺は紅葉とふたりでのんびり川沿いの道を歩いていた。

この時間になると、さすがに夏が終わったことを実感する。

頬に触れる空気は、ひんやりとして心地いい。

俺の押しているマウンテンバイクの車輪も、からからとくつろいでいるようだ。

紅葉が申し訳なさそうに口を開く。

「すみません、私も自転車で来ればよかったですよね」

「歩くのは嫌いじゃないから気にしなくていいぞ。ただ、学祭の準備期間はあれこれと移動することが多くなるから自転車あったほうがいいかもな」

「はい、以後気をつけます！」

「そんなに畏まるほどのことじゃないって」

普段は徒歩通学の俺、優空、明日姉、それから琴音さんに車で送ってもらうことが多い夕湖も、今日は珍しく自転車で来ていた。

紅葉は学校からオレボまで海人と二人乗りで移動していたが、漕いでる本人はめちゃくちゃ幸せそうな顔してたからなんの問題もない。

隣で紅葉がこっちを向く気配が伝わってくる。

「でも、こうやって先輩とゆっくりお話しできて役得です」

長年の癖でほんの一瞬、言葉の裏を勘ぐりそうになった。

だけどこちらに向けられたふにゃりと無邪気な笑みを見て、自意識過剰な考えすぎだったと申し訳ない気持ちになる。

黙っているとちょっと近寄りがたいぐらいの美人なのに、実際に接していると後輩らしいあどけなさがあって、まだそのギャップに慣れていないのかもしれない。

俺は苦笑しながら口を開く。

「紅葉(くれは)はどうして応援団に入ったんだ？」

たわいない雑談のつもりで尋ねると、

「もちろん先輩たちがいたからです！」


予想外の答えが返ってきた。

「へ、俺たち……？」

面食らって、思わずまぬけな反応になってしまう。

紅葉は当然のことみたいに続けた。

「はい！　先輩たちって学校でもすっごく目立ってるじゃないですか？　男女を問わずに隠れファンというか、憧(あこが)れてる一年生もけっこうたくさんいるんですよ」

俺はぽりぽりと頬をかきながら目を逸らす。

「……面と向かってそんなこと言われると照れるな」

臆面もない様子で紅葉が続ける。

「だから先輩たちが青組の応援団になったって噂が流れたせいで、私たちのクラスもめっちゃ競争率高かったんです」

その真っ直ぐな目がどうにもくすぐったくて、俺は話を変えた。

「そういえば、今日はありがとうな。コンセプトが決まらないとなにひとつ動き出せないから助かったよ」

紅葉がぱっと顔を明るくする。

「こちらこそ！　まさか採用されるとは思ってなかったのですっごくうれしいです！」

「一年生ひとりだけでやりづらくないか？」

「ぜんぜん！　先輩たちみんな仲よしでやさしい人たちばっかりですし」

「そっか、ならよかった」

みんなと面識のある明日姉はともかく、紅葉は全員と初対面だ。

この人懐っこさなら大丈夫だとは思いながらも、少し心配していた。

不意に穏やかな沈黙が訪れ、ちゃんぷんとやわらかな水音が響く。

あたりには、夏ほどに芳醇でも秋ほどに乾いてもいない、どこまでも九月らしい夜の匂いが漂っていた。

ふと、月影に照らされた後輩の面影が揺れる。

「ねえ先輩？」

袖を引かれて立ち止まると、紅葉がすぐ隣に並んで間近で覗き込むように俺の顔を見た。しなやかに長いまつげが星屑のようにゆっくりと瞬き、言葉とともに漏れた吐息がむずむずと俺の唇をくすぐる。

紅葉はぷくりと唇を結び、繊細な三日月のブローチみたいに目尻を下げた。

「私、頑張りますから」

それはまるで、陽が沈んだとたん色気を漂わせる夜桜と見まがうほどに大人びていて、

「──先輩たちに追いつけるように、仲間に入れてもらえるように」

俺は、うまく先輩の言葉を手渡すことができなかった。

紅葉がなにごともなかったかのように顔を離して前を向く。

「てか合宿めっちゃ楽しみですね、先輩！」

元どおりの口調にようやくはっとして、それからほっとして俺は口を開いた。

「だな、優空の作ってくれるご飯は美味いから期待しとけよ」

「絶対そうだと思いました！」

あとさ、と念押しみたいに付け加える。

「なんていうか、みんなとっくに紅葉のことは仲間だと思ってるぞ」

「ありがとうございます、だとしたらうれしいです！」

先輩の俺と、後輩の女の子。

ただそれだけのはっきりと曖昧な距離がまだどうにも摑めず、そっと自嘲した。

＊

そうして迎えた土曜日の昼。

俺は夕湖の家の前に立っていた。

白を基調とした現代的なデザインで、部分的に黒や木の素材があしらわれている。

十人でもちょっとした振り付けぐらいはできそうな庭があり、それなりに大きい家が多い福井のなかでもかなり立派なほうだと思う。

去年から数え切れないほど送ってきたことはあるけれど、中に入るのはこれがはじめてだ。

立ち止まっていたら躊躇(ためら)いが生まれてしまいそうなので、俺はなるべく軽い気持ちでインターホンを鳴らす。

その瞬間、まるで待ちかねていたようにドアが開き、

「朔(さく)ッ!」


いつもよりラフな私服姿の夕湖(ゆうこ)が、どこか切羽詰まったような表情で飛び出してきた。

そのままぱたぱたと駆け寄ってくる。

「おい、そんなに慌ててると転んじゃうぞ」

まるでその言葉が届いていないように門を開け外に出て、すぐにまたぴしゃりと閉めた。

軽く息を上げながら、両手でぎゅっと俺の手を握り、

「ごめんなさい」

いまにも泣き出しそうに潤んだ瞳（ひとみ）で見上げてくる。

「私、大切な約束を忘れちゃってた」

唐突なその言葉の意味を、すぐにすとんと理解した。

だって、昨日の夜。

俺もまったく同じことを思いだしていたから。

『――いつか、トクベツなときがきたらな』

四月の帰り道、ぽつんと口にした言葉がよみがえってくる。

確かに俺たちはなにもかもが変わってしまって、だからあのとき描いていたトクベツな日とは少し形が違ってしまったかもしれない。

夕湖はきゅっと唇を結び、それから恐るおそるといった様子で口を開く。

「あのね、もしも朔が」

だけど、と俺はその言葉を遮るように言った。

「——ありがとう、夕、、湖も、、大、、切、、に、、覚、、え、、て、、い、、て、、く、、れ、、た、、ん、、だ、、な、、」

「え……？」

もしも夕湖のほうから口にしなかったら、なかったことにしてもいいと思ってた。
センチメンタルな昼と夜の境目にこぼれ落ちた言葉ぐらい、本当は十年ぐらいぽっけの奥に忘れていたって誰も困りはしない。
それでも夕湖は、大切な約束と呼んでくれたから。
ふたりの心に、まだあの夕暮れが残っているのなら。
俺はにっと笑って言う。

「この二日間を、みんなのトクベツな思い出にしよう。いまはまだ、そういうことにしておいてもいいんじゃないかな」

夕湖はぎゅうと照れ隠しみたいに唇を結び、どこか愛おしそうに目を細めた。

「うん、かしこまり」

やさしい声で綴り、それから堪えきれなくなったように頰を緩め、

「――いつか、あなたのフツウになれるまで」

えへへとはにかむように微笑んだ。

*

夕湖に案内されてリビングに入ると、まずその広さに驚いた。

俺の家もひとり暮らしにしては贅沢すぎるぐらいの間取りだと思っていたけれど、優にその倍以上はありそうだ。

白を基調としていた外観とは打って変わって、室内はウッドテイストな落ち着く雰囲気。

ソファやテレビが置かれている団らんスペースは、まわりよりも一段低くなっている。

ずいぶんと高級そうなオーディオセットに思わず腰が引けそうになるけど、そこから馴染み

があるJ-POPのヒットナンバーが流れていて、少しだけ肩の力を抜いた。


　とんとんとん。

　ことことこと。


ふと、この夏すっかり聴き慣れた音が響いていることに気づき、俺は視線を移す。

確かアイランドキッチン、というタイプだっただろうか。

リビングの端に浮かぶ島のように独立したスペースに立っていた優空が言った。

「こんにちは、朔くん」

そのエプロン姿を見ながら俺は応える。

「おう、早かったんだな。もしかして昼の準備してくれてるのか？」

「食べてくる人もいるかなって思ったんだけど、ちゃんと決めてなかったから一応ね。悠月ちゃんとか陽ちゃんは部活のあとでお腹空いてるだろうから」

「ちなみにこうなりそうな予感がしてたから俺も腹ぺこで準備万端だ」

ふふ、と優空は少し恥ずかしそうに笑う。

「琴音さんに『一円もいらないから、できれば余ってる食材とか使っちゃってほしい！』って頼まれちゃって。お昼はありあわせの和風パスタなんだけど」

夕湖がその言葉に反応する。

「もう、お母さんっていっつもパスタ買いすぎなんだよね」

俺は苦笑して言う。

「安心しろ。今日の面子なら死ぬほど茹でておいても食い尽くすから」

三人で顔を見合わせぷっと吹き出していると、インターホンが鳴る。

「はいはーい」

夕湖がぱたぱた玄関に向かうと、しばらくして明日姉といっしょに戻ってきた。

ふたりで東京へ行ったときと同じ白いワンピースにレトロな革のボストンバッグ。

たった数か月前のことなのに、ずいぶん懐かしく感じられる。

明日姉は俺と優空を見て、ちょっと照れくさそうに口を開く。

「こんにちは、お邪魔します」

その言葉は夕湖の家に、というよりも、二年五組の輪に、という意味が含まれているような気がして、そっと口許を緩めた。

明日姉と会うときはほとんどいつもふたりきりだったから、確かにまだ少し違和感がある。

きょろきょろと落ち着かなさそうにしていたので、俺はボストンバッグを受けとって、自分のデイパックといっしょにリビングの隅へ並べた。

「そっちの袋は？」

俺が尋ねると、明日姉は手にさげていたビニール袋を掲げながら言う。

「そうそう。柊さん、たいしたものじゃないんだけどこれ差し入れです」

夕湖がぱっと顔を明るくする。

「うれしい！　なんですか⁉」

その思ったより大げさな反応に気恥ずかしくなったのか、明日姉がどこか申し訳なさそうに頬をかいて答える。

「えっと、パピコにチューペット、あとはチョコモナカジャンボとかアイスをいろいろ」

「あ、それ海人が好きなやつ！　あとで休憩のときみんなで食べましょう！」

夕湖は満面の笑みでビニール袋を受けとり、るんるんと冷蔵庫のほうへ向かう。

俺は所在なさげに佇んでいる明日姉に言った。

「とりあえず、みんな揃うまで座ってよっか？」

その言葉に、ちらりと優空のほうを見てから答える。

「そうだね、私がお手伝いできることもなさそうだし」

少し間隔を空けてソファに座ると、どこかそわそわと明日姉が言った。

「君たちはいつもこんな感じで集まってるの？」

俺は笑いを堪えながら軽く首を横に振る。

「もし夕湖の家で、って意味なら俺もこれが始めてだよ。来たことがあるのは優空ぐらいだと思うけど、確か泊まったことはないって言ってたな」

　明日姉がうれしそうに頬を緩める。

「そっか！　私、お友達、って言っていいかはわからないけど……」

　夕湖と優空にちらっと目をやって恥ずかしそうにはにかむ姿を見て、まあ気持ちはわからなくもないけどと苦笑しながらつっこむ。

「いやそこは友達でいいでしょ」

　明日姉はまだ照れくさいのか、どこか怖ずおずといった口調で続けた。

「お友達の家に泊まるのってはじめてなんだ」

　こんなふうに浮かれている様子を見ると、応援団に誘ってみて本当によかったなと思う。

　俺はからかうように言った。

「夜はみんなで枕投げするんだぞ」

「君はベッドの上で乱暴にするからいやでーす」

「誤解を招く言い方はやめなさい」

　そうこうしているうちに、また誰か到着したみたいだ。

　夕湖と並んで入ってきたのは紅葉だった。

　オーバーサイズのだぼっとした半袖パーカーに短い丈のプリーツスカートを合わせている。

　紅葉はリビングにいる面々、隣に立っている夕湖を見てから、

「みなさん、二日間よろしくお願いします！」

元気よく丁寧にぺこりと頭を下げた。

俺、優空、明日姉も順に言葉を返す。

「おう、よろしく」

「よろしくね、紅葉ちゃん」

「こちらこそよろしくお願いします、望さん」

紅葉は顔を上げ、へへっといたずらっぽい笑みを浮かべた。

そのまま手に持っていた箱を掲げて口を開く。

「差し入れも持ってきました！」

夕湖がぱっと顔を華やげる。

「あ、ミスドだ！」

前にどっかで見かけた情報によれば、福井は人口十万人あたりにおけるミスタードーナツの店舗数が日本で一番多いらしい。

それが本当かどうかはさておくとしても、確かに小さいころから差し入れの定番だった。

親戚の集まりだとか部活の打ち上げだとか、大勢が集まる賑やかなお祝いの場なんかだと、テキサスハンズのピザとミスドがテーブルに並んでるってのはけっこうあるあるだ。

なんとはなしにそんなことを考えていると、紅葉が続ける。

「夕湖さんはなにがお好きですか？」

「ココナツチョコレート！」

「ばっちり買ってきました！」

「そういう紅葉は？」

「もちろんドーナツポップ一択！　私、欲張りなので全部欲しいんです！」

言いながらくすくすとふたりで笑い合っている。

ひととおりのかけ合いを終え、荷物を置いた紅葉がこっちに来た。

そうして近くに立ち、なにやらむむうと難しい顔をしている。

明日姉と顔を見合わせて俺が声をかけた。

「俺が言うのもなんだけど、遠慮せずに座ったら？」

紅葉が難しい顔のままで口を開く。

「先輩の隣と明日風さんの隣、究極の二択ですね」

その言葉にもう一度明日姉と目を合わせ、今度こそぷくっと吹き出した。

なにを迷っているのかと思えば、そんなことか。

明日姉もくつくつと可笑しそうに肩を揺らしている。

俺は座面に手を突きながら言った。

「もしあれなら、少しずれようか？　真ん中に座れば解決だろ」

びしっと、手のひらがこちらに向けられる。

「いや、それは選択から逃げた感じがするので大丈夫です！」

「大げさだな」

紅葉はそのまましばらく熟考したあと、

「決めた、先輩の隣がいいです！」


ばふんと、勢いよく座った。

短いプリーツスカートがふわりと浮き上がり、俺は慌てて目を逸らしながら言う。

「紅葉、着替えは持ってきてるよな？」

「へ？　なんでですか？」

「そのスカートじゃダンスの振り付け考えられないだろ」

紅葉はぽかんとしたあと、慌ててぎゅうっとスカートを押さえる。

恥ずかしさというよりは申し訳なさを浮かべた瞳で口を開いた。

「もしかして、先輩のお目汚ししてしまいましたか？」

「いやお目汚しってことはないけどぎり見てないから脇腹つねらないで明日姉イタイッ――」

明日姉のほうを見ると、つんとそっぽ向いている。

「え、待って？　いまのは先輩として正しい注意じゃない？」

「君ってそういうところあるよね」

「自分の隣が選ばれなかったからすねてんの？」

「すねてません」

俺たちのやりとりを興味深そうに見ていた紅葉が慌てて口を開く。

「待ってください明日風さん違いますちがいます」

今度は明日姉が慌てる番だった。

「あっ、ごめんね望さん。ただの冗談だから、ぜんぜん気にしてないよ」

他の人がいる場所で話す機会があまりないから、ふたりともうっかり普段のやりとりを持ち込んでしまった。

確かにいまの話を聞かせたら、紅葉に「明日風さんが自分のせいで怒ってる」と捉えられてしまってもおかしくない。

俺も反省しないとな、と自嘲する。

そんなことを考えていたら、紅葉がなぜだか今度は申し訳なさというよりは恥ずかしさを浮かべた瞳で口を開く。

「明日風さんあまりにもお美しすぎるから、横なんか座っちゃったら緊張でなにも話せなくなりそうで……。だから先輩の隣にしておこうって」

なるほど、どうして俺なのかと思ったらそういうことか、って。

「……ん？　ちょっと待てどういう意味だおい後輩」

思わずつっこむと、両隣が顔を見合わせてぷっと吹き出す。

明日姉がくすぐったそうに肩を揺らしながら言う。

「ありがとう。だけど、美しいっていうのはそれこそ望さんみたいな人のためにある言葉じゃないかな？」

「いやいやめっそうもないです。本当に明日風さん白ワンピースを着るために生まれてきたとしか思えないですもん！」

頭の上を飛び交う置いてけぼりの会話にぷんすこしていると、明日姉がこっちを見た。

「望さんは君の隣が安心できるんだって」

その言葉に紅葉が満面の笑みを浮かべる。

「はい！　これからもずっと先輩の隣にいたいです！」

「うれしくねえやい！」

ふたりに乗っかりながら、俺は内心でほっとする。

初対面のときはちょっと真面目すぎると思っていた紅葉も、あっという間にくだけてきた。

先輩だから、応援団長だからってわけじゃないけれど、どうせなら参加するみんなにとってかけがえのない思い出になってくれたらいい。

明日姉ときゃっきゃしていた紅葉が、ふとこちらを見る。

もしかして俺が本気でへこんでいるとでも思ったのだろうか。

でも、とソファに両手をついて腰を浮かし、ぴたりと寄り添ってくる。

互いの体温を測り合うぐらいの距離で、紅葉は言った。


「先輩にとっての先輩が明日風さんだったみたいに、私にとっての先輩は先輩ですから」


やたら切実な声色に、俺は冗談だから気を遣う必要はないと軽口を叩く。

「そりゃどうも。あいにく明日姉ほどに美しくはないけどな」

「あー、茶化してますね。だったらこっちにも考えがあります」

そうしてふと、静寂が流れて、

「——ねえ、朔兄？」

ぞっとするほど艶美な声色で紅葉が言った。

俺は明日姉を見て、明日姉は俺を見る。

紅葉はなにひとつ動揺していないように、とろりと紡ぐ。

「そんなふうに、私を子ども扱いしないでください」

淡く細めた目に、薄く開いた唇に、思わず言葉を失ってしまう。

どう反応したものか途惑っていると、紅葉がけろっと口調を戻して続けた。

「なーんて、ちょっとおふたりの関係性がうらやましくて真似をしちゃいました」

俺は明日姉と顔を見合わせて頬をかいた。

「その呼び方は勘弁してくれ」

まったく、このあいだの帰り道といい、まだ紅葉のこういうところに慣れないな。

見てくれはませているのに中身が後輩らしいくせして、ときどきはっとするほど艶っぽく見えることがある。

それは本人が言うようにただの冗談なのかもしれないし、もしかしたら大人と子どもを行き来する思春期の揺らぎみたいなものなのかもしれない。

どちらにせよ、こうやって先輩をかき回すのは後輩の使命みたいなもんだな。

*

それから立て続けに和希(かずき)、海人(かいと)、健太(けんた)が来て、最後に女バス組が到着した。

七瀬(ななせ)が片手を顔の前に軽く掲げながら口を開く。

「ごめん、誰かさんのせいでちょっと部活が長引いちゃって」

それを聞いた陽(はる)がむっとして言い返す。

「ナナが最後の最後で挑発してくるからでしょ」

まあ、いつものように熱くなって勝負でもしてたんだろう。

七瀬が申し訳なさそうにビニール袋を差し出した。

「はい、夕湖(ゆうこ)。コンビニしか寄れなかったから適当なお菓子の詰め合わせなんだけど」

夕湖はうれしそうにそれを受けとる。

「ありがとう！　よく考えたら私なんも用意してなかったから助かる」

ふたりのやりとりをそっちのけで、陽は真っ先に優空(ゆあ)のところへ向かった。

そろそろ出来上がっているだろうパスタを見つけたのか、にっとうれしそうに口を開く。

「悠月、大正解！」

七瀬がふっと余裕めかした笑みで応える。

「でしょう？　うっちーなら絶対になんか用意してくれてるって」

「あっぶな、お腹減りすぎて途中で牛丼かきこんじゃうとこだった」

「でもそれを期待して来る時点で女子的にどうよ」

「いまさらっしょ。うっちー私は大盛りで！」

陽の言葉に優空がにっこりと頷く。

「うん、たくさん食べてね」


それから俺たちは、みんなで協力して皿や箸、スプーン、飲み物なんかを準備した。

ソファの前に置かれた大きなローテーブルを囲み、ラグの上に直接座る。

俺はふと野球部の合宿を思いだし、懐かしい気持ちになった。

毎日のように見慣れた連中であっても、みんなで泊まるというだけで途端にわくわくするから不思議なものだ。

合宿というのは、夏勉や修学旅行みたいな大勢の学校行事ともまた少し違う空気が流れていると思う。

気の置けない仲間と同じテーブルを囲み、同じご飯を食って、いっしょに練習して、いっしょに眠る。

いつもと地続きなのに、いつもより近くて、だからこそいつもよりちょっとだけぎこちなかったりして……。

必要以上にはしゃぎだすやつ、普段どおりでいようとして知らず普段より斜に構えてるやつ、本当にありのままの自然体で過ごすやつ。

このない交ぜが、合宿の醍醐味だ。

まあ、あの頃のむさ苦しい顔ぶれとは比べものにならないぐらい華やかだけど。

こほんと咳払いをして俺は口を開く。

「それでは、天地の恵みと優空ちゃんに感謝しつつ、まずは腹ごしらえということで」

みんなが手を合わせて続く。

「「「「いただきまーす」」」」

優空（ゆあ）が作ってくれたのは、豚肉、大葉、刻んだ梅干し、それから薄くスライスされた玉ねぎが入った和風パスタだ。

くるくるとたっぷり巻いてひと口食べてみる。

味つけのベースはめんつゆだろう。

もしかしたら白だしも少し使っているのかもしれない。

美味（うま）いのはいまさらだとしても、がっつり感とさっぱり感がいい具合に嚙（か）み合っていて、男女どちらにも好まれそうな味だ。

優空のことだから、当然そのへんも考えているんだろう。

こういうところがさすがだよな、と苦笑する。

優空の手料理を食べたことがある夕湖（ゆうこ）、陽（はる）、七瀬（ななせ）が次々と口を開く。

「うっちーこれ今度お母さんに教えてあげて！」

「ねえお代わりもある!?」

「さすが」

続いて反応したのは明日姉（あすねえ）だ。

ゆっくりと味わい、なぜかほんの一瞬だけ切なげに目を細めてから、はっとしたように微笑（ほほえ）みを浮かべた。

「内田（うちだ）さん、本当に美味（おい）しい」

優空が恥ずかしそうに応える。

「すみません、この人数だとあんまり凝ったもの作れなくて」

普段ならサラダとスープぐらいは添えるから、本人としては納得がいってないんだろう。

明日姉がうつむきがちにぼそっとつぶやく。

「これで凝ってないって言われちゃうと困るなぁ……」

それをかき消すように海人が叫ぶ。


「うおおおおおおおおおおおおおおおおお！！！」


ううっと情けなく顔を崩しながら続ける。

「初めて母ちゃん以外の女子の手料理食った」

その隣でなんなら軽く半泣きになってる健太が言う。

「生きててよかった……」

優空が困ったように微笑んだ。

「ちょっとふたりとも、大げさだよ」

俺はふと気になって口を出す。

「健太はともかく、海人も食ったことなかったのか？」

優空と仲よくなってからちょうど一年ぐらいだ。

どっかで食べる機会ぐらいあった気がするけど……。

ぎろりと、海人がなぜだか親の敵みたいに睨みつけてくる。

眉間にしわをよせ、口をひん曲げながら言う。

「ハアァァン？　お前がそれを言うのかァァン？」

「なんだよモテない男のひがみか？」

俺の言葉に、和希がふっと笑う。

「朔、うっちーが作ってくれたお弁当を海人がひと口くれって言ったら？」

「ふざけんな、あれは俺の弁当だ。貴様にはやらん！」

「朔の家に行ったとき、うっちーが作り置きしてくれたおかずをひと口くれって言ったら？」

「ふざけんな、あれは俺の晩飯だ。貴様にはやらん！」

「ほらね、そういうこと」

あ、とようやく理解して頬をかきながら海人を見る。

「二度とあるかわからない機会だ、今日はたんとお食べ」

「うるせえよッ!!!!!!」

俺たちのかけ合いが途切れるのをうずうずと待っていたらしい紅葉が口を開く。

「優空さん、これまで食べたパスタのなかで一番美味しいです！」

あはは、と優空が頬をかく。

「ありがとう、紅葉ちゃん。もしよければ、いずれ機会を見つけてもう少し本格的なのも作ってあげるね」

「ほんとですか⁉　約束ですよ！」

ところで、と紅葉が首を傾げた。


「優空さんと先輩って付き合ってるんですか？」

「――っっっ⁉」


ぶふうっ、と鼻からパスタを吹き出さなかった俺は偉い。

優空が慌てて両手を振りながら口を開く。

「つ、付き合ってません！」

きょとんとした顔の紅葉が言葉を返す。

「でも、お弁当とか日々のおかず作ってるって。先輩、一人暮らしでしたよね？」

まあ、言われてみれば確かに。

なにも知らない後輩がいまのやりとりだけを聞かされたら、勘違いしてしまうのも無理はないだろう。

紅葉がふと思いだしたように続ける。

「あと、おふたりがいっしょに下校してるの見たことあります」

俺たちのことは元から知っていたらしいし、そういう機会があっても不思議じゃない。

優空がどう説明したものか困っているようなので、代わりに答える。

「俺があんまり自堕落な生活してたから、見かねた優空が手を貸してくれてるんだよ。いっしょに帰ってるときは、たいてい食材の買い出しだな」

紅葉はそれであっさり納得してくれたらしい。

「なるほど、優空さんてお名前どおり本当にやさしいですもんね！」

そういえば、と言葉が続く。

「先輩と悠月さんはもうお別れしちゃったんですか？」


すげえ無邪気にぶっ込んでくるな、と俺は苦笑する。

こっちには一応の心当たりがあったので、それほど焦りはしなかった。

偽物の恋人同士を演じていたときの噂が、一年生の耳にまで届いてたんだな。

視線をよこしてきた七瀬がこくりと頷く。

弁解は自分に任せろってことだろう。

俺が黙って頷き返すと、七瀬はどこか哀しげに目を伏せて言った。

「紅葉にはあんまり知られたくなかったんだけどね……。

ひどい捨てられ方をした元カレってやつ」


「そうなんですかッ!?」

「そうじゃねえだろ元カノよ」


俺がすかさずつっこむと、紅葉が途惑ったように七瀬を見る。

「ごめんごめん」

くすくすと口許に手を当てて元カノが続けた。

「私がちょっと面倒な人につきまとわれてた時期でね。千歳にボディーガードを兼ねて恋人のふりをしてもらってたってわけ」

紅葉は少しだけ申し訳なさそうにうつむく。

「そっか、七瀬さんほど綺麗な方だとそういうこともあるんですね。嫌なこと思いださせてしまってすみませんでした」

そう言って頭を下げる。

七瀬はふっと口の端を上げた。

「大丈夫だよ、どっちかっていうといい思い出だから」

紅葉がほっとしたように話題を変える。

「そういえば私、先輩と陽さん悠月さんの試合観に行きましたよ！」


「「まじ……!?」」


俺と陽、七瀬の声が重なる。

「はい！　先輩にはお伝えしましたが、みなさんのファンなので！」

今度は素直に驚いて言葉を返す。

「俺の試合は七月の県営球場だよな。陽たちのは？」

「五月と七月にうちの体育館でやってた練習試合です」

どちらも俺が観に行った試合だ。

それなりにギャラリーがいたし、前者は七瀬のバッシュ探しにも時間を食った。

なにより試合に集中していたから、紅葉を見かけた覚えはまったくない。

まあ、そもそも俺は人の顔を覚えるのが得意じゃないからな、と苦笑する。なにせ、中学の県大でやり合った亜十夢のことさえ覚えてなかったぐらいだ。

陽が懐かしそうに言う。

「五月のはナナがばちばちにキまってたときね」

紅葉が不思議そうに言った。

「ナナ……？」

「ああごめん、バスケのコートネームってやつ。私がウミで悠月がナナ。相手に作戦とか指示がばれないようにっていう女バスのお約束なんだけど、そんなん一回覚えられたら意味がなくなるから単なる伝統みたいなもんかな」

「でも、そういうのかっこいいです！」

「まあ、試合以外でその名前を呼ぶときは九割けんか売るときなんだけどね」

「ウミさんとナナさんの関係って、すごく素敵です。団体競技ならではって感じで」

陽があっけらかんと口を開く。

「さんきゅ！　なら今度は私たちが紅葉の大会観に行くよ」

「ほんとですか!?　陽さんも七瀬さんも同じ体育会系女子として尊敬しすぎてるので、めちゃくちゃやる気出ます！」

「おうよ！　めいっぱいの声援飛ばしてあげる」

紅葉はたまらないといった様子できゅむと口許を緩め、急にしゅんと目を伏せる。

「って、ごめんなさいっ！　なんか私みなさんの前でテンション上がってひとりでしゃべりすぎちゃって……」

ふと見回すと、誰もが後輩の女の子に温かいまなざしを向けていた。

紅葉の言葉を借りるなら、憧れだった先輩たちと過ごす初めてのお泊まり合宿で浮かれないほうがおかしい。

俺もかつてはそういう後輩の男の子だったときがあった。

普段の練習では厳しい先輩がふと見せる無邪気な表情だったり、試合中でもクールな先輩が妙にはしゃいでいたり、いつもは淡々と仕事をこなしている先輩の女性マネージャーさんが思っていたよりもおしゃべりだったり……。

後輩と先輩とその先輩。

たとえば水色と青色と群青色みたいに、温度の違うグラデーションを描いている。

きっと高校までの先輩後輩と大学生や社会人の先輩後輩はまた違うんだろうな。

そうして当て所ない想いをくゆらせながらフォローを入れようとしたところで、

「――ねえ紅葉？」

これまで静かに成り行きを見守っていた夕湖が言った。

「聞きたいこと、伝えたいこと、もっといっぱいたくさん話して？」

祈るように、誓うように、慈しむように。

「私たちがあなたを知って、あなたが私たちを知って、学祭が終わっても」

まるで、ブリキのタイムカプセルへ思い出を詰め込むみたいに、

「いつか卒業しても、みんなで集まれる友達になろうね」

夕湖がせつせつと笑う。

紅葉はその言葉を嚙みしめるように目を瞑り、えへへと顔をほころばせた。

＊

昼食を終え、俺と七瀬（ななせ）でさっと洗い物を済ませた。

ダイニングテーブルと椅子（いす）を隅に寄せ、みんなで車座になる。

いよいよ本格的に合宿の始まりだ。

この二日間で決めておきたいことは大きく分けると三つ。

パフォーマンスタイムのダンスと曲、それから衣装だ。

まずはざっくりとした方向性をみんなで話し合うことにした。

俺は輪の真ん中に立ち、どでかいビニール袋を掲げて言う。

「殺陣（たて）を取り入れようって話だったから、とりあえず百均行ってそれっぽい小道具を見繕（みつくろ）ってきたぞ」

ざばっとひっくり返すと、中からはおもちゃの剣や刀、ナイフ、弓、槍（やり）、大鎌、斧（おの）、ピストル、盾なんかが転がり出てきた。

一応、それぞれに何セットか用意してある。

本番でまんま使うにはさすがに安っぽいけれど、振り付けのイメージを膨らませるためには役立つだろう。

「「「おぉー！」」」

真っ先に反応したのは男子陣だ。

俺は刀を手に取りながら言う。

「ふっ、昔から主人公の武器は刀派なんだ」

海人（かいと）が勢いよく立ち上がる。

「俺はキャラ的に斧だろ、斧！」

すちゃっと眼鏡（めがね）を上げながら健太（けんた）がにやりと口の端を上げた。

「大鎌をひとついただこうか」

和希（かずき）がすかした顔で口を開く。

「二丁拳銃で」

それぞれに希望の武器を渡したところで、俺は言った。

「イメージ摑（つか）むために、軽くチャンバラでもしてみるか」

男子連中がふむりと頷（うなず）く。

どこか白い目で成り行きを見守っている女子の面々をよそに、俺たちは靴を持ってきて、リビングから出た。

外にはかなり広いウッドデッキがあり、庭一面にきれいな芝が敷かれている。

女子も仕方なしといった様子で外に出てきた。

六人並んでウッドデッキにちょこんと座っている。

そうして俺がスタンスミスの紐を結び直したところで、

「——隙ありぃッツッ！」


海人が背後から襲いかかってきた。

振り下ろされる斧を刀の鞘で受け止めながら俺は叫ぶ。

「てめぇっ、武士道に反するぞこら！」

海人がにやりと不敵な笑みを浮かべる。

「あいにくだな、こちとら海賊だぜ」

「海人のくせに上手いこと言ってんじゃねぇよ」

俺は背後に跳んで体勢を立て直しながら刀を抜く。

鞘を投げ捨て、顔の前に柄がくる位置でゆらりと斜めに構えた。

「この狼藉者、我が朔月千歳桜の錆にしてくれる」

ぶふうっと、優空の吹き出す声が聞こえる。

海人は大げさに眉(まゆ)を吊(つ)り上げ、荒くれ者っぽく舌を出す。

右手で斧を肩に担ぎながら、左手の親指をくいっと地面に向けた。

「ヒャッハーー！　ここで積年の恨み晴らしてやるぜ」

その隣で静かにうつむいていた健太(けんた)が、かちゃりと大鎌を構え直す。

不気味に眼鏡(めがね)を光らせ静かに語りかけてくる。

「聞こえますか。首を落とせとささやく神切り蟷螂(とうろう)の声が」

和希(かずき)はピストルを両手でくるりと回してからぽっけに突っ込む。

両手をだらりと下げてニヒルに口の端を上げた。

「さあ、昼下がりのダンスパーティーを始めよう。上手に踊らせてあげるよ」

だむだむと、優空がウッドデッキを拳(こぶし)で叩(たた)いていた。

俺はふっと男の子心を昂ぶらせながら告げる。

「覚悟は済ませたか？

家族には感謝を、恋人には甘い言葉を。

たとえば愛する人には、お別れを」

海人が斧を構え直しながら言う。

「あいにく、負けたときのことは考えない主義でな」

健太はちゃきりと大鎌を閃かせる。

「孤独には、慣れてるんです」

和希がふっと微笑んだ。

「俺の前でそういう台詞を吐いたやつはみんな額の風通しがよくなってたよ」

視界の端でけぽけぽと咳き込みながら、優空が隣の夕湖にしがみついている。

俺は溢れんばかりの殺気を刀に込めて、告げた。

「いざ、尋常に」

「「参る！！」」

ザンッ。

己が獲物に誇りを乗せて、生と死を分かつ一歩を踏み出した瞬間——。

「「「ちょっと男子!!!!!!」」」

「「「はいごめんなさい！！！」」」

ちなみにこのあとめちゃくちゃ怒られた。

＊

気を取りなおして、俺たちは手に持つ武器を交換しながらぱっと思いつく動きをあれこれと試してみた。

なんとなくのイメージが摑めてきたところで七瀬が口を開く。

「武器の種類は絞ったほうがよさそうだね」

俺はこくりと頷いてそれに応える。

「だな。いろいろあったほうが華やかだけど、全体で見るとまとまりがなくなりそうだ」

「ナイフとかピストルみたいに小さいものも向かないかな。やっぱり剣とか槍とか、長物のほうが遠くからでもわかりやすい」

途中から男子組に加わっていっしょに動いていた陽が言う。

「あと、いくら殺陣っていっても乱戦にしちゃうとダンスになんないね。たとえば男女で組むとかして、ペア単位で動きは揃えたほうがいいかも」

それを聞いた紅葉がはいはいっと手を挙げてこっちを見た。

「私、先輩とペア組みたいです！」

「和希が相手だと緊張で踊れなくなるって理由だったら叩っ切るぞ」

「やだなーそんなことないですよー」

「棒読みなんだよ」

七瀬がくすっと口許に手を当てる。

「いいんじゃない？　他の組み合わせは全体練習になってから決めるとしても、ペアダンスをするなら見本は必要だし。私がやるつもりだったけど、紅葉やってみる？」

「はい！」

俺はわざとらしく挑発めかして言った。

「お前に俺の相棒が務まるかな？」

「ついていけるように頑張ります！」

「よし、ならばこの朔月千歳桜を授けよう」

「あ、それは大丈夫です」

引き気味の紅葉と顔を見合わせくっくと笑う。

まあ、せっかくの縦割りなんだから違う学年と組むのも悪くない。

「みんな、ちょっと休憩しない？」

リビングから顔を覗かせた優空が言った。

お盆の上には氷の浮かんだ麦茶が並んでいる。

続いて夕湖(ゆうこ)もウッドデッキに出てきた。

「西野(にしの)先輩が買ってきてくれたアイス食べよー！　海人(かいと)、チョコモナカジャンボもあるよ」

「まじで⁉」

明日姉(あすねえ)が可笑(おか)しそうに肩を揺らす。

「少し多めに買ってきたから、遠慮なく食べてね」

そうして俺たちはそれぞれに麦茶とアイスを受けとる。

女子のみんなはウッドデッキに、男子連中は芝の上に直接座った。

麦茶をぐびぐび飲んでぐでんと寝転がると、空には八月みたいな入道雲が浮かんでいる。

よく手入れされた芝と土の香りが心地いい。

そういや、部活の合宿もこんな感じだったっけ。

どでかいポリバケツいっぱいに冷たい麦茶が作られてて、それをコップで直接すくって飲んでたな。

懐かしい記憶に身を委(ゆだ)ねていると、

「せーんぱいっ」

隣にしゃがんだ紅葉(くれは)が覗(のぞ)き込んできた。

こうして下から見上げると、あらためて本当に整った顔立ちをしていることがわかる。

ちなみに、女子たちはみんな動きやすい格好に着替えていた。

紅葉もそれに倣ったのはいいが、

「あれ？　なんで目逸らすんですか？」

結果めちゃくちゃへそというか腹が見えるラベンダー色のスポブラに超ミニ丈のショートパンツで外に出てきた。

七瀬と同じぐらいはありそうな胸の形がばっちりわかってしまうし、肌色が多すぎて目のやり場にものすごく困る。

優空にやんわり言われて薄手のパーカーは羽織ったけれど、前のチャックは全開にしているのであんまり意味がない。

ちなみに健太と海人は刺激が強すぎたらしく、しばらく経ってもまだまともに顔を合わせられないようだ。

こういうスタイルでジムに行ったりランニングをしたりする女性がいるってことは知ってるし、これまで取り立ててなにも感じなかったけれど、それが身近な女の子になると話は別なんだと思い知った。

「なんでって、その格好がな……」

紅葉がきょとんと首を傾げる。

「先輩、もしかして私に照れてます？」

「どっちかっつーと困惑してるんだよ」

もしもこれが七瀬だったら、いやまあ動揺は間違いなくするけど受け入れられると思う。

普段は無邪気な後輩にしか見えない紅葉だからこそギャップに途惑うし、女を感じてしまうことにかなり言いようのない罪悪感がある。

当の本人はあっけらかんと続けた。

「私、陸部だからあんまり抵抗ないんですよね」

なるほど、とようやく少し納得する。

「ああ、女子は試合だとそういう感じの服装だもんな」

「はい！　なんなら下はもっと短いですよ」

俺はよっと身体を起こす。

確かに、陸上のユニフォームだと思えば、すんなりとは言わないまでも多少は受け入れやすくなった。

とはいえ、あまり身体を見ないようにして言う。

「それで、どうした？」

「はいこれ先輩の分です」

「つめてっ」

ぴとりと頬に押しつけられたのはチューペットの片割れだ。

紅葉（くれは）がにこにこしながら言う。

「先輩のパピコと半分こしてください」

「あーはいはい」

俺は自分のパピコをふたつに割って片方を渡す。

しばらく放置していたせいか、水滴がぽとりと紅葉の胸元に落ち、慌てて目を逸（そ）らす。

「先輩、さっきはありがとうございます」

その真面目（まじめ）な口調に俺は言葉を返す。

「なんのことだ?」

紅葉が申し訳なさそうな笑みを浮かべた。

「ペアダンスです、わがまま言っちゃいました」

「気にしなくていいぞ。七瀬（ななせ）も言ってたけど、どのみち全体練習で誰かがお手本見せなきゃいけなかったからな」

「先輩は七瀬さんとか他の方たちじゃなくてよかったんですか?」

「まだ元カレのネタを引きずってんじゃないだろうな」

「まさか、純粋な好奇心です！」

ふと、素直な気持ちが言葉の形をして転がった。

「いや、もしかしたら紅葉が立候補してくれて助かったのかもな」

それ以外の誰と踊ったとしても、きっとなにかしら複雑な心境にはなっていただろう。

いつか決断の日がくるのはわかっているけれど、せめて学祭ぐらいは無邪気に楽しみたい。

そういう意味で、後輩が相手ってのはけっこう気楽なもんだ。

俺はへっと笑って挑発めいた口調で告げる。

「ちなみに俺は負けず嫌いだ。やる以上は本番で一番目立つペアになるぞ」

紅葉はパピコから口を離してうれしそうに言う。

「はい、私が付き合ってあげますね！」

「あれいつの間にか立場変わってない!?」

＊

休憩を終えた俺たちは、リビングに戻ってローテーブルのまわりに陣取り、先に音楽を決めることにした。

ダンスの方向性はなんとなく見えたので、あとは流す曲に合わせて具体的な振り付けを考えていくほうが手っ取り早いという結論に達したのだ。

パフォーマンスタイムは七分以内と定められている。

時間をオーバーすると減点対象だが、その尺に収まる音源を流して踊ればいいだけなので、本番中はあまり意識しなくてもいいだろう。

ちなみに、曲の数に制限はない。

だから基本的にどの色もイメージに合う音楽をいくつか選び、それを編集で繋ぎ合わせて使うことになる。

そんなことを考えていると、明日姉が口火を切った。

「海賊っていうテーマなら、音楽はけっこうイメージしやすいんじゃないかな？」

みんながこくこくと頷くのを見て続ける。

「たとえば『He's a Pirate』とか『ウィーアー！』なんて定番だよね」

前者は大ヒット海賊映画の劇中歌、後者は国民的海賊アニメの初代テーマソングだ。俺たちはリアルタイム世代じゃないけど、どちらも聴けばすぐにわかる。

正直なところ、真っ先に同じ曲が思い浮かんだ。

陽が少し照れくさそうに尋ねる。

「ごめんなさい、最初のやつってどんなんでしたっけ？」

俺は事前に調べてたからわかったけど、曲名で覚えてる人は少ないかもな。

明日姉の代わりに口ずさむ。

「デデデンデンデデデンデンデデデンデンデデデンデンデデデンてやつだ」

「把握」

そのかけ合いを見ていた健太がうれしそうに声を上げる。

「神がよく聴いてるBUMPだと『sailing day』とかも劇場版アニメの主題歌でしたよね！」

俺と明日姉は思わず顔を見合わせた。

「へえ、そうなのか」

「言われてみれば、歌詞もぴったりだね」

夕湖が元気よく手を挙げる。

「はいはいはーい！『Yo Ho』！」

「「ああ！」」

俺と明日姉の声が重なる。

確かに、海賊と言えばこれしかないってぐらいにぴったりだ。

続いて優空がそっと手を挙げた。

「海賊ではないけど、戦いが始まる前に『帝国のマーチ』とか」

こちらは普遍的な人気を誇るSF映画の劇中歌で、象徴的な悪役のテーマソングとしても知られている。緊迫感を出すのにはもってこいかもしれない。

「なるほど、ありだな」

俺が言うと、陽が再び口を挟む。

「ごめん、どんなだっけ？」

「デーンデーンデーデデーンデーデデーンてやつだ」

「完全に理解した」

優空が恥ずかしそうに微笑む。

「でも、ちょっと定番すぎるかな？」

いや、と俺は首を横に振った。

「こういう学校行事は、変にマニアックな選曲するより誰でも知ってるやつのほうが盛り上がると思うぞ。校外祭でやる吹部のステージなんかもそうだろ？」

「確かに、今年のヒット曲とか演奏するしね」

先ほどからなにやらペンを走らせていた七瀬が手を止めて言った。

「私のほうでパフォーマンスの大まかな流れを考えてみたんだけど……」

ローテーブルの上に置かれていたお菓子を端に寄せ、ノートを真ん中に広げて続ける。

「ざっくり言うと『出航』、『航海』、『敵との遭遇』、『戦闘』、『勝利の踊り』、『宴』っていう流れ。どうかな？」

ふむふむと互いの反応を確かめるような沈黙が流れたあと、真っ先に紅葉が声を上げた。

「完璧じゃないですか！　悠月さんさすがすぎます！」

真っ直ぐな反応にくすぐったそうな七瀬を見て、和希が口を開く。

「緩急も見せ場も作れるし、なにより観客にとってもストーリーがわかりやすい。いいんじゃないかな？」

　俺もそれに続いた。

「『出航・航海』、『敵との遭遇・戦闘』ってのは流れでいけるだろうから、実質四パートってことか。尺的にもちょうどいい案配だ」

　海人（かいと）がなにか迷っているようにくしゃくしゃと頭をかいて言う。

「ちょっといいか？　敵って言っても、踊るのは俺たち青組だけだろ？　単なる殺陣（たて）ってことならみんなでチャンバラみたいなことすりゃいいんだろうけど、敵味方ってのはどうやって表現するんだ？」

　七瀬は困ったように答えた。

「うーん、そこなんだよね。仮想の敵に向かって剣を振ってるような表現もできると思うけど、どうせなら実際に打ち合ったほうが華やかだよね」

　ぺきっと呑気（のんき）にポッキーをかじりながら陽（はる）が口を開く。

「単純に敵役と味方役で分ければいいんじゃないの？」

　それを聞いた夕湖（ゆうこ）が首を傾げた。

「でもそうすると、負けちゃったほうは『勝利の踊り』ができなくない？」

「あそっか」

　はい、と明日姉（あすねえ）が控えめに手を挙げる。

「『勝利の踊り』じゃなくて『和解の踊り』にしたら成立しないかな？」

「「「おぉー！」」」

七瀬がふむと考え込んで口を開く。

「それ、いいですね。たとえば最初は団長の千歳と副団長の私が率いるふたつの海賊団に分けておいて、戦闘のあとに和解。最後はみんなで踊る、ってことか」

ふと思いついたように優空が言う。

「衣装的な部分でも表現できそう。和解したあとはみんなで同じ小物を身に着ける、とか」

みんなこくこくと頷いていたので、俺は話をまとめる。

「じゃあ、千歳海賊団と七瀬海賊団に分かれて『出航・航海』。これは単純に二チームが離れていれば表現できると思う。次に互いの陣営が向き合って『敵との遭遇・戦闘』。みんなで『和解の踊り』をして『宴』に突入って感じだな」

「「「意義なーし！」」」

明日姉がさらりと小指で髪の毛を耳にかけて口を開く。

「そうすると、ダンスと曲の方向性も見えてきたかな？　『出航からの航海』はこれから冒険が始まるっていうわくわく感が欲しいよね」

俺がそれに応える。

「これまでに挙がった曲だと『ウィーアー！』、『sailing day』、『Yo Ho』あたりか」

七瀬はノートにメモしながら言う。

「『敵との遭遇からの戦闘』は物々しく重厚な雰囲気から激しい曲へ、ってところだね。前者は『He's a Pirate』とか『帝国のマーチ』がはまりそう。ペアダンスを入れるならここと、次の『和解の踊り』」

明日姉がくすっと微笑む。

「その流れだと本気の合戦みたいな雰囲気になっちゃいそうだから、逆に『ウィーアー！』とか『sailing day』をこっちにもってきてバトルマンガみたいな雰囲気に寄せるのもありかもしれないね」

「「確かに」」

声を重ねながら、俺はふと気になった疑問を口にした。

「でも、戦闘パートにもペアダンスを入れるなら、現実的な問題として『和解の踊り』と同じ組み合わせにしたいよな」

七瀬が眉根を寄せ、しばらく考えてから答える。

「だね、そのほうが練習の効率もいい」

「男女で殺陣をやるってことになるけど、絵面的に大丈夫か？」

「男同士はともかく、女同士で切り結ぶのもそれはそれでこわくない？」

「まあね……」

「けどそうなると、船長同士、つまり私と千歳(ちとせ)が戦わないのはちょっと不自然なんだよな。衣装もひと目でそれとわかるように差別化するわけだし」

「あのっ！」

俺たちの会話に割って入ったのは、楽しそうに話の流れを見守っていた紅葉(くれは)だ。

「折衷案なんですけど、タッグマッチみたいなのを取り入れたらどうですか!?」

「「なるほど」」

「たとえば先輩と私ペア対悠月(ゆづき)さんと誰かのペアで戦えばその問題って解消されません？」

俺は七瀬(ななせ)と顔を見合わせ、口を開く。

「絡む人数が増えるからダンスはちょっと複雑になりそうだけど……」

「その分、上手(うま)くはまればかなり格好いいかもね」

「当然、女子も武器を持つんだよな？」

「あら、いまどき守られるだけの女なんて流行(はや)らないでしょ？」

「言えてる」

俺は紅葉に向かって言う。

「でかした、採用！」

「はい！　あとでご褒美(ほうび)くださいね！」

あとあと、と紅葉が続ける。

「『和解の踊り』はちょっとテンポ変えてゆったりした大人っぽい曲がいいです！」

「はいはいはーい！」

今度は夕湖が高々と手を挙げた。

「私も『宴』のとこ、ちょっと提案してもいい!?」

そうしてみんなの顔を見回し、うきうきと話を始めた。


「――――――――――――――――――――」

すべてを聞き終えて、

「おもしろいな」

俺は自然とそうつぶやいた。

応援団のパフォーマンスとして許可が下りるのかは確認する必要があるけれど、個人的にかなりありだと思う。下手すれば先例がないかもしれない。

七瀬を見ると、少し恥ずかしそうにぽつりと言った。

「……私は、正直やってみたいかも」

明日姉も思った以上に乗り気みたいだ。

「帰ったら相談してみようかな」

優空は事前に夕湖から聞いていたのかもしれない。

やさしく微笑んで成り行きを見守っている。

紅葉はやる気満々といった様子だ。

「私は絶対にそれ見たいです！」

陽がへっと笑う。

「ま、なんとかなるっしょ」

和希、海人、それから健太も、おもしろそうだという顔で頷いている。

俺はこほんと咳払いをして、拳を突き出す。


「せっかくなら、とびきり賑やかな宴にするか！」

「「「「おぉーーーーーーー！！！」」」」

そうしてこつん、こつんと互いの拳をぶつけ合った。

＊

それから俺たちは簡単に衣装の方向性をすり合わせる。

海賊のイメージはなんとなくの共通認識があるので、決めるまでに思ったほどの時間はかからなかった。

なにより、衣装作りに関しては優空が主導してくれたのが大きい。

「じゃあ、基本になる型紙とか作り方の手順は私がまとめるね。難しいところはネットで調べたり手芸部の子たちに相談すればなんとかなると思うから」

クラスの演劇なんかと違って、応援団の場合は全員がパフォーマンスの練習をしなければならないため、特定の衣装係などは設けない。

イメージと押さえておくべきポイントを共有し、各々が自作することになる。

とはいえ、裁縫なんかできないという男子連中は親や女子に頼ることも多いみたいだ。

まるで俺の考えていることを察したように、優空がこっちを見る。

「あ、朔くんの……」

言いかけたところで、紅葉の声が被った。

「もしよかったら先輩の衣装は私が作りましょうか!?」

俺が一人暮らしだっていうことを思いだしたんだろう。

取れたボタンを付け直す程度ならともかく、衣装作りとなるとさすがに自信はない。

最初から優空に頭を下げるつもりでいたし、きっといま向こうもそれを言いかけてくれたんだろう。

俺は頬をかきながら応える。

「紅葉、裁縫とかできるのか?」

「すっごく得意ってわけじゃないですけど、型紙とか手順があれば体育祭の衣装ぐらいならできると思いますよ。でも……」

一度言葉を句切り、紅葉が優空のほうに目をやる。

話を途中で遮ってしまったことに気づいていたんだろう。

もじもじと申し訳なさそうに続けた。

「もし優空さんがやってくれるなら、絶対そっちのほうが上手くできるんじゃないかと……」

優空はくすりとやさしい笑みを浮かべた。

「そのつもりだったけど、紅葉ちゃんにお願いしちゃおうかな? 私、きっと夕湖ちゃんの分も作ることになると思うし」

その言葉に夕湖が照れるでもなく頬を緩める。

「えへへー。よろしくね、うっちー」

紅葉を見て優空が続けた。

「紅葉ちゃん。もしわからないことがあったら、いつでも聞いてくれていいからね」

それじゃあ、と俺は片手を上げる。

「先輩としてちと情けないけど。頼めるか、紅葉」

紅葉はこっちに身を乗り出し、

「はい、よろこんで！」

ぱちんと手を合わせた。

＊

ここからはいよいよ本格的なダンスの振り付けに入っていく。

まずは暫定的に曲を決めてネットで購入し、健太が持ってきていたノートパソコンでざっくり必要なパートを抜き出し繋ぎ合わせてくれた。

尺はちょうどいい感じに収まりそうだ。

健太が編集をしてくれているあいだ、俺、和希、海人の三人でワイプラザ、正確にはその隣にあるワイホームというホームセンターへ行って、剣の代わりになりそうな長さの木の棒を人数分調達してきた。

百均のおもちゃだと本格的な殺陣に使ったらあっさり壊れてしまいそうだったからだ。

夕湖の家に戻りふたたび外に出て、ひとまず俺、和希、海人、七瀬、陽、紅葉の体育会系組が棒を持って庭に降りる。

他のみんなはウッドデッキに座り、参考になりそうな映画やYouTubeの動画なんかを探してもらうことにした。

ちなみに、真っ先に俺たちが見たのは北陸商業高校チアリーダー部「JETS」のパフォーマンスだ。

JETSは映画化やドラマ化された『チア☆ダン』のモデルになったチームで、日本一はおろか、過去には全米チアダンス選手権で五連覇というとんでもない偉業を達成しており、福井で知らない人は少ないと思う。

なんでも顧問の先生は藤志高のＯＧで、体育祭の応援団経験者でもあるらしい。そのときの楽しかった思い出がJETSの立ち上げに関わっているそうで、不思議な親近感を覚えてしまう。

正直、あまりにレベルが高すぎてとても真似できそうにないけれど、大人数で統率のとれた動きをするイメージは充分に摑めた。

そうして実際に音楽を流しながら、みんなでアイディアを出していく。

健太の完コピやオタ芸を除けば経験らしい経験は誰もなかったため、正直けっこう難航する覚悟をしていた。この二日間で決まらない可能性も充分にある、と。

しかしいざ始めてみると、これが思いのほかさくさくと進んで驚いた。

自分で言うのもなんだが、まずは体育会系組の働きが大きかった。

なにを参考にすることもなく、

「真上に跳ぶのもいいけど、相手ごと跳んじゃうのも派手ですよね！」

「さらっと物騒なこと言うんじゃねえよ。ならこっちは跳んでよけるか」

「いっそしゃがみながら回転して足を切りつければ？」

「足さばきはこんな感じのほうが優雅じゃない？」

「だったらそれをこう躱してみる？」

「こういう剣の振り方かっこよくね？」

てな感じで次から次へとアイディアが湧いてくる。

実際に考え始めて気づいたが、これめっちゃくちゃ楽しい。

幼い頃、男の子なら誰でも一度は妄想するようなことを真面目に議論してる感じだ。

ウッドデッキ組のサポートも心強かった。

明日姉はおもに映画、夕湖はアイドルやダンスボーカルグループ、優空は同じ高校生たちの動画、そして健太はアニメから、使えそうな動きや振り付けを探してきてくれる。

それを俺たちが再現して、組み合わせて……。

気づけば、陽が傾き始めた頃には『和解の踊り』と『宴』を除くパートはほとんど固まっていた。

俺はスポーツタオルで汗を拭いながら口を開く。

「なんとかなるもんだな」

海人がそれに続いた。

「いやでもこれかなりかっこよくない⁉」

優空の用意してくれた麦茶を飲みながら和希が言う。

「ちょっと難易度高めだけどね」

すかさず健太がつっこんだ。

「あれがちょっと⁉」

優空が困ったようにへにゃりと首を傾げる。

「……けっこう覚えるの大変そう、かも」

明日姉もぽんこつ一歩手前だ。

「右、左、右、右、下……？」

夕湖が両腕を胸の前に構える。

「なんかよくわからないけどすごかった！」

陽はこめかみのあたりをかきながら苦笑いを浮かべた。

「もしかして調子に乗りすぎた？」

七瀬も申し訳なさそうな顔をしている。

「途中から歯止めがきかなくなってたしね」

たしかに、ばりばりの体育会系連中によるごりごりの体育会系チューニングなダンスになってしまった感は否めない。

もしも健太、優空、明日姉、夕湖がついてこられないのだとしたら、全体練習で他の応援団員からも似たような声が上がってしまうだろう。

俺はみんなを見回して言った。


「このままやるのが厳しそうだったら、もう少しやさしくするか？」

そう、口にした瞬間――――、

「やるー！」

「「やります！」」


夕湖と、優空、明日姉、健太の声が響く。

紅葉がその背中を押すように言う。


「全力でサポートしますね！」

俺たちはみんなで顔を見合わせてにっと笑った。

＊

「はいはい千歳もっとエレガントに」

「旦那、腰のホールド甘いんじゃないのー」

「朔ーっ、ちゃんと紅葉を見つめて！」

「君が照れてたら台無しだよ」

「朔くん、紅葉ちゃんに恥かかせないように」

「てめえら絶対に楽しんでるだけだろ！！！！」


そんなわけで、僕たちは『和解の踊り』の振り付けを考えていた。

夕湖が提案した『宴(うたげ)』に関しては今日明日でどうこうできるアイディアではなかったので、ここが固まればひとまず合宿の目的は果たせたと言ってもいいだろう。

それにしても、と思う。

ペアダンスのパートだから俺と紅葉がモデルになるのは理解できるとしても、さっきから外野がうるせえ。

とくに女子の面々は紅葉が素直なのをいいことに、次から次へと無茶な要求をしてくる。

七瀬(ななせ)が言った。

「はいそこでお姫様抱っこ」

俺が文句を言うよりも早く、紅葉はそっと首に手をかけてくる。

「先輩、受け止めてくださいね？」

とん、となにひとつ疑わずに跳び上がるから、俺も受け止めざるを得ない。

左腕に、くにゅりとやわらかい太ももが食い込む。

紅葉がぎゅっとしがみついてきて、ただでさえスポブラで強調された胸が押しつけられた。

後輩だからとさんざん意識しないようにしているのに、これだけ間近で触れあうとどうしたってひとりの女性であることを実感してしまう。

紅葉がどこか潤んだ瞳で見上げてきた。

「先輩、重くないですか?」

俺は首筋にかかる吐息を気にしないよう努めて平静に軽口を返す。

「あと五人ぐらい紅葉がいたって大丈夫だぞ」

紅葉がいたずらっぽく目を細める。

「ふふ、じゃあその五人分も私に注いでください」

そう言いながら首筋に回していた手を離し、まるで俺の右腕を枕にしようとしているみたいにだらんと頭を倒す。

汗ばんだ滑らかな首筋と胸元がいっそうあらわになり、思わず目を逸らした。

「おい、居心地のいいハンモックじゃないんだぞ」

「へへへ、先輩の腕枕」

「殺人犯が死体を運んでるようにしか見えてねえよ」

ふと気づくと、七瀬、陽、優空、明日姉が乾いた視線をこっちに向けている。

「お姫様抱っこはないいな」

「……いつぞやの屈辱がこみ上げてきた」

「というか、さすがにこれは私たちも恥ずかしいよ」

「だね」


「じゃあなんでやらせたんだよ！」


俺は思わずつっこみながら紅葉をそっとおろす。

腕にはまだ火照(ほて)った身体(からだ)の余韻がじんと残っていた。

冗談はさておき、と七瀬が口を開く。

「けっこう見えてきたんじゃない？」

紅葉がうれしそうに声を弾ませた。

「ですね！」

七瀬が少し申し訳なさそうに言う。

「ふたりとも疲れてきたと思うけど、一度通しで踊ってもらってもいい？」

俺は軽く頷(うなず)いて応える。

「おう」

まだまだ体力の有り余ってそうな紅葉が続いた。

「はい！　よろこんで！」

実際のところ、本当によくできた後輩だと思う。

部活で優秀な成績を残していることは知っていたけれど、運動神経がいいのはもちろん、呑み込みも抜群に早い。

なによりどこまでも素直な性格で、俺たち先輩組があれこれと振り付けを試しても嫌な顔ひとつせずに付き合ってくれる。

おまけにとことん人なつっこくて、出会ってまだ一週間ほどだというのに、けっこうな時間をともに過ごしてきたみんなとすっかり溶けこんでいた。

七瀬がパソコンを操作し、メロウなダンスナンバーが流れ始める。

「先輩、よろしくお願いします」

すっと差し出されたその手をとり、同時にステップを踏み始めた。

それはあの夜に七瀬と踊ったときよりもいっそう滑らかで、月影のように連れ添っている。

やがてふたりで両手を広げ、それから紅葉がくるくると俺の胸に収まった。

華奢な背中は痛いぐらいに熱く、うなじからはどこか蠱惑的な香りが立ち昇ってくる。

そのままふありとターンして、紅葉が身体を預けてきた。

俺はそっと腰に手を回して受け止めながら、心のどこかで――。

ずっと付きまとっている切なさの理由を探していた。

「先輩、ちゃんと私を見てください」

どこか寂しげに押し当てられたやわらかな胸のふくらみを感じ、不意にどこまでもちっぽけで情けない答えが転がり落ちる。

ああ、そうか、俺は後輩の女の子と踊りながら。

ずっと誰かの面影を追いかけているんだ。

それさえもまだ、醜い感情を覆い隠すための上品めかした言い訳かもしれない。

もしも目の前にいるのが、彼女たちの誰かであったなら。

もしも彼女たちの誰かと踊るのが、他の男だったなら。

手をとり、頬を近づけ、見つめ合い、その温もりを交換し合うのが――。

なんて、そんなことを考えてしまう自分に心底嫌気がさす。

誰かの顔さえ、いまだぼやけて見えていないくせに。

だから俺は、後輩の目を見て先輩らしく微笑んでみせる。

そうしているあいだだけは、たとえば色のない九月そのものみたいに、なにかを先延ばしできるような気がするから。

*

譲らなければよかった。

そんなふうに思ってしまう自分に心底嫌気がさす。

*

相棒だったはずなのに。

なんであいつと肩を並べているのが自分じゃないんだろう。

＊

あの子みたいに言いだせばよかった。

あの子みたいに言いだせなかった。

＊

本当は作ってあげたかったな。

あなたの部屋で、私の椅子に座りながら。

＊

ペアダンスが固まる頃には、あたりもすっかり夕暮れ色に染まっていた。

結局あのあと細々といろんな振り付けを修正し、さすがの俺と紅葉も芝生の上に並んで寝転がっている。

空にはいつのまにか、みかん味の綿菓子みたいなうろこ雲が浮かんでいて、ぽけっと口を開けて見ていたら思わずきゅるうと腹が鳴った。

ぷくっと、隣で紅葉(くれは)が吹き出す。

なんだか急に可笑(おか)しくなって、なにを話すでもなくふたりでくつくつ肩を揺らす。

しばらくそうしていると、

「お疲れ、朔(さく)。

お疲れ、紅葉」


頬(ほお)の横にちょこんとポカリが置かれた。

頭の上にしゃがみ込んだ夕湖(ゆうこ)が、にこにこと俺たちを見下ろしている。

とっさに思い浮かべたよりもずいぶんと短い髪の毛が夕風にさらさらと揺れ、まだ見慣れないその光景についどきっとしてしまう。

俺より先に身体(からだ)を起こした紅葉が言った。

「夕湖さんもお疲れさまです!」

ふふ、と淡く微笑(ほほえ)んで夕湖が口を開く。

「朔とのペアダンス、息ぴったりですごく素敵だったよ」

「ほんとですか!? 夕湖さんにそう言ってもらえるのめっちゃうれしいです!」

俺も起き上がってポカリをぐびぐび飲む。

　夕湖はひざの上で頬杖を突きながら続けた。

「へへ、ちょっと羨ましくなっちゃった」

　紅葉が冗談めかして応える。

「いくら夕湖さんの頼みでも、こんなに練習したんだからいまさら代わりませんよ！」

　どこまでも自然な口調で夕湖は言った。

「うん、朔のことをよろしくね。すぐに無理する人だから、気にかけてあげて」

　紅葉が少し驚いたように目を見開き、はっとしたように言う。

「かしこまりました！　ひとりでなにかを抱え込んでそうなときは、無理矢理にでもひったくります！」

　俺は苦笑して頬をかく。

「後輩の前だってのに勘弁してくれよ」

　夕湖がふありと目尻を下げた。

「後輩の前だから、余計に心配なの」

「まいったな……」

　紅葉はそんな俺たちのやりとりを興味深そうに見守っている。

　そうこうしていると、近寄ってきた七瀬が俺を見た。

「いったん休憩かねて早めの夜ご飯挟もうか？」

「そうしよう、お腹と背中がくっつきそうだ」

後ろでそのやりとりを聞いていた優空が申し訳なさそうに口を開く。

「この人数だから、カレーとかでもいいかな？」

「もちろん、合宿の定番だしむしろ期待どおりだ」

「それで、ちょっと相談があるんだけど……」

言いながらとことこ近寄ってきて、そっと耳打ちしてくる。

「あのね」

ささやき声が耳にかかり、思わずぴくっと肩を震わせてしまう。

「材料が足りなくて。本当は私が買いに行ければいいんだけど、炊飯器だけじゃご飯足りなそうだから土鍋でも炊こうと思ってて、そっちを見てなきゃいけないから……」

なんだ、そんなことかと拍子抜けして言葉を返す。

「いいよ、さくっとエルパ行ってくる。必要なものメモしてもらっていいか？」

「うん、ごめんね。みんな疲れてるだろうから他の人には頼みづらくて」

考えるまでもなく、一番動いてたのが俺と紅葉だってことは優空も承知のうえだろう。

『――これからは私、もうちょっとわがままになってもいいかな？』

あの夕暮れ、やっと口にしてくれた言葉を思いだす。

そもそも当然のように買い出しから料理までひとりで引き受けようとしているってのがおかしいんだけど、それでも。

もしこれが優空にとってはささやかなわがままで、俺にだったら頼んでもいいと思ってくれているのなら。


ひと夏を過ぎたその変化が、じんわりと心に温かい。


そのやりとりが聞こえていたんだろう。

紅葉がきょとんと首を傾げた。

「先輩、エルパ行くんですか？」

ふっと笑ってそれに答える。

「おう、優空が美味しいカレー作ってくれるみたいだからな。食材の買い出しだ」

紅葉が胸の前で両方の拳を構えた。

「なら私もお供しますね！」

「手伝いがいるほどの量じゃないぞ。この調子だと夜も練習することになるだろうし、いまのうちに少し休んどけ」

「だからこそ先輩について行くんです！」

「なんでだよ」

「憧(あこが)れのみなさんのなかに置いてけぼりにされたら気が休まらないですもん。だったら先輩のお手伝いしてるほうがくつろげます」

「ほんといい度胸してんなおい」

俺たちのやりとりを見守っていた夕湖(ゆうこ)と七瀬(ななせ)がくすっと目を細める。

優空(ゆあ)はふふと首を傾けて言った。

「じゃあ、紅葉(くれは)ちゃんもよろしくね」

「はい！　よろこんで！」

*

エルパの一階で食材の調達を終えると、なんだかんだでそれなりの量になった。

お茶や水、スポーツドリンクも買い足したので、結果としてはふたりで来てよかったかもしれない。

俺は両手にビニール袋を提げながら口を開く。

「付き合ってくれてありがとな、紅葉」

片手にビニール袋を提げた紅葉がそれに答える。

「ぜんぜん！　先輩と優空さんていつもこんなふうにお買い物してるのかな、って想像してたら楽しかったです」

「優空がいっしょだったらビニール袋ふたつに収まってただろうな。調子にのって余計なものまで買いすぎた」

「ですよねー」

そんなふうになんでもない会話を交わしながら、俺たちはどこまでも週末のエルパらしい喧噪に包まれていた。

あたりには小さな子どもと手を繋ぐお父さんお母さん、高校生の集団やおしゃれなカップル、にこにこと微笑むおじいちゃんおばあちゃんがひっきりなしに行き交っている。

ビアードパパの甘いカスタードに銀だこのソース、マックやミスドにつややつや光るフロアの香りがいっしょくたになった、エルパの匂いとしか言いようのない空気が漂っていた。

きゅう、とかわいらしい音が響いて俺は隣を見る。

紅葉が空いた手でお腹を押さえながら恥ずかしそうに言った。

「……あの、先輩。なんかつなぎ食べません？」

今度は俺が吹き出す番だった。

「優空にはないしょだぞ。ご飯の前なのにって怒られるからな」

「はい、ふたりだけの秘密ですね！」

「なにが食べたい？」

「たい焼き！」

「渋いな、ならさくら茶屋か」

「ですです！　私こう見えておばあちゃんっ子だったので、昔はよく遊びに行くときの手土産で買いに来てたんですよ」

さくら茶屋は、お好み焼きにたい焼き、お団子といった、いわば和のファストフードが売ってる店だ。

なかでもたこ焼きは、かりかりの銀だこ派かふわとろのさくら茶屋派で人によってけっこう好みが分かれるらしい。

俺はたい焼きのクリームを、紅葉(くれは)はあずきを選んでエルパを出る。

ちなみに、まとめて俺が支払おうとしたらめちゃくちゃ遠慮されて、最終的にはぽっけに小銭を押し込まれてしまった。

マウンテンバイクのハンドルにビニール袋をかけて、片手で押しながらのどかな田んぼ道を歩く。たい焼きをかぷりかじると、クリームのなんだかほっとする味がした。

トワイライトタイムに差しかかっている空はほんのりと紫がかり、アメジストのように透き通っている。

とっぷり実った稲穂たちが、こんばんはと行儀よく頭を下げていた。荷台にプラスチックの黄色いコンテナを積んだ軽トラックは、ことこと楽しそうに家路を辿っている。

どこまでも穏やかで、どこか浮かれている土曜日の夜だった。

隣でトレックの赤いクロスバイクを押していた紅葉が、器用にたい焼きを差し出してくる。

「先輩、あーん」

後輩相手に小っ恥ずかしかったけど、両手も塞がってることだしとひと口かじる。

あずきの懐かしい甘さがじんわりと広がった。

いつぶりだろう、と幼い記憶を辿ってみる。

普段はそれほど甘いものを食べないから、ひとり暮らしをしているとあずきなんてまず口にしない。

そういえば、小さいころはおやつ代わりによく五個入りのあんぱんを食べていた。夏になると冷蔵庫にはオトンが好きだったあずきバーが常備されていたし、正月に余った餅でオカンがぜんざいを作ってくれていた。ばあちゃんの家に行くときは、よくエルパ近くの御素麵屋でかりんとう饅頭を買って差し入れにしてたっけ。

日常のなかに溶けこんでいたはずなのに、意識しないとやがて忘れてしまう味があるんだな、となぜだか少し切ない気持ちになる。

「紅葉は尻尾から食べる派なのか」

俺が言うと、紅葉はえへっといたずらっぽく目を細めた。

「だって先に尻尾を食べちゃえば私から逃げられないじゃないですか」

「たい焼きひとつで怖いこと言うんじゃねえよ」

ほい、と代わりに俺のクリーム味を差し出す。

紅葉はたい焼きと俺の顔を見比べて言った。

「ちゃんとあーんて言ってください」

「はいはいあーん」

それでようやく満足げにぱくりとかじるのを見て、思わず苦笑して口を開く。

「さっきは悪かったな」

なんのことを言ってるのかすぐにわかったのだろう。

紅葉はしゅんと伏し目がちに答える。

「私は先輩とのペアダンスすっごく楽しかったのに、途中からずっと上の空みたいで寂しかったです」

珍しく沈んだその声色に申し訳なさがこみ上げてきた。

「たい焼き、もうひと口食うか?」

「………」

紅葉が目だけでなにかを訴えてくる。

「わかったよ、あーん」

「はーい」

うれしそうにたい焼きを頰張る姿をほっとして見守りながら俺は言った。

「ちょっと考えごとというか、向き合ってたんだよ」

「なにとですか?」

俺はたい焼きの最後のひと口を頰張り、包み紙をくしゃりと握り潰す。

「自分の情けなさ、かな」

後輩の女の子相手にこんなことを話すべきじゃないことはわかっていた。

だけどなぜだか紅葉の前だと、少しだけ肩の力を抜いてしまう。

もしかしたら、心のなかに引っかかり続けている問題とは離れたところにいる身近な存在だからかもしれない。

今度はなにを言ってるかわからなかったのだろう。

紅葉はきょとんと首を傾けたあと、ふと立ち止まってクロスバイクのスタンドを下ろし、お姫様抱っこで受け止めるみたいにやわらかくぽふんと言った。

「――先輩、私に逃げてもいいんですよ?」

「え……？」

まるで心の声がうっかり漏れていたのかと疑いたくなるような台詞に、俺は思わずまぬけな声を出してしまう。

紅葉はなんでもないことのように続ける。

「ほら、夕湖さんからも頼まれたので。もしひとりでなにか抱え込んで、悩んでるなら、話ぐらいは聞きますよってことです！」

俺はどこかほっと納得してマウンテンバイクのスタンドを下ろす。

「ああ、そういうことか」

「って言っても、たいしたお力にはなれないと思いますけど」

「その気持ちだけでうれしいよ、ありがとうな」

紅葉が目を伏せて、照れくさそうに頬をかく。

「前にも言いましたけど、私、先輩たちの仲間に入れてほしいんです」

「前にも言ったけど、みんなもうとっくに仲間だと思ってるぞ」

「本当ですか？　じゃあ……」

言いながら、へへっと笑って小指を差し出してくる。

「約束ですよ？　私のこと、仲間はずれにしないでくださいね？」

「約束するよ。紅葉を仲間はずれにはしない」

俺は迷わずに答えて、そっと小指を絡めた。

*

夕湖の家に戻ると、リビングには玉ねぎを炒めるいい匂いが漂っている。

キッチンには優空(ゆあ)と七瀬(ななせ)のふたりが立っていた。

事前に話していたとおり、可能な範囲で手伝っているんだろう。

優空がカレーとご飯、七瀬がサラダ担当みたいだ。

俺と紅葉はビニール袋を提げてふたりのほうに近づいていく。

優空が顔を上げてこっちを見た。

「紅葉ちゃん、朔(さく)くん、ありがとう」

「おう」

「お安いご用です！」

にんじん、じゃがいも、追加の玉ねぎに豚肉。

今日はシンプルなお家カレーみたいだ。

ちなみに豚肉をチョイスしたのは、この人数でリーズナブルかつ俺が一番好きでよく作ってもらっているからだと思う。

外で食うときは牛肉を選ぶのに、家だとなぜか豚肉が安心するんだよな。

七瀬に半玉のキャベツを手渡しながら言う。

「ちなみに俺は千切りキャベツにうるさいぞ？」

キッチンに立つふたりが顔を見合わせ、ぷっと吹き出す。

玉ねぎを炒めながら優空が口許をほころばせた。

「ほらね、絶対に朔くん言うと思ってた」

七瀬が呆れたように肩をすくめる。

「このあいだは文句言わなかったくせに」

カツ丼を作ってくれたときの話だろう。

「さすがに俺も時と場合はわきまえてるんだよ」

「ちなみにあのときの千切りは？」

「思ったより細かくて驚いたけど、朔くんの合格水準にはいま一歩ってとこだな」

「まったく、細かい男」

優空がおかしそうに口を開いた。

「ゆっくりやれば大丈夫だよ」

七瀬はこくりと頷いてキャベツの葉を剝がしはじめる。

「もう少し丁寧にやってみる。誰かさんに『まだ太いな』とか言われたくないし」

「うむ、精進するように」

「いいから千歳はあっち行ってな」

「へいへーい」

言われてリビングを見回すと、みんな思いおもいにくつろいでいるみたいだ。

夕湖は海人とダイニングテーブルに並んで腰かけ、なにやらふたりでタブレットを覗き込んでいる。

紅葉がぴゅうとふたりのほうに駆け寄っていった。

「夕湖さーん、海人さーん、なに見てるんですかー!?」

あれだけ緊張するだのなんだの言ってたくせして、普通に放っておいても大丈夫そうだ。

健太は空いてるスペースで早くも和希に振り付けを教わっているらしい。

明日姉と陽はソファに並んで話していた。

珍しい組み合わせだな、と俺はそっちに向かう。

なにやら楽しげに声を弾ませているふたりの背中へ声をかけた。

「まじっていい？」

振り返った明日姉は、俺の顔を見て堪えきれないといった様子でくぷぷと吹き出す。

「え？　なに？」

俺が言うと、小刻みに肩を揺らしながら口許に手を当てる。

「いや、ごめんね、おかえりなさい」

陽がにやっと挑発的に笑った。

「ちょうどいま、あんたの悪口で盛り上がってたとこだけどいい？」

「いやよくないが？」

隣に腰かけて俺は続ける。

「明日姉に余計なこと吹き込んだんじゃないだろうな」

「さあ？　私は私の知ってるあんたの話をしただけだけど？」

「なんだ、それなら安心か」

「その自信はいったいどっから湧いてくんの……」

ようやく落ち着いたらしい明日姉が口を開く。

「学校での君がどんなふうなのか聞いてただけだよ」

陽がへっと口の端を上げてそれに続く。

「ついでに西野先輩といるときのあんたがどんななのか、もね」

「……健太と和希んとこ行くかな」

まあまあ、と明日姉が微笑んだ。

「それにしても、本気で全国大会目指してるなんてすごいな。私は進路を考え始めるまで、そういうのが見つからないままになんとなく過ごしてきちゃったから。高校生のいまを全力で生きてる青海さんがまぶしい」

陽が慌てて手を振る。

「いやいや、私からしたら、夢を追いかけて東京に行くって決断した西野先輩のこと本気で尊敬します」

一度言葉を句切り、なぜだかちらっと俺を見て、すぐ目を逸らし話を続けた。

「その、いろいろと離れなきゃいけないものもありますよね。住み慣れた地元とか、家族とか、えっと、友達とか……。そういうのって怖くないんですか？」

「怖いよ、すごく」

明日姉は迷わずにそう答える。

「これでよかったんだって気持ちと、もしかしたら他の道もあったんじゃないかって気持ちのあいだで、ときどき揺れたりもする」

それは少しだけ意外な言葉だった。

俺の目には、迷わず真っ直ぐに夢を追いかけているようにしか映らなかったから。

明日姉がやさしい笑みを浮かべて問いかける。

「青海さんは、高校を卒業したらどうするの？」

その問いに、陽は目を伏せぎゅっと拳を握りしめた。

「私も、揺れてます」

そっか、と明日姉は言った。

「進路相談のときには大学でもバスケができれば、ぐらいの温度感だったよね。なにか新しい夢が見つかった？」

陽が途惑いがちにこくりと頷く。

「はい。でも、どれだけ全部を抱きしめようとしたって、たとえば距離とか時間とか、諦めなきゃいけないことがきっとなにかはあって……」

知らない顔だ、と思う。

いっときは片割れみたいに寄り添っていたのに――。

気づけば俺の知らないところで陽が、明日姉が、知らない女の子になっていく。

『仲間はずれにしないでくださいね』

宵の口で紅葉が言った。
その気持ちが、いまは少しだけわかる。
明日姉がそっと、ハンカチを差し出すように紡ぐ。

「たまらないよね、そういうの」
「たまらないっす、こういうの」

陽の声色は、なんだかいつもより大人びていて。
なぜだか俺は、置いてけぼりみたいにふたりを見つめていた。

＊

優空のカレーと七瀬のサラダが完成し、俺たちはふたたびローテーブルを囲んだ。

「「「「いただきまーす！」」」」

それぞれに手を合わせ、さっそくスプーンや箸を手に取る。

七瀬が作ってくれたのは、レタスの上に千切りキャベツ、くし切りのトマト、薄切りのきゅうりが盛り付けられたシンプルなグリーンサラダだ。

結局カレーにはこういうのが一番合う。

細口マヨネーズを軽くしぼり、青じそはなかったので代わりに黒酢たまねぎドレッシングをかけた。

ふと、七瀬がじっと俺の反応を窺っていることに気づいて苦笑する。

さっそく千切りキャベツを食べてにっと口を開く。

「うむ、免許皆伝」

その言葉に、七瀬が小さくガッツポーズをした。

「っっしゃ！」

続いてスプーンでカレーをすくって頬張ると、まるでひと晩寝かしたようなこくが口いっぱいに広がる。

食べ慣れた安心する優空のお家カレーだ。

十人もいるのに、ちゃんと目玉焼きを載っけてくれていた。

俺の皿の隣には当然のように七味が置かれている。

七瀬が驚いたように言った。

「あれ、普通にルウから作ってたよね？　どうしてこんな奥の深い味になるの!?」

優空はとくに謙遜するでもなく自然に答える。

「ありもので隠し味はいろいろ入れてるんだけど、一番違いが出るのは多分オイスターソースかな？　ちょっと加えるだけでぜんぜん違うんだよ」

七瀬が納得したように頷いた。

「なるほど、そもそもオイスターソースを使ったことがないからその発想もなかったな」

紅葉はたい焼きひとつぐらいじゃ腹の足しにならなかったみたいで、ぱくぱくと美味しそうに食べ進めている。

「みんなでこうやってカレー食べるのってなんか合宿っぽくていいです！」

優空がやさしく微笑んで言う。

「お代わりもあるからたくさん食べてね」

すでにカレーを半分ぐらい平らげていた海人が口を開く。

「しかし、合宿の成果は充分に出たんじゃねえか？　まだ宴のパートは残ってるけど、決めなきゃいけないことはだいたい決まっただろ」

和希がそれに続いた。

「これなら、来週からはもう他の団員を集めて全体練に入れそうだね」

俺はこくりと頷く。

「だな、夕湖が提案してくれたおかげだよ」

にこにこ首を傾けて夕湖が応える。

「ぜーんぜん、おかげですっごく賑やかな週末になったし」

でも、と自信なさげに健太がこっちを見た。

「その前に俺たちが踊りマスターしなきゃいけないんですよね……？」

「まあ、どうしても駄目だったら覚えた連中だけで手本を見せることになると思うけど」

「それはいや！」

意外なことにそう声を上げたのは明日姉だ。

かわいらしくファイティングポーズをとりながら続ける。

「私もそんなに運動得意じゃないけど、いっしょに頑張ろう山崎くん」

健太はその言葉に勇気づけられたのか、真似してファイティングポーズをとった。

「はい！　せっかくなんだから、みんなで踊りたいですよね！」

さっきの時間で明日姉と少し打ち解けたのか、陽がにっと挑発的に口を開く。

「西野先輩も、山崎も、完璧になるまでびしばししごいてあげるよ」

「お、お手柔らかに……」

弱々しく重なる明日姉と健太の声がおかしくて、みんなでどっと吹き出した。

＊

夕食を終え、俺たちは夕湖といつも寄り道している馴染(なじ)みの公園に移動した。

いくら庭が広いといっても、さすがに全員で棒を振り回すのは危なっかしいからな。

この時間になるともう人っ子ひとり見当たらないし、大勢で練習するにはちょうどいい。

俺たちはいったん通しの振り付けをざっとおさらいした。

それが終わると、頭の『出航・航海』から順に個々のパートの精度を上げていく。

練習を始めること約三十分。

俺と夕湖がいつも腰かけている短い階段の上に立った七瀬(ななせ)の声が響く。


「ワン、ツー、ワン、ツー、西野先輩遅れてます」

「ごめんなさいっ！」

「ワン、ツー、ワン、ツー、うっちーもっと力強く」

「うんっ！」

「ワン、ツー、ワン、ツー、山崎きょろきょろしない」

「は、はいっ！」

いま練習しているのは剣舞のパートだ。

みんなで一列になり、同じ動きで剣を振りながら行進する。

ちなみに七瀬(ななせ)が上から全体を見て、俺がみんなのところを回りながらアドバイスをする、という形式をとっていた。

全体の進捗(しんちょく)はまずまずだと思うけど……。


「はい一回ストップ!　少し楽にして水分補給とか休憩しててください」


ふう、とみんながいっせいに大きく息を吐く。

七瀬が俺のほうを見て手招きした。

「ごめん、千歳(ちとせ)いい?」

「おう」

なんの要件かはだいたい想像がつくので、俺はたたんと階段を上る。

どことなく副団長というよりも副キャプテンモードの七瀬が口を開く。

「二チームに分けようか?」

「そのほうがよさそうだな」

「私と水篠で海人と夕湖、山崎を見るから、千歳と紅葉で陽とうっちー、西野先輩を見てもらってもいい？」

「……なるほど、いい案配だと思う」

ある程度予想していたことだけど、振り付けの上達具合にけっこうばらつきがあった。

すんなり覚えたのは俺、七瀬、和希、そして紅葉。

海人と陽は大まかな動きそのものは問題ないけど、細かいところがまだ荒い。

夕湖はそのふたりにちょっと遅れをとりつつも、順当に上手くなっている。

そして本人たちも危惧していたとおりに苦戦しているのが、優空、健太、明日姉だ。

俺たちは階段を下り、七瀬が口を開く。

「ここからは私、水篠チームと千歳、紅葉チームの二手に分かれて練習しよう。私のほうは夕湖、海人、山崎。千歳のほうは陽、うっちー、西野先輩で」

それを聞いた陽と海人が声を上げた。

「私も教えられる側ッ⁉」

「俺もかよッ⁈」

七瀬は呆れたように応える。

「あんたたちふたりとも、身体能力に任せて雰囲気で踊るから雑なの」

「「うぐっ……」」

にやりと、俺は陽に告げる。

「完璧になるまでびしばししごいてやるからな」

「く、屈辱……」

悪いな、と言いながらこっそり思う。

ちらりと七瀬を見たら、向こうも同じことを考えていたみたいでぺろっと舌を出した。

海人と陽の踊りが大雑把なのはまあ事実だけど、あのふたりなら丁寧に指摘すればすぐに対応できるはずだ。

それに、本来なら健太と陽をトレードして、上達が芳しくない三人をこっちにまとめてしまったほうが練習の効率はいい。そこそこ踊れる側のチームは、どんどん先の振り付けに進めるからな。

あえてそうしなかったのは、きっと七瀬なりの気遣いだ。

運動が得意な陽と海人を教えられる側に回し、あまり得意じゃない優空、健太、明日姉をふたつのチームに分けることで、自分たちが足を引っ張っていると責任を感じさせないように配慮しているんだろう。

こういう七瀬のさりげないやさしさが、俺はとても素敵だと思う。

＊

そうして二チームに分かれて練習を再開した。

俺は手を叩いてリズムをとりながら声を上げる。

「ワン、ツー、ワン、ツー、陽止めるところはちゃんと止める」

「あいよっ！」

「ワン、ツー、ワン、ツー、優空そこもっと足開く」

「うん……！」

「ワン、ツー、ワン、ツー、明日姉ついてくるの意識しすぎて振りが小さい」

「はいっ！」

何度か合わせていて、なんとなく改善の方向が見えてきた。

「おっけー、いったんストップ」

俺が言うと、優空と明日姉がひざに手を突いてぜぇはあと呼吸を整える。

陽はともかく運動部じゃないふたりにとって、これだけの時間身体を動かすだけでもけっこうな負担だと思うけど、加えて剣に見立てた棒を振り回すのもしんどいんだろう。

ふたりを見ながら俺は口を開く。

「少し休憩する？」

「「大丈夫！」」

優空と明日姉の力強い声が重なり、思わず頬を緩める。

気を取りなおして俺は口を開いた。

「まず陽さん」

名前を呼ぶと、陽が不服そうに顔をしかめる。

「あんだよぉ」

俺はこほんと咳払いして先生っぽく言った。

「いいですか、これは命の取り合いではありません」

「……どゆこと？」

「動きが止まったからといってその隙を突かれて切られたりはしません」

「……なるほど！」

陽が右手の拳で左の手のひらをぽんと叩き、優空、明日姉、紅葉がきょとんと首を傾げる。

まったく、と俺は頬をかいた。

たとえば俺は素振りをするとき、相手のピッチャーをイメージしている。陽だったら、ひとりでシュートの練習をするときでも敵チームのディフェンスを意識したりするんだろう。

その癖なのか、無意識のうちに対戦相手みたいなものを想定してるんだと思う。なかなか説明が難しいけれど、すべての振り付けをスムーズに繋ぎ、隙を見せないように動き続けているみたいな感じだ。

俺は棒を持ちお手本を見せながら続ける。

「単体で見たらいい動きなんだけど、ダンスなんだから、ちゃんと止めるところは止めてみんなと合わせないとずれてるように見える」

「把握」

陽にはこれで充分伝わるだろう。

俺はもう一度こほんとわざとらしい咳払いをする。

「次に優空ちゃん」

「うん……」

優空が不安そうにこっちを見る。

「恥を捨てましょう」

心当たりはあったのか、照れくさそうにかあっとうつむいて応える。

「ごめん、ちょっと慣れないというか普段あんまりやらない動きだから」

「大丈夫だ、剣道部でもないのに人を斬り慣れてたら朔くんびっくりしちゃうぞ」

その軽口に優空がぷくっとむくれた。

「……もう！」

冗談はさておき、と俺は続ける。

「こういうのは照れながらやるのが一番恥ずかしい。たとえば吹奏楽でもマーチングだったり、学祭初日にやる校外祭のステージだと振り付けみたいなことしてるだろ？　あれと同じだよ」

「……言われてみれば、たしかに」

「ましてや俺たちのテーマは海賊なんだ。足を開くところはがばっと開く、斬るときは躊躇なくたたっ斬る。少し野蛮に見えるぐらいでちょうどいい」

優空は棒を握り締めてこくっと頷いた。

「わかった、やってみるね」

ふたたび咳払いをして口を開く。

「最後に明日姉」

「……はい」

「手と足がちぐはぐですね」

「ひどいッ?!」

俺は苦笑して続ける。

「紅葉(くれは)、ちょっとお手本見せてくれるか?」

「はい！　よろこんで！」

紅葉がすちゃっと棒を構える。

「いいか?　ワン、ツー、ワン、ツー」

俺の声に合わせて軽やかにステップを踏み、優雅に剣を振る。

明日姉は真剣な眼差しでその動きを追っていた。

一パートが終わったところで俺は言う。

「ありがとう、紅葉。明日姉、いまのがいい例ね」

言いながら、今度は自分で棒を構えた。

「明日姉の場合、こんなふうに手だけで剣を振ろうとしすぎてるんだ。だからステップがワンテンポ遅れる」

目の前で実演してみせながら続ける。

「剣を振るのと足を踏み出すのは同時。そのほうが体重乗って楽に振れるようになる」

「そっか、だから遅れがちだったんだ」

明日姉が剣を構え、言われたとおりに振る。

——ピシッ。


さっきまでと比べたら格段にいい音が響いた。

明日姉(あすねえ)がぱっと表情を華やげこっちを見る。

俺はにっと笑って言う。

「それをダンスで繋(つな)げられるようになったらばっちりだよ」

明日姉はうれしそうにうなずいて、感覚を忘れないうちに剣を振り始めた。

「よーし、もう一回通してみるか！」

陽(はる)、優空(ゆあ)、明日姉、紅葉(くれは)が声を上げる。

「「「「おー！！！！」」」」

七瀬(ななせ)たちの様子を窺(うかが)うと、向こうは向こうで順調そうだ。

健太(けんた)も和希(かずき)に指導されながら頑張って振り付けを覚えている。

ふと七瀬と目が合い、ぱちっと涼やかなウインクが飛んできた。

こういうのは悪くないな、と思う。

人通りが途絶えた夜の隅っこみたいな公園で仲間たちと踊る。

飛び散る汗が、交わした視線が、悔しそうな声が、うれしそうな笑みが、思い出のなかへと雨粒のように染みこんでいく。

もしかしたら、人によっては頑張ってもがんばらなくてもそれなりに通り過ぎていく学校行事のひとつでしかないのかもしれない。

だけど俺たちは、きっと大人から見たら笑っちゃうぐらいに真剣だ。

どうせやるなら勝ちたいってのはもちろんあるけれど、それ以上に——。

こんなふうにみんな揃って過ごす時間がどれほどまでにかけがえがないのか、この夏を超えた俺たちは気づいてる。

誰かが望んでも誰ひとり望んでいなくても。

やがて終わりはくる。

いつか手を離さなきゃならないときが訪れる。

だからいっしょにいられるあいだに、できるだけたくさんの忘れられない瞬間を切り取って、こっそり未来に持ち帰ろうとしているのかもしれない。

「楽しいですね、先輩！」

隣に立っていた紅葉が声を弾ませる。

「ああ、楽しいよ」

俺は心の底から祈るようにそう言った。

＊

明日もあるからと、俺たちはそこそこの時間で切り上げた。

海人も言ってたけど、初日に練習まで始められたんだから上出来だ。

心配していた優空、明日姉、健太も後半はけっこう要領を掴んできたみたいだし、なんとかなるだろう。

公園を出た短い帰り道、みんなの後ろを歩いていると、ふと夕湖が隣に並んだ。

手でぱたぱたと俺の顔を扇ぎながら口を開く。

「お疲れさまです、団長」

「よせよ、くすぐったいな」

苦笑しながら答えると、夕湖が続ける。

「朔と悠月のおかげで、すっごく順調だね」

「俺たちが特別になにかをしたわけじゃないよ。みんなが協力してくれたおかげだ」

その言葉には、ゆっくり首を振られてしまう。

夕湖が少しだけ照れくさそうに笑った。

「いつもみたいに私が副団長だったら、きっとこんなにてきぱきと進んでなかったと思う。悠月がいっしょだからこそ、朔もひとりで気を張らずにいられるみたい」

こっちを見て、ちろっと舌を出し頭を下げる。

「これまでいっぱい迷惑かけちゃっててごめんなさい」

「大げさだよ、迷惑だなんて思ったことなんてない」

ふふ、とどこか穏やかな声が続く。

「朔がそう言ってくれることはわかってたけど、ちゃんと謝っておきたかったの」

「そっか」

「うん」

そうして前を向く夕湖の横顔は、知らない女の子みたいに大人びて見えた。

「ねえ朔？」

「ん？」

「私、いまこの時間がとっても幸せ」

「俺もだよ」

「ありがとうね、朔」

「ありがとうな、夕湖」

「それから……」

「ありがとう優空、だろ？」

「へんなの、いっしょなこと考えてる」

「この夏をいっしょに見送ったからさ」

ふたりでくすくすと肩を揺らしながら、みんなの背中を見る。

夕湖(ゆうこ)が話を締めくくるようにぽつりとつぶやいた。

「もう少しだけそばにいさせてね、朔(さく)」

思わず返しかけた言葉を呑(の)み込んで、知らずのうちに口の左端を上げて小さくうなずく。

本当は俺も伝えたかった。


もう少しだけそばにいてほしいよ、夕湖。

*

夕湖の家にたどり着きリビングに入ると、なぜだかほっとした自分に驚いた。

濃密な時間をここで過ごしていたからか、たった半日なのにどこか自宅へ帰ってきたときのような安心感がある。

夕湖がみんなを見回して口を開く。

「お風呂溜めておいたから交代で入っちゃおっか！」

その言葉に、俺は和希(かずき)と顔を合わせ頰(ほお)をかいた。

「男は最後にシャワーでいいよ」

さすがの海人も気まずそうな顔で続く。

「だな」

健太もしゅばっと手を挙げた。

「さ、賛成！」

夕湖がきょとんと首を傾げる。

「なんで？　疲れてるんだからゆっくりお湯に浸かればいいのに」

くすりとフォローを入れてくれたのは七瀬だ。

「まあ、そう言うなら好きにしてもらえばいいんじゃない？　男の子には男の子なりの事情ってやつがあるんだよ」

そうしてどこか挑発めかしてこちらを見る。

俺はその視線を無視して付け足すように言った。

「あと、できれば最後に風呂入る女子は栓抜いておいてくれ」

「「「それな！！！」」」

俺たちは四人で顔を見合わせて情けない笑みを浮かべる。

ここにいる女子みんなが浸かったあとのお湯なんて冗談じゃない。

まあいっかと切り替えたように夕湖が続ける。

「じゃあ、誰から入る？　けっこう広いからふたりぐらいは一緒に入れると思うけど」

七瀬がそれに応えた。

「リレー形式ってわけじゃないけど、誰かが最初に身体だけ洗っちゃって、湯船に浸かったら次の人が入るとかでいいんじゃない？」

「うん！　それでいいと思う！」

近くでそのやりとりを聞いていた明日姉が言う。

「最初は柊さんが入ったら？　みんなも遠慮があると思うし」

夕湖は慌てて手を振る。

「えー、私は全然あとのほうで大丈夫ですよ！」

明日姉がくすっと笑った。

「っていうやりとりを交代でやることになりそうだから、ね？」

優空も、七瀬も、陽も、紅葉も賛同するようにうなずいている。

「そっか、じゃあ」

夕湖がみんなを見回して、

「かーしこまりー！」

元気よく声を上げた。

＊

柊さんがお風呂に向かい、みんな思いおもいにくつろいでいる。

一方で、私、西野明日風はここに来てから内心ずっとそわそわしていた。

朔くんには伝えたけど、こんなふうにお友達の家へ泊まるのは初めてで、ましていっしょにいるのは、ずっと眩しく見ているだけだった面々だ。

もしも私がもう一年遅く生まれていたら、もしも私が君たちのひとりだったら。

何度そんなふうに焦がれたかわからない。

その輪のなかに入り、同じ目線で、同じ目標に向かって歩む時間は、間違いなく私がずっと望んでいた、最初で最後のいまだ。

はじめての修学旅行で浮かれる少女のようにわくわくとリビングを見回す。

大勢でお泊まりする夜は、まるで朔兄と行った縁日の千本釣りみたい。

目の前にはたくさんの紐がぶら下がっていて、引けるのは一回に一本まで。

それがどこに繋がっているのか、どんなものがもらえるのかはわからない。

なにかを選んだらもっと素敵な瞬間を見落としてしまうかもしれないし、なにを選んだって一生忘れられない宝物になるような気もする。

どんなふうに夜を過ごそう、誰とお話ししよう。

山崎くんと振り付けの大変さについて語るのもいい、水篠くんや浅野くんに男同士でいるときの朔くんを聞いてみたい気持ちもある。

内田さんには料理について尋ねてみたいし、七瀬さんとは一度ゆっくり話してみたいと思っていた。望さんに、練習で迷惑かけてしまったことも謝りたい。

だけど、やっぱり、と私は庭のほうを見る。


――いつかこの時間を振り返ったとき、そこにできるだけたくさんの君がいてほしい。


柊さんがお風呂に向かったあと、迷わず朔くんが外に出たことは気づいていた。

片手には、バットのケースを持って。

合宿中だというのに、日課の素振りをこなすつもりなんだろう。

日中は望さんといっしょに誰より踊って、夜は私たちの指導をして疲れているだろうに、ととことん自分にばっかり厳しい人だ。

玄関から靴を持ってきてウッドデッキに出ると、

「陽、どう見える?」

「なんかきれいじゃない気がする」

「これだと？」

「なんかうまく力が伝わってない気がする」

「だよな、やっぱこうか」

「それそれ、私の好きなあんたのフォーム」


素振りをしている朔くんと青海さんが慣れた様子で会話をしていた。

さくり、と浮かれていた心が薄い紙で指先を切ったように浅く傷つく。

君と野球と青海さん。

私にとっては、ちょっと苦い想いのある組み合わせだ。

去年のちょうどいまごろ再会してから、なぜだか変わってしまった朔兄の力になりたいとふたりでいろんな話をしてきた。

ほどなく、一番大きな傷が野球部を辞めたことなんだと察する。

だけど結局のところ私にできたのは絆創膏を渡すぐらいで、君はその下に隠したかさぶたをかたくなに見せてはくれなくて——。

それを無理矢理引き剝がし、正しく消毒してあげられたのは目の前にいる女の子だった。

私に気づいた朔くんが言う。

「お、明日姉」

ウッドデッキにあぐらをかいて座っていた青海さんが、にっと笑って自分の隣を叩く。

「西野先輩、いっしょにうっぷん晴らしません?」

さっきの練習で駄目出しをされた意趣返し、みたいな意味なんだろう。

「ふふ、それは素敵な合宿の夜の過ごし方だね」

なんて、先輩ぶってはみるけれど。

正直、私はさっきのかけ合いがなにひとつわからなかった。

朔くんは同じフォームでバットを振ってるようにしか見えなかったし、青海さんの口にした言葉もぜんぜん理解できない。

——だけどこのふたりは、ただそれだけでどこまでも通じ合っている。

すぐ斜に構えようとする君が青海さんの言葉はありのままに真っ直ぐ受け入れていて、そこにはただありふれた信頼しかなかった。

きっと私は、こんなふうになりたかったんだと思う。

君が青海さんに向けるまなざしは、いつか私に向けてほしかったまなざしだから。

「明日姉、もし気になるとこあったらなんでもいいから言ってね」

「西野先輩、遠慮なくびしばしと！」

「よーし、お姉さんが見てあげましょう」

置いてけぼりの空っぽだ。

私の言葉だけが上滑りして、九月の夜空にさらされている。

——ビシュッ、ビシュッ。

そんな湿っぽさを切り裂くように、乾いた気持ちのいい音が響いた。

かっこいいな、とようやく私は自然に頬を緩める。

ついさっきまでダンスの練習をしていたからなおさらに思う。

もしかしたら似たようなことを考えていたのかもしれない。

あぐらをかいた足の上で頬杖を突いている青海さんがひとり言みたいにつぶやく。

「しっかし、あらためて野球ってのもすごいスポーツだね」

朔くんは集中しているのか、その声は届いていないみたいだ。

こくりとうなずいて私は口を開く。

「私なんて、あんなに細い棒を振り回しただけでも腕ぱんぱんなのに」

青海さんがへへっと笑って言う。

「同じく、明日はぜったい筋肉痛ですよ」

「青海さんでも?」

「バスケとは使うとこ全然違いますもん。きっついのきますよ、多分」

なぜだか楽しげなその口調に、ふたりで顔を見合わせぷっと吹き出す。

ひとしきり肩を揺らしたあと、ぽつりと青海さんが口を開いた。

「あいつ、西野先輩といると子どもみたいな顔しますよね」

私は首を傾げてそれに応える。

「それはどっちかっていうと青海さんとスポーツしてるときじゃないかな?」

青海さんがどこか諦めにも似た笑みを浮かべた。

「あいつが私に向ける目は、チームメイトに向ける目なんです。西野先輩を見るときは、憧れの人に向ける目」

そうかな、と私は首を振る。

「私に向ける目はきっと、過去を懐かしむ目だよ」

青海さんはふっと短く息を吐いた。


「お互い、ままならないっすね」

「本当に、ね」


もしかして気を遣ってくれたのかもしれない。

中に戻ります、と青海さんが立ち上がって背を向ける。

そのまま一歩踏み出し、ふと思いだしたように振り返ってにかっと言った。

「私、相手が先輩でもひるまずに立ち向かっていくタイプなんで」

その眩しい笑顔に目を細めながら、私は応える。

「私、後輩にお姉さんぶるのは得意なの」

こう見えて、負けん気はけっこう強いんだ。

柊さん、内田さん、七瀬さん。

朔くんのまわりには素敵な女の子がいるけれど、そのなかでも。

君に野球を取り返してくれた青海さんに、二度も泣かされたくはない。

＊

青海さんがリビングに戻るのを見送って、私は棒、じゃ締まらないから剣を手にとって立ち上がった。靴を履き、少し距離を空けて君と肩を並べる。

あの女の子みたいに、私だって。

朔くんはようやく存在を思いだしてくれたみたいで、素振りの手を止める。

それからやわらかく微笑んで口を開いた。

「明日姉、あんまり無理すると明日に響くよ」

「うん、もうちょっとだけ。出遅れてる自覚はあるから」

「そっか、ほどほどにね」

そうして朔くんはバットで、私は剣で素振りを始める。

――ひゅっ、ピシッ。

――ビシュッ、ビシュッ。


君に比べるとずいぶん情けない音。

手のひらは赤くなって皮が剝けちゃいそうだし、本当は腕だって悲鳴を上げてる。

でも、この疲労さえいまは心地いい。

朔くんから見たらお遊びみたいなものかもしれないけれど。

これまでも、そしてきっとこれからも、君が戦っていく世界に触れられたような気持ちになれるから。

なにより、と思う。

ふと、いつかの東公園で見た置いてけぼりの光景が蘇ってきた。

野球の練習をしている朔兄、それをサポートしているみんな。


――今度こそ、私もあの輪のなかにいるんだ。

ざんっ、と思いきり足を踏み出し、いまの精一杯を乗せて剣を振ると、
――ピシュッ。
ほんの少しだけ、君に近づけたような気がした。
思わず朔くんのほうを見たら、
「ナイススイング」
短くそう言って、くしゃっと笑ってくれる。
それから私たちは、しばらく無言で素振りを続けた。
――ピシュッ、ビシュッ、ピシュッ、ビシュッ。
君の音と私の音。
重なって、響いて、夜空に吸い込まれていく。

手を繋ぐように、肩に触れるように腰を抱くように。
パートナーにはなれなかったけれど、まるで秘密のペアダンスを踊っているみたいだ。
きっとずっと、私はこんな時間を夢見ていた。

「明日姉」
朔くんが言う。

「応援団、参加してくれてありがとう。明日姉とこういう夜をいっしょに過ごせる日が来るなんて思ってなかったから、すごくうれしいよ」

君にしては珍しく飾らない台詞が、だからこそじんと胸に染みこんでいく。
お礼を伝えたいのは、こっちのほうなんだけどな。
私が気の利いた、あるいは素直な言葉を見つけるよりも早く、

「あー、先輩たちずるい！　私も混ぜてくださいよぅ！」

リビングから望さんが元気に飛び出してくる。

残念、正式なパートナーが来ちゃった。

私は苦笑しながら、思う。

望さんが冗談で朔兄と口にしたとき、言いようのない焦りに襲われてしまった。

私が君だけを君と呼ぶように、君だけが私を明日姉と呼んでくれるように。

朔兄を朔兄と呼べるのは幼いあの夏をともに過ごした自分だけだなんて、心のどこかでそんなふうに勘違いしていたんだ。


『私、先輩とペア組みたいです！』


たとえばこの無邪気な後輩の女の子みたいに伝えられたなら。

私と君の関係は、もう少し形を変えていけるんだろうか。

だけど、結局はどこまでも迂遠なふたりだ。

言葉に言葉を重ねて、一言半句を辿りながら綴っていけばいい。

きっとこれからも、そんなふうに物語は続いていくから。

＊

私、青海陽は、さすがにたんまり汗を吸い込んだTシャツと短パンを脱衣所でさっさと脱ぎ捨てる。

ヘアゴムを抜いて手首に着け、雑に頭を振った。

それからブラを外し、その慎ましい大きさにげんなりしてTシャツで包む。

ふと見たら、抜け殻みたいにくしゃっと丸められた私の服とは対照的に、まるでお店のディスプレイみたいな几帳面さで正座している着替えが目に入った。

こういうところに性格出るよな、と思わず苦笑する。

ショーツを脱ぎ、持参したタオルを持って浴室のドアを開けると、

「よっ」

悠月が呑気に足を伸ばして湯船に浸かっていた。

合宿なんかでそれなりに見慣れた裸だ。

互いにいまさら隠すような仲でもない。

私は気楽に応じる。

「おうよ」

けっきょく夕湖のあとにうっちー、悠月、それから私が入るってことになった。

聞いていたとおり浴室はかなり大きくて、ふたりでもぜんぜん窮屈さはない。

電気は消されていて、その代わりにいくつか置かれたアロマキャンドルの火がゆらゆらと揺れていた。あたりには入浴剤のいい香りが立ちこめている。

想像していたのとは違う雰囲気に、私は思わず苦笑した。

「なんかおしゃれじゃない？」

「夕湖がせっかくだからって用意してくれたみたい。私も家でよくやるよ」

「悠月はともかく、なんか私この空間で浮いてるんだけど」

「それよりもあとから男子が入るの想像するとうけるな」

確かに、と互いに顔を見合わせて吹き出す。

私はシャワーヘッドを高いほうのフックに引っかけて、立ったまんまでハンドルを回す。

お湯になる前の冷たい水が全身を濡らし、ひえっとしながらも顔を上げた。

まだ気温の高いこの時期、めいっぱい動いたあとにはこういう浴び方が気持ちいい。

少しずつあったかくなっていくシャワーに包まれていると、

「相変わらずずいい身体してるね」

なにげない調子で悠月が言った。

私はへんと口の端を上げてそれに応える。

「けんか売るなら風呂入る前にしてくんない？」

くるりとシャワーヘッドに背を向け悠月を見た。

これまでにいやってほど打ちひしがれたからいまさらだけど、冗談みたいに出来すぎたプロポーションだ。

「じゃ、なくて」

悠月が苦笑する。

「仕上がってきてるねって話」

ああ、と私はもう一度シャワーヘッドに向き直り、夕湖のシャンプーをしゃこしゃこ借りながら言う。

「ウインターカップに向けて追い込んでるから」

「一か月ぐらいいずれ込んだよね」

「準備万端で望めるってことっしょ」

例年ならそろそろ予選が始まってるころだけど、なんか今年は大会期間が後ろ倒しになったらしい。

でも関係ない、来たるべき戦いに備えるだけだ。

シャンプーを洗い流し、私が普段使ってるのより高級そうなトリートメントを遠慮しながら手にとって髪へと馴染ませる。

「そういえば悠月、なんで副団長？」

キャプテンよりよっぽどキャプテンらしい副キャプテンだから、いまさらその資質を疑った

りはしない。

副団長になれば、うまく千歳の助けになってあげられるはずだ。

ただ、それはそれとして——。

悠月は自分から表舞台に立つことを避けているきらいがある。

女バスの副キャプだって、私を含めほとんど満場一致の推薦があったから仕方なく引き受けたって感じだった。

だからこそ、不思議に思う。

いったいどんな心境の変化で、自分から副団長になんて立候補したんだ。

悠月は浴槽の縁に頭を預け、ぼんやりと天井を見ながら答える。

「なんでだろ」

この相方にしては珍しく、はぐらかしているというよりも自分自身に問いかけているような声色だった。

ちゃぽん、と水音が響いて悠月が口を開く。

「そういう陽こそ、すんなり応援団入ったんだね」

バスケの練習時間を削ってまで、という意味だろう。

こっちの理由は明確なので、はっきりと答える。

「私がもっと強くなるためだよ」

「そっか」

悠月がちらりと視線をよこして、ぼんやりと続けた。

「意識的にも無意識的にも影響されてるんだろうな、私は」

誰に、とわざわざ尋ねるのは野暮な気がした。

「じゃあ、ナナもきっと強くなるよ」

私はヘアゴムで髪の毛を適当にまとめ、身体(からだ)を洗い始める。

調子に乗って棒を振り回していたせいで、心なしか腕が重い。

ふと、西野(にしの)先輩と交わしたやりとりを思いだす。

合宿の夜にはつきもののふわふわした昂揚(こうよう)感に酔っていたんだろうか、最後にうっかり余計なことを口走ってしまった。

普段から悠月を見慣れている私でさえ、近くで見ていると顔を赤らめてしまいそうなほどきれいな人だ。

なにより千歳と幼なじみだったなんて、聞いてないっつーの。

そんなんあり？

……もしかして、初恋の相手だったりするのかな。

とかなんとか、真面目(まじめ)に考え始めると落ち込みそうだから、私はうなじや肩からシャワーをかけてボディーソープの泡を洗い流す。

「悠月、詰めて」

私が言うと、相方が不満げな顔になる。

「えー、せっかくのびのびしてたのに」

「あんたいっつも風呂長いんだよ」

「陽が烏の行水だからその分の時間もらってもいいかなって」

言いながら、仕方ないといった様子で足を引っ込める。

私は悠月と向かい合う形で、トリートメントをつけたままの髪がつかないよう注意してお風呂に入った。

つい最近まではボディーソープといっしょに洗い流しちゃってたけど、なるべく長い時間浸透させたほうが効果的なんだって夕湖が教えてくれた。ホットタオルを巻いておくともっといいらしいけど、今日は身体洗うのに使っちゃったからなし。

「んあー、ぎもぢいいい」

「おっさんくさいな」

そのままうっかり足を伸ばすと、相方のお尻だか太ももだかをつついてしまう。

「ちょっと」

「ごめんごめん」

合宿先の大浴場はともかく、こういう家庭のお風呂に誰かと入るのっていつぶりだろう。

ふと懐かしい気持ちがこみ上げてきて口を開く。

「ねーねー、小さいころさ。湯船にタオル持ち込んでクラゲ作ったりしなかった？」

「このムーディーなキャンドルライトに囲まれてする話か？」

でも、と悠月が口許を緩めて答える。

「やったやった。あのなんとも言えない手触り、いまでも覚えてるな」

「沈めるとぶくぶくって泡が出るんだよね」

「あとは、シャンプーしてるときに角作ったりとかも定番」

「悠月がやってるとこ想像したら笑える」

相方はキャンドルの灯りをぼんやりと眺めている。

普段はぜんぜん意識しないけど、こうして薄暗がりに浮かび上がる横顔やむき出しの肌はぞっとするほど色っぽい。

うっかり見とれてしまったのがやけに悔しくて、私は両手で水鉄砲を作って悠月を狙う。

あんまり久しぶりだったせいか、てんで狙いが外れてしまった。

悠月が呆れたように息を吐く。

「下手くそ、キャンドルの火消さないでよ」

言いながら、両手で水鉄砲を作ってこっちに向ける。

「こうやるのよ」

びしゅっと勢いよく飛び出してきたお湯が私の鼻っ面に直撃した。

「ふんぎゃっ」

んにゃろ、シュートだけじゃなくてこんなお遊びまで精度高いのかよ。

こうなったら桶で直接水ぶっかけて、って……。

そこまで考えたら、急に可笑しくなってきてふはっと吹き出した。

相方もおんなじだったみたいで、お湯の表面がちゃぷちゃぷ揺れる。

ひとしきり笑ったところで、私は言った。


「こういうのって、いつからやらなくなるんだろうね」

悠月はどこか切なげに目を細めた。


「子どものままでいられなくなったときじゃない？」

「珍しく深そうなこと言うじゃん」

「おい」


だったら、と私は短く息を吐く。

「さっきまで本気でチャンバラやってた私たちはなんなんだろうね？」

ちゃぷ、と両手ですくったお湯を眺めながら悠月が答える。

「それでもまだもう少しだけ、子どもでいたいんでしょ」

その声には、なぜだか祈るような響きがあった。

なるほどね、と私は苦笑する。

二年生の九月。

高校生活もなんだかんだで折り返しだ。

西野(にしの)先輩はもちろんだけど、他の連中とこんなふうに馬鹿やって過ごせる時間は、思ってるほどに長くないのかもしれない。

きっと誰もがどこかでその寂しさに気づいていて、だからこそ必要以上にはしゃいでしまうんだろう。

ふと思いだしたように悠月が口を開いた。

「陽(はる)、紅葉(くれは)のことどう思う？」

「どうって……」

　私は一応これまでの紅葉を思いだして言う。

「めちゃくちゃ美人のくせして素直で真面目で気配りもできるし要領よくて運動神経抜群。なんだったらうちの部に引き抜きたいぐらいだけど？」

　ふっと悠月が頬を緩めた。

「だよね、同感」

「なんだって急にそんなこと……？」

　さあ、と相方が目を逸らす。

「ささやかな自己嫌悪、かな」

　その言葉でふと浮かんできたのは千歳と紅葉のペアダンスだ。

　自分たちで面白半分にけしかけたくせして、あいつに抱きかかえられている後輩のうれしそうな顔を見たとき、ずきっと鈍い痛みが走った。


『……いつぞやの屈辱がこみ上げてきた』


　私はそんな言葉で私を誤魔化したけど、違う。

　いつか体育館でぶっ倒れたとき、千歳がああやって抱きかかえてくれたんだって想像したら恥ずかしくて、だけどうれしくて、急に切なくなった。

そんなふうに、他の女の子を抱かないでよ。

なんて、我ながらみっともない。

悠月や他のみんなならまだしも、かわいい後輩にまでみさかいなく嫉妬するとか、どんだけ情けないんだ。

最後に通しで踊っていたときだって。

千歳と紅葉はまるで何年も連れ添ってきたパートナーみたいに息がぴったりで、格好よくて、優雅で美しくて、どうしてあそこで踊ってるのが自分じゃないんだろうって思ってしまった。

『だったら私だけを見てなんて贅沢は言わないからさ』

『私があんただけを見ていられたらそれでいいからさ』

ついこのあいだ、そんなことを考えていたくせに。

あーもう、うじうじしたくないんだけどな。

私は思わずじゃぶんとお湯に潜りかけ、ここが自分の家でもなければトリートメントもつけたままだってことに気づいてすんでのところで思いとどまる。

ふと、悠月(ゆづき)の顔を見た。

目の前にいる美しい女は、こんなふうに迷ったり情けなくなったりしないいんだろうか。

本当は誰よりも話を聞いてほしいけど、誰よりも分かち合えない相手。

互いの気持ちなんてとっくに筒抜けなのに、それでもこの気持ちをはっきりと言葉にしたりはしない。

口にしたらなれ合ってしまうから。

たとえばバスケのインサイドが私の領分で、アウトサイドがナナの領分であるように。

きっと勝ちたくも負けたくもなくなってしまうから。

私の気も知らず、悠月が涼しい声で言う。

「西野(にしの)先輩と紅葉(くれは)も待ってるだろうし、さすがにそろそろ出ようか」

「だね」

そうして私は、いっちゃん冷たくしたシャワーを頭からかぶる。

「ちょっと!」

後ろで順番待ちしてた悠月にそれがかかり、ばぢんと背中を叩(たた)かれた。

*

ちゃちゃっと簡単なスキンケアを終えてリビングに戻ると、海人が待ちかねてたみたいに口を開く。

「お、陽にしては長風呂だったな」

「私の入浴時間知ってるみたいに言うな」

「んなもん聞かなくてもだいたいわかんだろ」

まあ、実際そのとおりなんだけど。

海人の近くには素振りを終えたらしい千歳と水篠、それから紅葉が立っていた。

四人でなんかの相談でもしてたらしい。

せっかく丁寧にトリートメントしたくせして、うっかり雑にドライヤーをかけたせいでまだ少し湿っている髪をバスタオルでがしがし拭きながら言う。

「で、なんか用？」

海人がへっと笑って答える。

「この面子で夜食にさくっと8番行こうって話してたんだけど、陽を待ってないとあとで絶対に文句言われるって朔が」

それを聞いてちらりとリビングの時計に目をやる。

どう考えても、女子がうきうきとラーメンを食べに行っていい時間じゃない。

べつに夜は危ないとかそういう話じゃなくて、悠月風に言うなら嗜みとして。

だいたい私はうっちーのカレーだって大盛り食べたうえにちょっとだけお代わりしちゃったんだぞ。

じとっと千歳を見て口を開く。

「あんたね、年頃のレディーをなんだと思ってんの」

「なんだよ、来ないのか？」

「いや行くけど？」

「だろうな」

ぽんぽんと色気のない会話を重ねながら、内心はきゅるんと浮かれていた。

四人で勝手に行ったところで、いやもしそうなったら絶対に文句は言ってたと思うけど少なくとも筋合いはないってのに。


私のいないところで、あんたが私のことを考えてくれていた。


ただそれだけで、いまは充分だ。

そういえば、と私は後輩を見る。

「あんたも行くの？」

紅葉はぱっと表情を明るくして言った。

「はい！　お供させていただきます」

「私が言うのもなんだけど、こんな時間にラーメンなんか食べて大丈夫？」

「そのほうが明日風さんもゆっくりお風呂入れると思いますし、なにより合宿の夜にみんなで抜け出すって青春じゃないですか⁉」

言えてるな、と思わず苦笑する。

そういえば、去年の女バスの夏合宿では乗り気じゃない悠月を無理やり連れだして近所のラーメン食べて、あとから美咲ちゃんにしこたま絞られたっけ。

ちなみにその理由は「部の規律を乱した」じゃなくて「なんで自分も誘わなかったのか」だったけど。

あのころは、バスケ以外のことでこんなふうに一喜一憂するだなんて、想像してもみなかったな。

コートが私の生きる場所で、チームメイトが世界の全部だった。

そういえば、と紅葉が首を傾げてこっちを見る。

「悠月さんのことは待たなくても大丈夫ですか？」

「誘っても『正気か？』って呆れられるだけだよ、ちなみに経験済み」

「言いそう！」

先輩たちに囲まれてきゃっきゃと楽しそうにはしゃぐ後輩をどこか懐かしい気持ちで見守りながら、思う。

無邪気な少女でいられたときが、私にもあった。

志をともにする仲間と目指すべき頂があれば充分だからと、色恋に浮かれる同級生の女の子たちをしらけた目で眺めていたりして……。

あのときはごめんね、と心のなかで誰宛てでもない言葉を紡ぐ。


せめてこんな夜ぐらいは、そんなふうに。

色づく前の、まだ青かった私でいられたらいい。

*

夜中というにはまだ少し早いけど、この時間の8番はさすがに空いている。

私は久しぶりに野菜担々麵、水篠は野菜らーめんの塩、海人は野菜ちゃあしゅうめんの味噌、千歳は例によって唐麵の一玉ネギ増しで、それを見た紅葉も同じものを頼んでいた。

他のオーダーが溜まっていなかったのか、注文の品はあっというまに届く。

千歳が紅葉に言った。

「いいか、酢とラー油をたっぷりかけるのが通な食い方だ」

「はい！」

後輩の素直な反応に私は呆れて口を開く。

「あんまり素直に真似するとむせるよ、紅葉」

「大丈夫です、辛いもの好きなので！」

それにしても、と海人が口を開いた。

「この時間に外で食うラーメンて背徳感あるよな」

水篠がふっと微笑んでそれに続く。

「なんか非日常の夜を過ごしてるんだって不意に実感するよね」

唐麺を混ぜていた千歳が言った。

「いいよな、こういうの」

男子連中も、珍しくセンチメンタルな気分になってるみたいだ。

でもまあ、わかる。

悠月と部活帰りに来るのともちょっと違う。

普段とは違う時間に、普段とはちょっと違う面子で、みんなの輪から抜け出してラーメンを食べる。

ただそれだけが、どうしてこんなに特別なんだろう。

美味しそうに唐麺をすする千歳を見て、ふっと目を細める。

夕湖も、うっちーも、悠月も、西野先輩もいない。

だからいまこの瞬間、こんなに愛おしい気持ちであんたを見てるのは私だけだ。


まいったか、ばか。


って、けっきょく色気づいてる私はなんなの。

そんなことを考えていると、けほけほと紅葉がむせた。

私は苦笑して水を差し出す。

「ほーら、言わんこっちゃない」

紅葉はくぴくぴとそれを飲み干してから答える。

「びっくりした、ちょっと酢の威力を舐めてました」

私も最初にひと口もらったときはそうだったな。

あれは五月ぐらいだっけ。

なんだか遠い昔みたいに思える。

そういえば、と海人(かいと)が思いだしたように言う。

「紅葉って彼氏とかいねえの？」

すぱんッ。
げしッ。
ぱちんッ。

「──なんでッ?!」

千歳、水篠(みずしの)、私がそれぞれにつっこんで順に口を開く。

「段階を踏め」
「がっつく男は嫌われるよ」
「ったくデリカシーの欠片(かけら)もない」
「──合宿の夜といえば恋バナじゃないのっ?!」

その情けない声に私はため息を吐く。

海人が夕湖に告白してたと聞いたときは驚いた。

とはいえ、弱ってたところにつけ込んで本気で付き合おうとしていたんじゃない、ってことはさすがの私にでもわかる。

馬鹿だけどそういう男じゃない。

詳しい事情までは知らないけど、きっと海人なりのやり方で惚れた女の涙を止めようとしてたんだと思う。

だからいまのも夕湖にふられたからって後輩にちょっかい出そうとしてるわけじゃなくて、本人が言ってるように単なる恋バナのつもりなんだろう。

それにしたって、もうちょいうまく切り出せないもんかね。

紅葉が慌てて両手を振る。

「いやいやいませんよ！」

さんざんつっこまれて開き直ったのか海人が明け透けに言う。

「でも紅葉って絶対もてるだろ！」

「えっと、どうなんですかね……」

紅葉は困ったように頬をかいた。

「告白されることはちょいちょいありますけど」

水篠がからかう調子で口を開く。

「ってことはけっこうな頻度だな？」

私は呆れて続けた。

「そりゃそうでしょ。悠月からたちの悪さとか傲慢さとかそのへん全部きれいに抜き取ったような子なんだから」

「ちょっと陽さん！　悠月さんに怒られますよ！」

後輩の反応にふっと口許を緩めながら、たまにはこういうのも悪くないと思う。

ケイさんがいたころは部室でしょっちゅう恋愛絡みの話を聞いてたけど、最近はわりと真面目に練習とか試合の反省してたりするからな。

それに、私たちはこの夏休みにいろいろあってほっと一段落したところだから、あんまりそういう浮かれたかけ合いをする雰囲気でもない。

からかわれる紅葉には申し訳ないけど、その点かわいい後輩の恋愛話なら合宿の夜を盛り上げるにはぴったりだ。

思い返せばもしかしたらケイさんは、そういう気軽さで距離を縮めようとしてくれていたのかもしれない。

……いや、あの人の場合は本当にただの下世話な好奇心かもしんないけど。

調子に乗った海人が口を開く。

「紅葉は彼氏欲しいとか思わないのかよ？」

がばっと身を乗り出すように紅葉は答える。

「いや絶賛募集中ですよ！」

水篠がいたずらっぽい表情を浮かべた。

「へえ？　そのわりにはけっこうな数の男を泣かせてるみたいだけど？」

「和希さん言い方！」

「それなりに理想が高いってことかな？　好みのタイプは？」

けっこう攻めるな、と私は苦笑する。

千歳が軽口ばっか叩くから忘れがちだけど、言われてみれば水篠もこういうからかい方をするタイプだった。

紅葉はうーんと考え込んでから目を伏せる。

えっと、と照れくさそうに言った。

「雨の日にそっと傘を差し出せるような人です」

和希がくすりと笑みをこぼす。

「合格、なかなか気の利いた回答だね」

千歳はこの話題にあんまり参加する気がないみたいで、瞳にどこか穏やかな色を浮かべて紅葉を見守っている。

そういうあんたも嫌いじゃないけど、いつもの軽口がないとそれはそれで調子狂うな。

私は千歳の役割を引き受けるみたいに言う。

「じゃあ、紅葉はこの三人の男だったら誰の顔が一番好み？」

「えぇっ⁉」

紅葉がわかりやすく面食らっている。

「えっと、陽さんとかっていうのはなしですか？」

「ふーん、紅葉は私のことを男にカウントしてるってわけ？」

「もう！　いじわる言わないでくださいよ！」

さすがに「好みのタイプ」だけだといろんな意味合いが生まれて答えにくいと思って、「顔が」ってつけておいたから大丈夫だろう。

こういう話でからかう側に回ることは少ないから、ちょっと考えてしまった。

……え、大丈夫だよね、逆に答えにくいとかないよね？

紅葉はふたたび真剣に考え込んだあと、ぱっと顔を上げる。

思わずといった様子で和希を見て、慌てて目を逸らす。

それから千歳のほうに向き直り、

「先輩のペアなので、そういうことにしてあげますね」

弾けるようにくしゃっと笑った。
その言葉に間髪入れず乾いたつっこみが入る。

「おい先に和希のほう見てたのばれてんぞ」
「やだなーそんなことないですよー」
「だから棒読みやめろ」

最後に海人が情けない声を上げた。

「――ねえ俺も選択肢に入れてッ!?」

私たちは顔を見合わせてどっと吹き出す。
この短い付き合いで落としどころまでよくわかってるなんて、本当にできた後輩だ。
そうして私たちは、残りのらーめんをさくっと食べて8番を出た。
思ったよりひんやりとした風は、まだ湯上がりの火照りが残った身体に気持ちいい。

——ティティティティティティティ。

——ヒリリリリ、ヒルルルル。

あたりには少しずつ秋めく虫たちの鳴き声が静かに響いている。
車一台通っていない田舎道で、私たちはのんびり自転車を走らせた。
ざあざあと、さざ波みたいに稲穂がそよぐ。
まるで小さなボートを浮かべて夜を渡っているみたいだ。
隣に紅葉(くれは)が並ぶ。

からから、カラカラ、からから、カラカラ。

重なる車輪の音は、私たちを次の季節まで運んでくれているような気がした。

*

私、七瀬悠月が肌や髪のケアを終えてリビングに戻ると、陽たちの姿が見当たらなかった。

夕湖、うっちー、西野先輩、山崎の四人がソファに腰かけ、ちょっとしたお菓子をつまみながら楽しそうに話している。

なんというか合宿ならではの絵面だな、と私は苦笑した。

みんなのほうに近づいていき口を開く。

「西野先輩、お先にいただきました。思ったより時間かかっちゃってすみません」

振り返った西野先輩は、なぜだか普段よりも少し幼く見える笑みを浮かべていた。

「大丈夫だよ、みんなと話してたらあっという間だったから」

「というか、あいつらは？」

「うん、みんなで8番だって」

「……正気か？」

千歳、水篠、海人、陽までは驚かないけど、紅葉もついていったってことか。

カレーもしっかり食べてたのに、それであのスタイルを維持してるってのはちょっと納得いかないぞ。

西野先輩が立ち上がって言う。

「それじゃあ柊さん、私もお風呂いただきます」

「はーい！　紅葉出かけちゃったし、ゆっくり入ってくださいね」

「うん、ありがとう」

私は交代するようにソファへ腰かけた。

「あれ、山崎は行かなかったんだ？」

その言葉に、山崎が苦笑いを浮かべる。

「せっかくダイエットしたのに、神たちに付き合ってたらまた太っちゃうよ」

私は深くうなずき大仰に手を広げた。

「……おお、友よ」

「急になに!?」

よく考えたら、いつもはみんなでわいわいやってることが多いから、ふたりでこんなふうに話す機会は意外と珍しい。

これもまた合宿の醍醐味（だいごみ）だな、と微笑（ほほえ）んでいたずらっぽく口を開く。

「山崎、成長したじゃん」

私の言葉をべつの意味に捉えたらしい山崎がふふんと答える。

「まあね、筋トレ続けてるし、最近はタンパク質とかも意識するようになったんだ」

「じゃ、なくて」

一度言葉を句切り、ふふっとからかうような口調で続けた。

「こんな夜遅くに四人の美女とひとつ屋根の下なんて、隅に置けないね」

それでようやく意図を察したのか、山崎は真っ赤な顔で目を逸らす。

「ちょ、やめてよ七瀬さん！　さっきから必死に意識しないようにしてるのに！」

その反応が面白くて、もう少しいじりたくなってしまう。

「夕湖も、うっちーも、それから私も。みんなお風呂上がりでパジャマだよ？」

山崎が両手で耳を塞ぎ、ぎゅっと目を瞑りながら叫ぶ。

「んあああああああああ！　聞こえない聞こえない！　寿限無寿限無五劫の擦り切れ海砂利水魚の水行末……」

ちなみに夕湖はジェラートピケのTシャツに長袖のパーカー、ボーダーのショートパンツ、頭にはヘアバンドをつけている。

うっちーは青いサテン地に白い星柄の入ったセットアップのパジャマ、頭にはジェラートピケのヘアバンド。

私はジェラートピケのオールインワンにパーカー。

みんな、夏勉のときと同じ服装だ。

私服でもこのぐらい丈の短いショートパンツを履くことは普通にあるけど、パジャマだとちょっと作りがゆったりめだし、どことなく素の自分をさらけだしている感じがする。

同性の私でも、はじめて夕湖やうっちーと泊まったときは、その普段とは違う無防備な雰囲気に少しどきっとしてしまった。

ぶっちゃけ、男子にはちょっと刺激が強いかもしれない。

私はくすっと笑って口を開く。

「冗談だって、普通にこっち見ていいよ」

その言葉に、山崎はすっくと立ち上がる。

すちゃっと眼鏡の位置を正しナゾに物々しい声で、

「いえ、拙者は剣の道に生きる漢ゆえ」

それだけ言うと、練習用の棒を持ってすたすたと庭に出て行ってしまった。

しまった、ちょっとやりすぎたか。

そのかけ合いを見ていた夕湖がぷくりと膨れる。

「もう、あんまり健太っちーのことからかっちゃ駄目だよ！」

「ごめんごめん」

私もなんだかんだで浮かれているんだろう。

もちろん普段は学校の男子相手にこんな冗談は言わない。

だけど山崎はとっくに身内っていう意識だから、うっかり千歳たちにするようなからかい方をしてしまった。

あとで謝っておかないとな、と頬をかく。

ずっと成り行きを見守っていたうっちーが穏やかに微笑んだ。

「大丈夫だよ、悠月ちゃん。気恥ずかしいっていうのは本当だろうけど、せっかくだからもう少し練習しておこうと思ったんじゃないかな？」

そっか、と私は気を取りなおして言う。

「じゃあ、あいつらが帰ってくるまで女子会でもしますか」

夕湖の顔がぱっと華やぐ。

「お菓子まだまだストックあるよ！　ミスドも！」

「この時間によくないなぁ……」

言いながら、ついつい私はチョコファッションを手にとった。

うっちーがすっとソファから腰を上げる。

「悠月ちゃんなに飲む？　コーヒー、紅茶、ほうじ茶、ホットミルク、あと夕湖ちゃんがウェルチも飲んでいいって」

「当然のように任せちゃってごめんね。久しぶりにウェルチ飲みたいかも」

「はいはいはーい！」

夕湖が元気よく手を挙げる。

「その準備、私がやる！」

るんるんとキッチンに向かった夕湖は、三客のワイングラスに注いだグレープ味のウェルチを持ってソファに戻ってきた。

三つ並んだコースターの上に並べ、そのまま入り口のほうに向かってぱちんとリビングの主照明を落とす。

フロアライトをはじめとした間接照明の灯(あか)りが、ぼんやりと私たちを照らし出した。

ソファに戻ってきた夕湖は、どこかうれしそうに言う。

「うちのお母さん、いっつもこんな感じでワイン飲んでるんだ」

私はそっと頰(ほお)を緩めた。

「いいね、落ち着くよ」

うっちーがそれに続く。

「夕湖ちゃんのお家、夜はこんな雰囲気なんだね」

私たちは互いにこっそり大人ぶってワイングラスの脚を持つ。

旅先で交わした十年後の約束にはまだうんと早いけど、このぐらいのはしゃぎ方は許されてもいい気がした。

ワイングラスにウェルチなんておままごとが、どうにも様になりすぎる夜だ。

こほんと明るく夕湖が言った。

「よーほー！」

「「よーほー！」」

——ちる、ち、ちりん。


触れあう程度に重ねたグラスが唄う。

気障ったらしく唇を湿らせてみるけれど、当然のように渋味も酸味もなくて、きっといまの私たちに似た十七歳らしい甘さだった。

夕湖がふと立ち上がってオーディオを操作すると、やさしいフォークギターとハーモニカの静かな音色が流れ始める。

どこか切なげで、哀愁の漂う曲だ。

「これ誰？」

そう尋ねると、くるっと振り返って夕湖が言う。

「適当に再生したんだけど、井上陽水の『いつのまにか少女は』だって。ごめん、ちょっと暗かった？」

「いや、聴きたいな」

その歌詞に耳を澄ませながら、ふと感傷的な気分になった。

夕湖にうっちー、陽、西野先輩。

季節が巡るたびに少しずつ大人びていくまわりの少女たちを見ていると、ときどき不安に駆られることがある。

私だけが五月に取り残されたまま、一歩も前に進めていないいんじゃないだろうか。

子どもにも大人にもなりきれないいまま、ただ緩慢と七瀬悠月を続けているだけなんじゃないだろうか。

それが正しいのか間違っているのかも、いまの自分にはよくわからない。

近くに座っている少女の顔を見たら、うっかり心の鍵をかけ忘れていたみたいに、私は口にすべきではない言葉を口にしてしまう。

「うっちーって、最近あいつの家で料理した？」

きょとんとした表情でうっちーが首を傾げた。

「えっと、朔くんの家でってことだよね？　最後に買い出し行ったのは夏休みの終わりだから、そのときに」

わざわざ聞かなくてもわかりきっていたことなのに、答え合わせをしたら余計に傷つくことを知っていたくせに。

案の定しっかり傷ついた私は、ばかだ。

『――あっ』

動揺と罪悪感と切なさがやがて申し訳なさに変わるような千歳(ちとせ)の顔を思いだす。

きっと言葉にしないで呑(の)み込んでくれた言葉の続きはこうだ。

『それは優空の椅子だから』

気づかないふりしてさっさと背を向けたのは、自分がいったいどんな表情をしているかわからなかったから。

せっせとマイバスタオルなんか用意して幼稚な巣作りをしていた私と違って、うっちーはそういうことをする女の子じゃない。

だとすれば、あれは――。

彼が彼女に送った、彼女だけの居場所なんだ。

一瞬、残酷なまでに突きつけられてしまったような気がした。

副団長に立候補したぐらいでまた少し距離を縮めたつもりになっていた足下で、かたんと梯子の外れる音が響く。

冷静になってみれば、理由はいろいろと推測できる。

そもそもうっちーは日常的にあそこで料理をするんだから椅子のひとつぐらいは用意してあげるべきだろうとか、夕湖との仲を取り持ってくれたお礼みたいなものかもしれないとか、実際にはそんなところなんだと思う。

でも、と私は浅く唇を噛んだ。

たとえばそれが千歳の心なら。

自分から押しかけているだけの私と、望んで受け入れられている彼女。

ちょっとだけ、泣いちゃいそうだよ。

「悠月ちゃん……？」

どこか不安げなうっちーの声で、ようやくはっとする。

私は慌てて取り繕うように苦笑した。

「ごめんごめん、パスタもカレーも美味しかったなー、って思いだしてたらうっかり変なこと聞いちゃった」

そっか、とうっちーはほっとしたように頬を緩めて、

「えっと、あの、じつは、私からもひとつ聞きたいことが……」

なぜだか急にもじもじとうつむく。

私はその様子にきょとんと首を傾げた。

「もちろん、どうしたの？」

うっちーが私に対してこんな態度を見せるのは珍しい。

もしかして応援団の振り付けで難しいところでもあっただろうか。


「あのねっ！」


うっちーが決心したように顔を上げる。

ためらうように唇をもにょもにょと動かし、太ももの上で何度も手を組み替えて、

「……悠月ちゃんのカツ丼の作り方を、教えてくれませんか？」

消え入るようにそうつぶやいた。

「…………」

一瞬、なにを言われているのかわからなかった。

しばらくの沈黙が流れ、ようやく状況を理解して、

「──くぷっ」

堪（こら）えきれずに私は吹き出してしまった。

「笑わないでっ?!」

恥ずかしそうに頬を染めるうっちーに申し訳ないと思いながらも、可笑（おか）しさがこみ上げてきて止まらない。

深刻な顔でなにを言いだすのかと思ったら、カツ丼の作り方って。

しかもあのうっちーが、私に。

ようやく笑いが収まったところで、大げさに涙を拭く。

それを見ていたうっちーがうつむきがちに唇をとがらせ、すねたような口調でつぶやいた。

「言いだすかどうかすっごく迷ったのにひどい」

またこみ上げてきそうな発作を必死に押し殺しながら言う。

「ごめんごめん、ちょっと予想外すぎて。でも、どうして急に？」

うっちーは照れくさそうに頬をかいた。

「悠月ちゃん、朔くんにカツ丼作ってあげたでしょ？　それがすっごく美味しかったって褒めてて、なんか作りにくくなっちゃって……。でも、朔くんカツ丼好きだからずっとこのままっていうのもやだなって思ってたんだ」

そこで一度言葉を句切り、慌てて手を振りながら続ける。

「もちろん、嫌だったら全然いいからね！　その場合は朔くんが食べたくなったら悠月ちゃんにお願いして作ってもらえばいいだけだし」

遠慮がちにそう提案するうっちーに、だからか、と思う。

躊躇していた理由はよくわかった。

あれは、私が千歳のためにあれこれ考えてたどり着いたレシピだ。

こみ上げてくる衝動をなんとか抑えようと、両方の拳をぎゅっと固める。

それでも我慢ならなくなって、

「うっちーっ！」

私はがばりと抱きついた。


「え、え……？」

「なにそれ健気すぎる、さては大和撫子か？」

「ちょ、悠月ちゃん近い」

「うーんいい匂い」

「首筋嗅がないでっ⁈」


ひとしきりじゃれついたあとで、ようやく身体を離して口を開いた。

「もちろんいいよ。というか、散々うっちーに料理のこつとか隠し味教えてもらってるのに、ここで断ったら性格悪すぎない？」

うっちーが安心したように目尻を下げる。

「本当？　ありがとう、悠月ちゃん」

そう言って、ちょっとだけ気まずそうに頬をかく。

「できるかどうかは別として、私は私で美味しいカツ丼考えてみようとも思ったんだけどね。なんか、ふたりの大切な記憶をわざと踏みにじろうとしてるみたいで」

「うっちー……」

「だったら悠月ちゃんのレシピを教えてもらうのが一番いいのかなって。朔くんも食べるたびに思い出せるだろうし」

その気遣いにじんわり心が温かくなる。

本当に、あなたっていう人は。

どこまでやさしい女の子なんだろう。

謙遜してるけど、うっちーがその気になれば私より美味しいカツ丼を作ることぐらい簡単だと思う。

だけどもしそうしたら、嫌でも千歳の頭には「私のカツ丼と比べてどうか」っていう考えがよぎってしまうはずだ。

うっちーは私のために、そしてきっと千歳のためにも、自分が頭を下げてまで一番穏やかな解決を望んでくれたんだと思う。

ついさっきまで嫉妬していた自分が情けなくなる。

そりゃあ千歳だって椅子のひとつも贈りたくなるよ。

はあ、と心のなかで大きなため息を吐いた。

負けだ負け、今日のところは私の完敗。

吹っ切れてすかっと笑う。

「家に帰ったらレシピまとめて送るね！」

「うん！」

確かにあれは千歳を想っていろいろ考え、何度も失敗しながら完成させたレシピだ。

だけど、このやさしい女の子が私たちの記憶を引き継いでくれるというのなら、そんなにうれしいことはない。

それに、と思う。

千歳がうっちーに伝えてくれたという言葉だけで、私はもう満たされている。

＊

しばらく三人で話しながら、私はふと思いだして口を開く。

「そういえば、夕湖。ペアダンス終わったあとに紅葉となに話してたの？」

「えーっ、と……？」

本人にとってはそれほど意識した会話でもなかったらしい。

あごに指を当て、しばらく思いだすように眉をひそめる。

やがてぽんとひざを叩いた。

「そうそう、朔のことよろしくねって！」

「え……？」

予想とは違った言葉に少し途惑ってしまう。

夕湖のことだ。

てっきり「朔の正妻は私だからね！」はさすがにもう言いづらいかもしれないけど、「むっかちーん！」ぐらいのかわいい冗談は口にしていたのかと思ってた。

夕湖がなんでもないような口調で続ける。

「ほら、朔は応援団長でしょ？　そのうえ後輩とペアなんて組んだら、またひとりで頑張りすぎちゃいそうだなって。紅葉はしっかりしてる子だから、気をかけてあげてねってお願いしておいたの！」

きゅっと胸の奥が痛くなった。

不意に置いてけぼりの寂しさがやってきて、また私は余計なことを口走ってしまう。

「その、ちょっと聞きづらいこと聞いてもいい？」

「もっちろーん！」

「朔と紅葉のペアダンス、見てて辛くはなかった？」

夕湖はきょとんと首を傾げた。

「どして？」

「どうしてって、それは……」

私は思わず言いよどんでしまう。

すがるようにうっちーを見ると、なぜだか少し気まずそうに目を伏せている。

どこまでも自然な口調で夕湖が続けた。

「あんなにかわいくてできる後輩にさっそく慕われてるなんて、さすが朔だよね。紅葉とのペアダンス、息ぴったりで、ふたりともすっごくきれいで、ずっと見とれちゃってた」

一度言葉を句切り、どこか愛おしそうに目を細めて、

「私もあんなふうに朔と踊ってみたいな、って」

澄み渡るような笑みを浮かべる。


「――ッッッ」

私は思わず息を呑む。

そうだった、あれだけ痛感したはずなのに、どうして忘れていたんだろう。

夕湖はもう、自分の知っている天真爛漫な少女じゃない。

ひと夏を超えて、私を置いて、いつのまにか大人になってしまったんだ。

むっとするでも隠すでも誤魔化すでもなく、ただ素直に千歳への想いを口にできる夕湖は、目を背けたくなるぐらいに美しい。

比べて、私ときたら……。

あのとき、ほんの一瞬でも考えてしまった。


『譲らなければよかった』


先輩ぶって後輩に華なんか持たせず、「応援団長と副団長がペアじゃないとおかしいでしょ」、そう言えばよかったって。

私はまた懲りずに七瀬悠月をやってしまったから。

『朔はかっこいい、って言ってあげられるような女の子でありたいな』

あの夜に夕湖と交わした会話が蘇ってくる。

そっか、あなたは、そういう道を行くんだね。

じゃあ、私は……？

何度も腹をくったはずなのに、こんなふうにまざまざ見せつけられるとそれでも揺らいでしまう。

七瀬悠月が七瀬悠月で在ろうとするかぎり、私はいつまでも同じ後悔を繰り返すだろう。

『いっそ頬よりも唇を奪ってしまえばよかった』

『西野先輩にも、陽にも、塩を送ったりしなければよかった』

『うっちーと陽がいるあの部屋で、抜け駆けして想いを告げちゃえばよかった』

『夕湖に聞かれたとき、私も朔が好きって宣戦布告すればよかった』

きっと呆れるほどに誰が見ても正しいと思える選択を、なにより七瀬悠月が美しいと信じられる選択をして、だけどそれが私にとっても正しくて美しいとは限らない。

たとえばうっちーみたいに。

一歩下がり、ただひたすらに彼の幸せを支える恋があるはずだ。

たとえば夕湖みたいに。
真っ直ぐ見つめて、ただひたすらに彼を想う恋があるはずだ。

だけど七瀬悠月は、ただひたすらに。

私の恋を叶えるためにすべて投げうってはくれない。

まさか、ひと晩に二度も打ちひしがれるとは思っていなかった。

私の大切な友達。
私の手強い恋敵。

いまさら誰かみたいになれたりしないのに、それでも焦がれてしまう。

きっと私が七瀬悠月でいる限り、あなたも千歳朔でしかいられないから。

*

私、内田優空は、ふたりの話を聞きながら静かに恥じ入っていた。
悠月ちゃんの言葉がよみがえってくる。

『朔と紅葉のペアダンス、見てて辛くはなかった？』

ねえ、私はちょっとだけ辛かったよ、夕湖ちゃん。

きっとあの夜から、もしかしたらあのホームルームからずっと、朔くんへの想いに目を逸らし続けてきた。
それが恋なんだって認めることが怖くて、大切な人、もうひとりの家族みたいな人、そばで支えてあげたい人って、いろんな言葉で自分を誤魔化しながら。

『――これからは私、もうちょっとわがままになってもいいかな？』

あの日そう口にしたのは、きっと予感があったからだ。

男の子としてあなたが好きだと自覚してしまったら、

女の子としてあなたの特別になりたいと望んでしまったら、

——私はきっとわがままになって、しまう。

たとえば当たり前のように隣にいる夕湖ちゃんを妬んでしまったり。

たとえば悠月ちゃんがあなたの家に出入りすることを嫌がってしまったり。

たとえば陽ちゃんと練習している姿をずるいと思ってしまったり。

たとえば西野先輩の前で無邪気な表情を見せてほしくないと願ってしまったり。

だけど不思議と、みんなに対してそういう暗い気持ちは湧いてこなかった。

もちろん、他の女の子との関係に寂しさや切なさを感じることはあるけど、少なくともそれは誰かに対して直接向けられた負の感情じゃない。

そういう自分に、どこかでほっとしていたんだと思う。

多分、朔くんが椅子を贈ってくれたことへの安心感も大きかった。

だけどさっき、ふたりが踊っていたとき。

ううん、より正確にはそれを見ながら、朔くんの衣装作りを紅葉ちゃんに譲ってしまったことを思いだしたとき、

――私の居場所なのに。


確かに、そう悔やんでしまった。

紅葉ちゃんは私にも気を遣ってくれて、それでもお願いしたのは自分だったくせして。

きっと、と思う。

当たり前のように朔くんの分は自分が作ると思っていて、あの椅子に座って作業をしているところまで無意識のうちに想像していて、だからその役目を他の女の子に手渡してしまったことへの不安が急にこみ上げてきたんだ。

無邪気に私のご飯を美味しいと言ってくれた紅葉ちゃんの顔を思いだすと、心から申し訳なくなる。

朔くんが彼女を後輩としてかわいがっていることは充分に理解しているし、その気持ちは私も、きっとみんなだっておんなじだ。

だけど夕湖ちゃんが、悠月ちゃんが、陽ちゃんが、西野先輩が、あなたの心に自分だけの居

場所を持っているように――――。

せめて私の居場所ぐらいは、私だけの居場所にしたい。


なんて、嫌な女の子だな、いまの私。

なかなか夕湖ちゃんみたいに強くはなれないよ、と思う。

もう少しわがままになろうとは決めたけど、それはこういうわがままじゃないのに。

しょんぼりとそんなことを考えていたら、

「お風呂、いただきました」

西野先輩がリビングに戻ってきた。

パジャマはつるりとしたサテン地のセットアップ。

私のとちょっと似ているけど、西野先輩が着ているのは柄のないシンプルなデザインで上下ともに長袖長ズボンだ。

露出は少ないのに、だからこそ大人びた雰囲気が漂っている。

相変わらず、引け目を感じるぐらいに美しい人だ。

半袖半ズボンのパジャマに星柄、夕湖ちゃんとお揃いのヘアバンドまで着けている自分が、やけに子どもっぽく感じてしまった。

「内田さん、お隣いいかな？」

こっちに近づいてきた西野先輩が上品に目を細める。

ぼうっと見とれていた私は慌ててそれに答えた。

「はい、もちろんです」

西野先輩が座ると、ラベンダーのような香りがさらりと漂う。

夕湖ちゃんに借りたシャンプーやトリートメントとは違うから、もしかしたら香水とかボディークリームみたいなものかもしれない。

西野先輩の隣に座ると、朔くんの定位置にお邪魔しているような気がして少しだけ居心地が悪くなる。

最初にふたりを見かけたのは去年の九月が終わるころ。

私はまだいまみたいにみんなと仲よくしていたわけじゃない。

グラウンドの片隅であれだけ必死に戦っていた千歳くんが野球部を辞め、ぴたりと話しかけてこなくなった時期だ。

一学期のころは冷たくあしらっていたくせしてそれが妙に寂しくて、どうにも心配で、だけど自分にできることなんかないとちゃんと知っていたから、行き場のない感傷を見ないふりして過ごしていた。

そんなある日、西野先輩と千歳くんが河川敷に並んで座っているのを見かけてしまう。

あなたは安心しきったような、頼っているような、甘えているような表情を浮かべていて、もしもあそこに座っているのが自分だったらと想像して自嘲気味に笑ったことを覚えている。

そしてあなたが私を見つけてくれた夜に始まってこの一年間。

河川敷に並んで話す朔くんと西野先輩から何度も目を背け、通り過ぎてきた。

だってそのきれいな女の人との関係性は、まるで私が描いた普通の存在そのものみたいに見えたから。

もちろん、朔くんが抱いていたのはどっちかといえば憧れに近い感情なんだと思う。

だけどあなたは、うれしいことがあったとき、哀しいことがあったとき、苦しいときも迷っているときも、あるいはただ誰かと話したい瞬間も、いつだって真っ先に西野先輩の姿を探していたはずだ。

まるで家に帰って晩ご飯の支度をしているお母さんのところへ駆け寄る子どもみたいに。

あのころの私はきっと、朔くんにとってのそういう家族みたいな存在になりたかった。

いつか、西野先輩を紹介してくれたときのことを思いだす。

あれは、秋が深まってきたころだっただろうか。

私の部活が休みで、ふたりいっしょに帰っていたときのことだ。

なにげない会話を交わしながら河川敷を歩いていると、ふと水門の近くで文庫本を読んでいる西野先輩が目に入った。

ほとんど同時に、もしくは私より少し早く、朔くんも気づいていたと思う。
なぜだか唐突に、行かないでと強く願った。
続く台詞も浮かばないまま、繋ぎ止めるように、

『朔くん、そういえばね！』

いまは私を見てほしい、と口にした言葉は置いてけぼりのまま。

――たっ。

朔くんはあっというまに駆け出していく。
私はぽつんと立ち止まり、遠ざかっていく背中を眺めていた。
やがて朔くんが西野先輩の手を引きながら戻ってきて、無邪気に言う。
『紹介するよ、優空。
三年の西野明日風先輩。
よくここで話を聞いてもらったりしてるんだ』

きっとあなたは、と思った。

なんの悪気もないんだろう。

自分の憧れている先輩を、ただよかれと思って紹介してくれているだけなんだよね。


『明日姉、同じクラスで仲よくしてる内田優空。

面倒見がよくて、いろいろ助けてもらってるんだ』

そっか、あなたにとって私は。

ただ同じクラスで仲よくしてる人なんだ。

ただ面倒見てくれる人なんだ。

……なんて、自分が卑屈になってるのはわかってた。

朔くんはただ平等に私たちを紹介してくれただけだ。

だけどあのころは、もっとあなたを知りたい、認めてほしい、そういう女の子として見てくれなくていいからせめて隣に並ぶことぐらいは許してほしいって、初めて自分のなかに生まれた感情を持て余しながら浮かれても焦ってもいたんだと思う。

西野先輩は涼やかに言った。

『はじめまして、西野明日風（にしのあすか）です。
そこの君からいつもお淑（しと）やかでしっかりしてる内田（うちだ）さんのお話を伺ってます』
その声色がどこまでも大人びていて、私は動揺を抑え込みながら言葉を返す。

『はじめまして、内田優空（ゆあ）です。
えっと、朔（さく）くんとはちょっとだけ境遇が似てて、だからいっしょに日用品の買い物とか行ったり、ときどきお家でご飯作ったりとか……』

情けないな、と思った。
西野先輩が私に気を遣ってくれているのに、私は私のために言葉を紡いでる。
自分は朔くんにとってただのクラスメイトじゃないですから。
そう、弁解するように。
西野先輩は美しい微笑（ほほえ）みを浮かべながら、
『まるで、もうひとりの家族みたいに不思議で素敵な関係だね』

私の欲しかった言葉をそっと手渡してくれた。

ただそれだけで、伝わってしまう。

朔くんが西野先輩を求める理由。

落ち込んでいたあなたが少しずつ自分を取り戻せたその過程。

きっとこんなふうに、まるで絆創膏（ばんそうこう）を一枚ずつ重ねるように、この場所で傷口をふさいでもらっていたんだね。


そこまで思いだしてふと我に返り、隣に座っている人をそっと盗み見る。

私はしばらくぼんやりしてしまっていたはずだけど、とくに会話を促すでもなく、ただ静かに外を眺めていた。

まるでこの夜に耳を澄ませているみたいだ、と思う。

朔くんも、こんなふうにいつも隣で。

泣きぼくろが神秘的なこの美しい横顔を、どこか時計の針を止めて安らぐようなこの香りを、心に映してきたのかな。

不意に西野先輩がこちらを見た。

惹かれるように眺めていたせいで、ぱちりと目が合ってしまう。

慌てて幼い照れ笑いを浮かべるよりも早く、西野先輩が儚げに微笑んだ。

「お話ししてもいい？」

はい、と私は身体を少し横に向けて答える。

「すいません、ちょっと見とれちゃってて」

西野先輩は小さく肩を揺らす。

「そう素直に告白されると照れるね」

私は恥ずかしさに目を伏せて言う。

「あんまりきれいな横顔だったので、つい……」

西野先輩がじっとこちらを見た。

「内田さんもきれいな髪、触っても？」

「えっと、はい」

すっと伸びてきた陶器みたいに滑らかな指先が私の髪を梳く。

そのやさしい手つきとさっきより近い西野先輩の顔に、ちょっとどぎまぎしてしまう。

まるで小さい子がよしよしと頭を撫でられているみたいだ。

胸元から立ち昇るラベンダーの香りがくらくらと満ちていく。

西野先輩の指がつつうと耳たぶに触れた。

「んっ」

　思わず変な声が漏れると、ぱっと手が離れていく。

「ご、ごめんねっ。ついうっとり撫で続けちゃった」

　その西野先輩らしくない慌てっぷりに、自分の照れくささを棚に上げて思わず苦笑する。

「いえ、こちらこそ。ちょっとくすぐったかっただけです」

　手を横に振りながらそう言うと、ほっとしたように頬を緩めた。

　西野先輩が自分の髪の毛先をいじりながら続ける。

「私もそのうちまた伸ばしてみようかな」

「昔は長かったんですか？」

　私が尋ねると、どこか懐かしそうに目を細めた。

「うん、少女だったころはね」

　いまのショートカットもどこか神秘的に大人びていて素敵だけど、髪の長い西野先輩はきっと、物語から抜け出してきたような美少女だったんだろうなと思う。

　ふと私は口を開く。

「どうして髪を切ったんですか？」

　西野先輩はとくにためらうでもなく答えた。

「私と朔くんの関係は？」

「はい、幼なじみだったんですよね」

「たった七日間の夏休みをそう呼んでもいいなら、ね」

この人の言葉選びは、どこか朔くんに似ている。

私には気の利いた返事なんてできないけど、きっとふたりはこういう小説みたいな会話を積み重ねてきたんだなと少しだけ切なくなった。

「朔兄、って当時はそう呼んでたんだけどね。お気に入りの真っ白なワンピースを着てたら、来年はTシャツに短パンとビーサン用意しとけって言うような男の子でさ」

その光景が容易に想像できて、私はくすっと吹き出す。

「昔からそういうとこあったんですね」

ふふと頬を緩めて西野先輩が続ける。

「だから朔兄の隣を歩くならこういう髪型のほうがいいって、幼いなりに思ったんだろうな。夏の終わりにばっさりと髪を切ったの」

まるでいまの夕湖ちゃんみたいだ、と思う。

こんなにきれいな女の子ふたりに髪を切らせるなんて、本当にあなたって人は。

西野先輩は恥ずかしそうに笑った。

「結局それから、夏休みに会えなくなっちゃったんだけどね」

きっとそのとき、と思う。

西野先輩は少しだけ大人になったんだろうな。

「私もまた切ってみようかな、髪の毛」

思わず、ぽつりとそうつぶやいた。

そうすれば私も、このうじうじした気持ちから抜け出せるだろうか。

きょとんと、西野先輩が首を傾げた。

「内田さん、最初に会ったときはもっと短かったよね？」

さっき思いだしていた幼稚な自己紹介が蘇ってきて、気恥ずかしさに思わず目を逸らしながら答える。

「はい、ちょうど髪を伸ばし始めてたころです」

「だったら」

西野先輩がもう一度やさしく私の髪に指を通した。

まるで真夜中に手紙を綴るような声で言う。

「祈りとか願いとか憧れとか、あるいは誰かのまなざしとか。

なにかそういうきれいなものを込めて櫛を通してきたんだよね」

「え……？」

さらさらと、指の上で丁寧に髪を流しながら、

「女の子が髪型を変えるって、そういうことでしょ？」

西野先輩が慈しむように目を細めた。


そうか、と思う。

夕湖ちゃんも、幼かった西野先輩も、なにかを切り捨てるためじゃなくて、前向きできれいな想いを込めて髪の毛を短くしたんだ。

ちょうど一年前の私が、願をかけて伸ばし始めたように。

私はずいぶんと長くなった髪をそっと指で梳く。

大切にしよう、と心に決めながら。

「ありがとうございます、西野先輩」

ごめんね、朔くん。

同時にそう思いながら苦笑する。

今夜だけはもう少しだけ、居心地のいいあなたの居場所にお邪魔させてもらいます。

ううん、と西野先輩が短く首を振った。

「こちらこそ、いつかお礼を伝えなきゃいけないと思ってたんだ」

今度は私がきょとんと首を傾げる番だった。

「え、私にお礼……？」

「うん、お礼」

言いながら西野先輩はリビングを見回した。

いつのまにか夕湖ちゃんと悠月ちゃんはウッドデッキのほうに移動していて、山崎くんの練習を見守っているみたいだ。

それを確認した西野先輩が口を開く。

「まずひとつ目はお祭りのこと」

「ああ……！」

ようやく話が見えた。

朔くん、夕湖ちゃんと話し合おうと決めていたお祭り前日の夜。

私は吹奏楽部の先輩から連絡先を聞いて西野先輩に電話をかけた。

ちゃんと仲直りして三人で戻ってこられたとき。

きっと朔くんはそこにもし西野先輩がいればと寂しがるだろうし、西野先輩もきっとそこにいたいんだろうなと感じたからだ。

『朔くんのためにここまでするあなたは、朔くんのためにここまでしてしまって、いいの？』

『――自分自身のために、こうするんです』


電話越しに交わしたやりとりを思いだす。

私はそっと口許を緩めた。

あの決断は間違っていなかったと、いまあらためて確信する。

もしも自分自身のために連絡することを避けていたら、私はあなたの心を見つけてあげられなかったかもしれない。

それからきっと、こんなふうに西野先輩と語り合う不思議な夜も訪れなかっただろう。

私はふふと笑って答えた。

「いいんです。ブルーハワイのかき氷ご馳走になりましたから」

西野先輩はわずかに目を見開き、どこか納得したように言う。

「やさしいだけじゃなくて、強くも在れる人なんだね」

そのままどこか寂しげな笑みを浮かべて続けた。

「もしも内田さんが誘ってくれなかったら、私はまだあの夏をひとりで彷徨っていたと思う。

応援団に入る決断も、きっとできなかっただろうな……」

だったら、と私は目尻（めじり）を下げる。

「やっぱり、お誘いしてよかったです。明日も一緒に頑張りましょうね！」

「うん！　そっちは私も内田（うちだ）さんもまだまだだからね」

ふたりで顔を見合わせくぷくぷと笑う。

ひとしきり笑ったあと、西野（にしの）先輩が穏やかな声で言った。

「それからもうひとつあるんだ。こんなことを私から内田さんに伝えるのはお門違いだってわかってるんだけど、含むところのない言葉として聞いてほしい」

「はい……？」

今度こそ心当たりがなくて、私は黙って続きを待つ。

西野先輩はそっと目を閉じ、

「あの夜、君の隣にいてくれてありがとう」


過ぎた夏をなぞるように言った。

西野先輩の言葉がいつを指しているのかはさすがにわかる。

すべてが唐突に変わってしまった日、月の見えない夜。

ああ、そうか。

あの八月を抜けてたどり着いたこの九月を、この人も愛おしく愛でているんだ。

私は心のなかから不格好な本音を取り出す。

「私、西野先輩がずっとうらやましかったんです。あの河川敷にある、ふたりだけの特別な居場所が」

「えっ……？」

西野先輩は驚いたようにこっちを見た。

私は恥じるように目を伏せて、ソファをそっと撫でる。

「朔くんがずっと座りたがっている隣は、ここだから」

くすっと、西野先輩が頬を緩めた。

「おかしなこと言うんだね。登校するときも、帰り道も、休みの日にも、お家に帰ってからでさえ。ずっと朔くんの隣にいたのは内田さんでしょ？」

私は困ったように頬をかく。

「それは、成り行きというか私の押しかけというか……」

西野先輩は少しからかうような口調で言った。

「知ってる？　望さんを除けばみんなのなかでただひとり、私だけ朔くんのお家に入ったことがないんだよ」

「あ……」

「だからあの河川敷が私たちの居場所だったんじゃないの。私にはあの河川敷しか居場所がなかったんだよ」

そっか、と思わずはっとする。

西野先輩は、ずっとそんな孤独を抱えていたんだ。

「当たり前のように朔くんの日々に寄り添い支えながら隣にいられる内田さんが、私はうらやましかった」

きっと、誰もがないものねだりなんだと思う。

自分にとっては見慣れたちっぽけな切符が、誰かにとってはかけがえのない場所への入場券に映ることもあって。

だから私たちはせめて自分の居場所まで失くしてしまわないよう、いまこの時間を大切に過ごそうとしているのかもしれない。

穏やかな心持ちで、私は口を開く。

「私からもひとつ、お礼を伝えてもいいですか?」

「え……?」

両手をひざの上で丁寧に重ね、

「あの秋、千歳くんの隣にいてくれてありがとうございます」

遠い季節を懐かしむように言った。

西野先輩はほんのわずかに口を開きかけてから唇を結び直し、それから堪えきれないといった様子でふふっと吹き出す。

可笑しそうに肩を揺らしながら言う。

「もしかして私たちって、あんがい似ているのかな？」

「ちょっとだけ、同じこと考えてました」

「同じ学年だったら、友達になれたかな？」

「違う学年だったけど、友達にはなれると思います」

「お料理、教えてくれる？」

「はい、代わりにおすすめの小説を教えてくれるなら」

「朔くんに聞けばよかったのに、優空さん」

「朔くんにお料理教わりますか、明日風先輩」

私たちは慣れない呼び名を交換しながら、ふたりで顔を見合わせぷかぷか笑う。

まるで海の底から星空に向かって泡を浮かべているみたいだ。

去年の秋と今年の夏が繋がって、またゆるやかに次の季節をめくっていく。

私はいつか、この夜を思い返すだろうか。

西野先輩が明日風先輩になった、このひとときを。

*

俺、千歳朔が8番から帰ってリビングに入ると、夕湖、優空、悠月、明日姉、健太がソファに座って楽しげに話し込んでいた。

女の子たちはみんな無防備なパジャマ姿になっていて、俺と和希と海人は思わず目を逸らす。

優空もいつもは結んでいる髪の毛を下ろしている。

堂々とあの輪にまじっている健太が、やけに男らしい。

とりあえず女性陣の最後となる紅葉がぴゅうと風呂に向かい、

「先輩、次どうぞ！」

あっというまに戻ってきた。

俺は呆れて口を開く。

「すげえな、陽より早かったぞ」

「はい！　みなさんと過ごす夜を少しでも無駄にしたくないので！」

「そりゃいい心がけだ」

「ちなみにお風呂の栓は抜いておきました！　なんか危険な絵面が浮かんだので、念のためにアロマキャンドルも吹き消してあります！」

「「「でかした！」」」

それから残っていた男四人でじゃんけんをして、健太、海人、和希の順でさくっとシャワーを浴びる。

最後になった俺が出てきたときには、なんだかんだで真夜中と言い始めても差し支えのない頃合いに差しかかっていた。

明日の練習を考えたら、そろそろお開きにしたほうがいいだろう。

だけど、と俺はみんなの顔を見る。

名残惜しむように、どうにかこの夜を引き延ばそうとしているみたいに、誰もがおしゃべりをやめようとはしない。

夕湖がぽつりと言った。

「このままずっと眠りたくないな」

悠月がくすっと笑う。

「わかるよ、そういう夜だ」

陽もへっと口の端を上げて続く。

「朝までいっちゃう?」

優空はほありと穏やかな表情を浮かべる。

「長い一日だったね」

明日姉がふふと目を細めた。

「本当に」


そうして俺たち男四人も、どこかセンチメンタルに曖昧な笑みで顔を見合わせる。

誰かが寝ようと言いださなきゃいけないのに、海賊団のくせして誰も憎まれ役を買って出たくはないみたいだ。

まるで眠りにつかなければこの夜が終わらないと信じているように。

いつまでもみんなで海を漂っていられると願っているように。

どこまでも穏やかな沈黙が流れていく。

微睡むような停滞は、まるでいまの俺たちそのものみたいだ。

満ち足りているから、望まない。

そんなふうに情けない先輩たちの背中を押したのは、

「じゃあ、いっそみんなでいっしょに寝ましょうよ！」

頼もしい後輩の女の子だった。

きょとんと視線を交わす俺たちを見て、紅葉が続ける。

「ここにお布団敷いちゃえばいいじゃないですか！」

もともと男子はリビングで雑魚寝の予定だった。

女子は夕湖の部屋に布団を用意したと聞いている。

それをこっちに移動させればいいだけの話だからたいした手間ではない。

とはいえ、と俺は七瀬を見た。

「さすがに……」

向こうも苦笑いを浮かべている。

「ね……」

「え、どうしてですか？」

あっけらかんと紅葉（くれは）が言った。

「こうやって座ってるかお布団に入ってるかだけの違いじゃないですか？」

悠月（ゆづき）が呆（あき）れたように口を開く。

「あのね、紅葉。一番の違いは起きてるか寝てるかなの」

紅葉はまったく動じずに言葉を返す。

「じゃあ悠月さんは、先輩たちの前で寝たら食べられちゃうって思ってるんですか？」

はたと、悠月がこっちを見た。

やがてじとっと目を細め、

「いや、そんな甲斐性（かいしょう）はないな」

ふっと小馬鹿にしたような笑みを浮かべた。

「おいなぜ俺を見る」

陽（はる）がそれに乗っかる。

「マッサージひとつで照れるような男だしねぇ」

「力いっぱい足つぼ押したろか？」

「モラルがあるんだよ？」

「意気地なしだもん、君は」

明日姉がどこか懐かしそうに言う。

「その慰め方がいちばん心に刺さるけど!?」

「大丈夫だいじょうぶ、朔くんはやさしいだけだから」

優空は励ますように口を開く。


最後に夕湖がやさしい声で紅葉に尋ねた。

「紅葉は本当に不安じゃない？」

「はい！　まったく！」

「じゃあ、みんなでお泊まりしよっか？」

「ぜひぜひっ！」

そのかけ合いを見ながら、呆れてため息をついた。

俺はもちろん、和希も、海人も、健太も、同じ部屋で寝たからって間違いを犯すようなやつらじゃないってのは、さすがにみんなわかってるだろう。

どっちかっていうと一番不安を感じてしかるべきは新入りの紅葉なんだけど、本人がしれっとこの調子だ。

判断を仰ぐように女子たちを見回すと、それぞれにこくりとうなずいている。


「……布団運ぶか」

俺がぽつりつぶやくと、みんな待ってましたとばかりに立ち上がった。

*

女子が協力して夕湖の部屋から布団を出し、男子がそれをリビングに運び込む。

ダイニングテーブルなんかを隅に寄せ、五人分を並べて敷いた。

夕湖はもともと自分のベッドで寝るつもりだったから一人分足りないが、優空のところに入れてもらうらしい。

男連中はブランケットをもらい、ソファのあたりを使って雑魚寝だ。

ローテーブルを壁に立てかけてスペースを作ると、一段フロアが低くなってる分、いい感じに女子との区切りができる。

最後にリビングへ戻ってきた夕湖が手にしているぬいぐるみを見て、俺は思わず口を開く。

「お、柴麻呂か」

その言葉に、声を弾ませた答えが返ってきた。

「うん！　寝るときはいつもそばに置いてるんだ」

俺は自然と頬を緩める。

ちょうど近くにいた明日姉が首を傾けた。

「柴麻呂……？」

首元にスカーフだかバンダナだかを巻いた柴犬のぬいぐるみを抱きしめながら、夕湖がうれしそうに目を細める。

「はい！　朔がゲームセンターのクレーンゲームでとってくれたやつなんです。いつも枕元に置いてるから、これがないと落ち着かなくて」

恥ずかしそうに頬をかく姿を見て、明日姉はなぜだかほんのわずかに目を伏せた。

すぐに顔を上げてやさしい笑みをたたえ、ふたりで話しながら布団のほうへ向かっていく。

ちなみになんとなく気が引けて、男子は夕湖の部屋には立ち入らなかったし中の様子も覗かなかった。

　相手が誰かはともかく、それこそいつかトクベツなときがきて、トクベツな人を招く前に、俺たちがずけずけ踏み込んでしまうのは無粋ってものだろう。

　そこまで考えてふと、胸の奥が寂しそうにくぅとしぼんだ。

　不意に訪れた感傷の言い訳を尋ねてみると、あっけなく答えが返ってくる。


『相手が誰かはともかく』


　そうか、と思う。

　どの口が言うんだ、なんてお決まりの文句は丸めてごみ箱に投げ捨てよう。

　薄っぺらい自己嫌悪を繰り返したところで、そんなのは甘ったれた逃避にしかならない。

　素直に心と向き合ってみる。

　もしも夕湖（ゆうこ）の気持ちを受け入れられていたら、俺はトクベツな日にトクベツな相手としてあの部屋に足を踏み入れていたのかもしれない。

　でも、そうはならなかった、なれなかった。

　だからいつか、たったひとりのトクベツな相手としてあのドアをくぐるのは、顔さえ知らない誰かかもしれない。

大好きなあの声も、笑顔も、心も身体も過去も未来もありったけの愛も────。

夕湖の全部を別の男に捧げる日が来るのかもしれない。


想像しただけで、はち切れそうなぐらいに胸が苦しくなる。

この気持ちに恋と名前をつけられないのなら、なにを恋と呼べばいいんだろう。

それでも、とみんなに気づかれないよう俯きがちに小さく唇を噛む。

優空の、七瀬の、陽の、明日姉の、そういういついつかを想像してみても、俺は同じぐらいに切なくて痛くて怖くて泣き出しそうになってしまうんだ。


ふと、顔を上げる。

七瀬と和希がなにやら楽しげに話し込んでいた。

不意に、いつか体育館で聞いたなにげない言葉がよみがえってくる。

『いつかなにかを選んで、なにかを捨てる覚悟だけはしておいたほうがいいんじゃない？』

認めたくないけど、言ってたとおりだったよ。

和希、お前はなにを選んでなにを捨てるんだ。

あるいはもう、なにかを選んでなにかを捨てたのか？

七瀬（ななせ）と目が合うと、会話を切り上げとことこ近寄ってくる。

和希（かずき）はどこかやさしい眼差しで、その背中を見送っていた。

七瀬が言う。

「千歳（ちとせ）、明日は何時起きにする？」

「もうこんな時間だし、九時とかでもいいんじゃないか？」

偽物の恋は、いつか本物の恋に変わるのだろうか。

「だね、早く起きちゃった人は各々自由に過ごすってことで」

「七瀬はこういうとき、規則正しく目が覚めちゃいそうだな」

七瀬と千歳が、悠月（ゆづき）と朔（さく）に戻る日はくるのだろうか。

「そんなこと言われてぐうぐう寝てたら恥ずかしいからやめてよ」

九月が終わらなければいい。

木々が色づかなければいい。

一日目の夜が二日目の朝を連れてこなければいい。

ふわあと誰かのあくびが響く。

つられた誰かがとろんと重たいまぶたをごしごし擦（こす）って、連なるように眠気が訪れる。

そろそろ、おやすみを告げないと。

＊

交代で歯磨きを終え、リビングに戻ってくる。
所狭しと布団が敷き詰められた光景は、合宿の夜そのものだった。
女の子たちがいそいそと寝床にもぐりこむ。
じゃんけんの結果、和希と健太がソファで、俺と海人はラグの上で眠ることになった。
枕代わりのクッションに頭を預け、ブランケットを被る。
日中のうちに干しておいてくれたのかもしれない。
ぽかぽかとやわらかなお日様の匂いがした。
リビングの真ん中に立っていた夕湖が口を開く。
「ちなみに音楽かけてると眠れない人っている？」
ううんとか、大丈夫とか、そっちのほうが落ち着くとか、ぱらぱら口々に答えた。
「じゃあ、タイマーかけておくね」
スピーカーからは雲居ハルカの『BLUE FRIDAY』が流れている。
そうして真夜中のろうそくみたいに、夕湖が言った。

「小さい灯りだけ、点けておくから」

誰かの家に泊まっているんだ、と実感する瞬間がある。

たとえば玄関に足を踏み入れたときの匂い、晩ご飯を食べ始める時間、その献立やサラダにかけるドレッシングの種類、お風呂での習慣、シャンプーやトリートメントの香り、エアコンの温度や耳を通り過ぎていく音楽。

たとえば眠りに就くときの、灯り。

俺は基本的にすべての照明を落として真っ暗にするけれど、人によっては豆電球ぐらい点けておかないと落ち着かないらしい。

——ひとりぼっちで目が覚めたとき、ひとりぼっちになった気がするから。

普段の夕湖がどうなのかはわからない。

単純に不慣れな家で夜中にお手洗いへ立つ人に対する配慮かもしれないし、いつも小さな灯りを点して眠るのかもしれない。

どちらにせよ、これはこれで悪くないと思う。

真夜中の道しるべになる灯台みたいだ。

ふと、少し離れたところで寝転がっていた海人(かいと)が、女子のほうまでは届かないぐらいの小さな声で言う。

「なあ朔(さく)」

「ん?」

「やっぱり夕湖ってかわいいよな」

「……同感だ」

続きはなかった。

海人はごろんと転がって背中を向ける。

俺は頭の後ろで手を組みながら、ぼんやり天井を眺めていた。

こうしてひとつの部屋にいても、夕湖の、優空(ゆあ)の、七瀬(ななせ)の、陽(はる)の、明日姉(あすねえ)の、和希(かずき)の、海人の、健太(けんた)の、紅葉(くれは)の、表情は見えない。

もうとっくに目を瞑(つむ)っているのかもしれないし、誰もがなにかに、たとえば男の子や女の子に、想いを馳せているのかもしれない。

ときどき零(こぼ)れるほのかな息づかいや衣ずれの音が、やけにじれったくて温かかった。

「ねえ朔、起きてる?」

不意に夕湖が俺の名前を呼んだ。

それが妙に照れくさくて、俺はお決まりの軽口を返す。

「もう寝たよ」

「ふふ、変なの。朔がいる」

「そりゃいるだろう」

「うん、ちゃんといる」

知ってる夕湖と知らない夕湖。

まるで昨日と今日みたいに、行ったり来たり。

呆れたように七瀬が口を開く。

「いちゃつくな」

和希はわざとらしくため息を吐く。

「お子さまたちはとっくにおねんねの時間だよ」

珍しく健太がそれに続いた。

「うなされてしまえ、悪夢に」

海人は背中を向けたままぼそっと小さくつぶやく。

「ちゃんといてやってくれよな」

優空が困ったように苦笑する。

「というか夕湖ちゃん、近いよ」

陽はどこかうれしそうに言う。

「あーもうあんたら騒々しくて寝れないじゃん」

ふふ、と明日姉の声が響く。

「宴の余韻に浸りたいんだよ、きっとずっと」

紅葉が可笑しそうに紡いだ。

「まだなにも終わってませんよ、ここから始めるんです」


くすくす、くつくつと、ゆりかごみたいに夜が笑う。

とろんと微睡み、ほろほろ唄う。

こんな日には、誰だって最後のひとりになるまで目を開けていたくなるものだ。

もうこれ以上はなにも起こらないしどんなに些細な言葉も聞き漏らさないと、ぐっすり安心して眠りに落ちたい。

たとえば名残惜しそうな誰かのまばたきを、甘えるようにこぼれたひそひそ話を、くすぐったそうな寝返りを、ひとつでも取りこぼしたら後悔してしまいそうだから。

なんて、抗えば抗うほどにしぱしぱ視界がぼやけていく。


こち、こち、こち、こち。

秒針の音がやけに響き、その規則正しいリズムがぽとぽと眠りを誘う。

やがておやすみの代わりに誰かの小さな寝息がこぼれた。
ひとつ、またひとつと重なっていく。

すう、すう、すう、すう。

だんだんと俺のまぶたも重くなってきた。
手繰りよせてもすり抜けていく意識の端っこで、想う。
どうして俺たちは、このままではいられないんだろう。
男の子と女の子を忘れて、同じ部屋で枕を並べるように。
誰かの夢の続きを誰かが引き取って、みんなで同じ夢を見るように。
一、二、三と声をそろえて羊を数えるように。

ただ、ずっと、この夜を漂いながら。

——青に溺（おぼ）れる十七歳でいられたらいいのに。

＊

誰かに触れられたような気がして、俺はふと目を覚ました。

うっすらまぶたを開けると、あたりはまだ夜に似た静けさが漂っている。

視線を時計のほうに向けると、針はちょうど五時を指していた。

珍しいな、と思う。

基本的には一度寝たら朝までぐっすりという質(たち)だから、こんな時間に起きてしまったのは久しぶりだ。

もしかしたら合宿で普段より浮かれていたのかもしれない。

寝直すか、といつの間にか横向きになっていた身体(からだ)を仰向(あおむ)けに戻すと、

「先輩？」

頭の上にしゃがみ込んでいた女の子がひそひそと言った。

「――――ッッッ」

思わず上げそうになった声をなんとか押し殺し、がしがしと何度か目を擦(こす)って意識がはっき

りしたところで、みんなを起こさないよう小声で言う。

「紅葉(くれは)……？」

後輩はどこかほっとしたように、それからうれしそうに口許(くちもと)を緩める。

「はい、紅葉です」

俺はようやく身体を起こして続けた。

「びっ、くりした」

紅葉が申し訳なさそうに頰(ほお)をかく。

「すみません、起こしちゃうつもりはなかったんですけど……」

ぺこりと小さく頭を下げて続ける。

「先輩があんまり気持ちよさそうに寝てたから、調子に乗ってほっぺつついちゃいました」

俺は苦笑して口を開いた。

「ずいぶん早起きなんだな？」

紅葉が気まずそうに応える。

「……いえ、ずっとうとうとはしてたんですけど、憧(あこが)れの人たちと枕を並べて興奮してたからか、ちゃんと眠れなくて。だから、先輩の顔でも見てたら落ち着くかなって」

「寝起きの相手にいいジャブ打ってくるなおい」

言いながら、俺はぐいと背伸びをする。

慣れない家、慣れない先輩たち。

気分転換のひとつもできない状況でずっと起きていたなら、そりゃ心細かっただろう。

紅葉(くれは)がもじもじと指を擂(す)り合わせながらどこか寂しそうに言った。

「ごめんなさい、先輩。私は自分のお布団に戻るのでゆっくり寝直してください」

「いや」

俺は腕や肩を軽くストレッチしながら口を開く。

「もしあれなら、軽く散歩でも行くか？　そういうときは少し外の風でも浴びるといい」

紅葉が驚いたように目を見開く。

「えっ、付き合ってくれってことですか……？」

俺は気軽にうなずいてそれに応える。

「みんなを起こさないように着替えてこいよ。さすがにパジャマはまずいだろ」

「……はいっ！」

声を抑えながらもうれしそうに返事をして、紅葉がそろそろとリビングを抜け出していく。

俺は苦笑してふうと息を吐いた。

驚いたせいで頭がすっかり覚醒してしまった。

なにより最初に目を開けたときの、誰かが起きてくるのを待ちわびてたような顔を見たら、さすがに後輩を放っておいて二度寝を決め込む気にもなれない。

そういう経験は俺にもある。

あれは小学校のとき、初めて野球部の合宿に行ったときだっただろうか。

場所はたしか、オタイコ・ヒルズという公共の宿泊施設みたいなところだった。

和室をふたつ繋げて部員みんなで同じ部屋に泊まった夜。

まわりがすっかり寝静まっているのに自分だけがいつまでも眠れなくて、ちょっと大きめの咳払いをしてみたり、ばさっと勢いよく布団をはね除けてトイレに向かってみたり、わざと起こそうとしているわけじゃないと言い訳できるぎりぎりの範疇で、それでも誰かが目を覚ましてくれないかと期待していたっけ。

もしかしたら俺の頰をつついた紅葉も、そういう淡い願いを込めていたのかもしれない。

なにはともあれ、と俺は静かにブランケットをたたむ。

こういうのも、合宿ならではの一幕だよな。

*

紅葉(くれは)が戻るのを待って、俺たちはみんなを起こさないように注意して家を出た。

心なしか夜が薄れ始めてはいるものの、外はまだまだ暗い。

空にはちかちかと星も瞬いている。

Tシャツに短パンじゃ肌寒いとまでは言わないが、この時間は思ってた以上にひんやりとしていた。

隣の紅葉も下は相変わらず丈の短いプリーツスカートだけど、上にはぶかっとしたアディダスのナイロンジャケットを着ている。

家の前で大きく背伸びして、すうと思いきり息を吸い込むと、一日が始まる前の空気が肺を満たした。

凛(りん)と透き通っていて、混じりっけがない。

あたりには人っ子ひとり見当たらなかった。

ぶうん、かたん、と小刻みに響く新聞配達の音だけが、そう遠くない夜明けを予感させてくれている。

毎日やろうとは思わないけど、早起きっていうのもなかなか新鮮なものだ。

ふたりであてどなく歩き始めると、

「先輩、ちょっとだけ昨日練習してた公園寄ってもいいですか？」

隣に並んだ紅葉が言った。

「ああ、べつにいいけど……」

もともと目的地があるわけでもない。

近くの自販機で缶コーヒーを買って公園に入ると、先に中で待っていた紅葉がうれしそうに口を開く。

「ひと晩明けただけなのに、なんだか遠い昔のことみたいです」

「そりゃ紅葉がずっと起きてたからじゃないのか？」

「ちょっと！　身も蓋(ふた)もないこと言わないでくださいよ！」

なんて軽口を叩(たた)きながらも、その気持ちは少しだけわかる。

みんなで浮かれて、はしゃいで、まるで夏休みを濃縮したような一日だった。

寝て起きても夢から覚めていなかったことに、なぜだか少しほっとする。

もしかしたら、一番に見たのが紅葉の顔だったからだろうか。

ああ、俺は昨日の続きの今日にいる。

いつもとは違う後輩の存在が、そう教えてくれたのかもしれない。

そんなことを考えていると、不意にナイロンジャケットをしゃかしゃか鳴らしながら紅葉が駆けていく。

「先輩ほら、こっちこっち！」

手招きされるがままについて行くと、グラウンドと遊具のある広場をつなぐ短い階段のところで立ち止まる。

ちょこんと座って、

「先輩、ここどうぞ」

ぽんぽんと隣を叩いた。

そこはいつも夕湖と寄り道するときの定位置だ。

ベンチでよくないか、と俺は思わず言いかけた。

だけど紅葉はそれを先回りするように、

「ここ、いつも夕湖さんと座ってるんですよね。なんかそういうのいいなって、ちょっとだけ気分を味わってみたくて」

はにかみながら頬をかく。

俺はなぜだかほっとして口を開いた。

「なんだ、夕湖から聞いてたのか」

「はい！　『朔といっつもここでお話しするんだよ』って」

そこまで知ってるのに断ったらさすがに感じが悪いか、と苦笑する。

だいたい、別の女の子ならともかく相手はただの後輩だ。

どうにも最近はこういうのに身構えすぎてるな、と自嘲する。

紅葉の隣に腰かけ、アイスのブラック缶コーヒーとカフェラテを差し出しながら言う。

「どっちがいい？」

紅葉はうーんと考え込んでから口を開く。

「ちなみに先輩はどっちがいいですか？」

「朝だし気分的にはややブラックかな」

「じゃあブラックにします！」

「おい」

思わずつっこみながら缶コーヒーを渡す。


──ちゃりん。


紅葉がさりげなく俺のポケットに手をつっこんだ。

音から察するに、缶コーヒー分の小銭だろう。

俺は呆れたように言う。

「こんなときぐらい、素直に奢られておいてもばちは当たらないぞ」

紅葉はいたずらっぽく目を細める。

「へへ、先輩のぽっけあったかい」

「太ももさすんなよくすぐったいだろ」

手を抜きぷしっとプルトップを開けて、紅葉がこっちを見た。

「かんぱーい」

「まだ夜明け前だっつーの」

言いながら、こつんと缶をぶつける。

カフェラテをひと口飲むと、その甘さがやけに美味しく染みて、けっこう喉が渇いていたことに気づく。

わいわいしゃべってそのまま寝たからだな。

自分の家だったら枕元に水を置いておくか、起きてすぐ軽く口をゆすいで冷蔵庫を開けるのに、誰かの家に泊まるとそういう慣れた日常の動作をうっかり忘れてしまう。

今日はみんなを起こさないように気を張っていたってのもあるだろうけど、とはいえこれがホテルや旅館だったらいつもと同じ過ごし方をしていたはずだから不思議なものだ。

もしかしたら、人の居場所をむやみに踏み荒らしたくないと思っているのかもしれない。

まだどこかで頭が寝ぼけているんだろうか。

考えるほどでもないことをとうとうと考える。

夕湖は昨日、「冷蔵庫にあるものは自由に飲んでね」と言っていた。

琴音さんの性格を考えても、言葉どおりの意味なんだろう。

だからといって本当に好き勝手冷蔵庫を開けるのは気が引けるし、ご飯を担当していた優空（ゆあ）でさえ、なにか食材を使うときはいちいち夕湖に確認をしていた。

　一方でホテルや旅館は、誰かの場所ではなくみんなの場所だと認識しているから、ある程度普段どおりに振る舞える。

　まるで俺たちみたいだ、と思う。

　みんなの場所と誰かの居場所。

　互いに線引きしながら、踏み越えないように譲り合っている。

　たとえば応援団はみんなと過ごす場所で、たとえばこの階段が夕湖との居場所だと思っているように。

　ブラックの缶コーヒーを飲んでほんの少し顔をしかめながら紅葉が言った。

「先輩、ここで夕湖さんとどんな話をしてきたんですか？」

　俺は曖昧（あいまい）に濁しながら目を細める。

「本当に、いろんな話だよ」

「いつからですか？」

「ほとんど一年半かな」

「長いですね」

「短いようにも感じるよ」

紅葉(くれは)はなぜだか呆(あき)れたように笑った。

「先輩たちって、本当にみんなやさしくて仲よしですよね」

俺は受け入れるように言葉を返す。

「いまやすっかり紅葉もその一員だな」

なにげなくこぼしたそのひと言に、

「——違います」


きっぱり断ち切るような声で紅葉が言った。

「私は先輩たちの輪には入れないし、入らないです」


唐突な拒絶を受け、俺は反応に困って押し黙る。

それを察したのか、紅葉がへにゃりと表情を緩めた。

階段に手を突き、お尻(しり)を浮かせてぴとっと近寄ってくる。

肘(ひじ)と肘が触れ合う距離で、

「私はみなさんの後輩のまんまでいたいんですよ」

えへっとこちらを見上げてきた。

そっか、と俺は口を開く。

「少し、歩こうか」

「少し、歩きたいです」

立ち上がって、くしゃりと潰(つぶ)した空き缶をごみ箱に捨てる。

後輩の女の子と迎える朝。

みんな寝静まっている内緒のひととき。

消えゆく前の星屑(ほしくず)だけが、俺たちを見守っていた。

＊

あれ、千歳、紅葉……？

＊

そうして紅葉とふたりで近くの田んぼ道を歩く。

しらじらと夜が終わり始めている。

空は濡羽色から瑠璃色に移り、秋めくうろこ雲が浮かんでいた。

国道のほうをせっかちに走る車のヘッドライトが少しずつ増え、あちこちで目を覚ます町の気配がする。

遠くに連なる山容が、まるで昨日と今日の切り取り線みたいにさえざえ浮かび上がってきた。

ひんやりしていた空気はいつのまにか肌に馴染み、土と稲穂の香りがぐっと濃くなる。

隣を歩いていた紅葉が、なにげない調子で口を開いた。

「そういえば先輩。昨日の夜、なにか考え込んでました？」

とくに心当たりがなくて首を傾げると、言葉が続く。

「ほら、みんなでお布団を運び終わったあとぐらいです。なんか憂鬱そうなというか、ちょっとだけ辛そうな顔してたから」

それでようやくはっとした。

俺が夕湖の部屋から連想して恋だのなんだのややこしいことを考えていたときだろう。

よく見ているんだな、と驚きながら少しだけ自分を恥じた。

後輩にあっさり見透かされるようじゃ情けない。

俺は素直に口を開く。

「なんつーか、良くも悪くもいろいろ停滞しててな」

「停滞、ですか……？」

がしがしと頭をかいて続ける。

「この夏にいろんなことが一段落してさ。収まるべきところに収まったのはいいんだけど、だからこそ次の一歩が踏み出せないっていうか」

後輩相手になにを話しているんだろうな、俺は。

紅葉の言葉で気づかされた。

確かにこの九月は穏やかで、満ち足りていて、だからこそちょっとだけ憂鬱だ。

このままでいたいけど、このままでいいんだろうか。

ずっとそんなことを考えていたように思う。

紅葉が首を傾けどこか真剣なまなざしでじっと覗き込んでくる。

「先輩はその停滞を、憂鬱を抜け出したいんですか？」

俺は遠くの空を眺めながらきゅっと拳を握り、ぽつりと漏らした。

「本当は抜け出したくないんだけど、抜け出さなきゃいけないんだろうな」

最初からわかっていたことだ。
九月はどこまでも九月でしかない。
夏でも秋でもない隙間に腰を落ち着けてしまったら、二度とそこから出てこられなくなってしまう気がする。

「ねえ先輩?」

ふと、紅葉の小指が約束みたいにそっと俺の小指に絡められた。

「先輩の望みは、私の望みです」

そう言ってするりと結び目をほどき、一歩、二歩、三歩と踏み出してくるりと振り返る。

「だから、そんなの丸ごとぜんぶ……」

東の空を背負いながら、人差し指をぴんと高く掲げて、

「私が吹き飛ばしてみせますねっ」

弾けるようにくしゃっと笑った。

その、瞬間。

——ちかっと、真っ赤な陽が昇る。

草木が、田んぼが、水路が、ビルが、鉄塔が、そして雲が。
まるで夜を塗り替えるように、唐紅(からくれない)色へと染め上げられていく。
微睡(まどろ)んでいた時計の針が、かち、と目を覚ました。
季節が変わる、俺たちが変わる。

次に巡ってくるのは正しく秋か、引き返す夏か、あるいは……。

魔法みたいだ、と俺はその光景に目を奪われた。

中心に佇むのは、色めくように美しい後輩の女の子。

誰かの望みが叶うとき、誰かの望みが置いてけぼりになる。

紅葉が朝を連れてきた。

なぜだか俺は、そんなふうに思った。

*

俺たちは夕湖の家に戻り、それぞれが布団とブランケットにすっぽり包まってもう一度ぐっすり眠った。

紅葉もようやく夢を見られたらしい。味噌汁の香りに誘われて目を覚ましたとき、夕湖たちに見守られながら、身体を丸めてくうくうとかわいらしい寝息を立てていた。

紅葉が起きるのを待って、俺たちは優空が作ってくれたおむすびと味噌汁を食べた。やけに不格好だけど妙に食欲をそそられるサイズが混じってると思ったら、陽も手伝ったそうだ。

午前中は公園で昨日のおさらい。

いったん夕湖の家に戻っておろし蕎麦を食べ、午後もみんなでめいっぱい練習する。

そうして日が暮れるころには、優空、明日姉、健太も含めたみんながほとんど完璧に振り付けをマスターしていた。

最後に通しで踊り終えると、俺は七瀬と顔を見合わせて口を開く。

「うん、ばっちりじゃないか？」

七瀬がこくりと自信ありげにうなずいた。

「だね、優勝狙おう」

それを聞いた健太がひざから崩れ落ちる。

「し、死ぬかと思った……」

だらんと腕を垂らしながら優空が苦笑した。

「今日はさすがに晩ご飯作れないかも」

明日姉（あすねえ）が手をぶらぶらと振りながら続く。

「文庫本も持てないよ」

さすがの和希（かずき）も額に汗を浮かべている。

「でもまあ、なんとかなったね」

海人（かいと）はへへっと鼻をこする。

「これが全員で揃（そろ）ったら最高に盛り上がるだろ」

ポカリをぐびぐび飲んでいた陽（はる）が口を開く。

「まあ、まだ宴（うたげ）のあれが残っちゃいるけどね」

夕湖（ゆうこ）は胸の前に両方の拳（こぶし）を掲げた。

「絶対大丈夫だよ！　私たちだもん！」

そうして自然とみんなの視線が後輩に集まる。

紅葉はその期待に応えるようにぐっと拳を突き上げた。

「それではみなさんご一緒に」

船出の合図みたいに、あるいはよーいどんのピストルみたいに叫ぶ。

「よーそろー！」

「「「「よーそろー！！！！」」」」

とっくにへとへとで、それでもなお明るい声が公園に響き渡った。
あたたかな西日が、まるでスポットライトみたいにみんなを照らしている。
剣に見立てた棒きれを互いにかつかつと重ねながら、思う。
確かに俺たちのいまは、この夕暮れみたいに心地いいぬるま湯なのかもしれない。
足の先を浸しながら、仲よく立ち止まっているだけなのかもしれない。
それでも、と俺は肩の力を抜く。

みんながみんなのままでいられなくなった八月を想えば――。
みんながみんなのままで過ごす九月があっても、許されるような気がした。

三章　私たちの居場所

週明けの月曜日。

帰りのホームルームを終えると、クラスメイトたちがてきぱきと椅子(いす)を下げ始めた。

どうやら文化祭の演劇も本格的に動き出しているらしい。

俺はその中心であれこれと指示を飛ばしているなずなの肩を叩(たた)く。

「忙しそうなとこ悪い、なにか手伝うことあるか？」

土日にみっちり練習したので、応援団のほうは休みにした。

とくに優空(ゆあ)、明日姉(あすねえ)、健太(けんた)の三人はけっこう疲労の色が濃かったし、下手すれば一週間以上はかかるだろうと思ってたところまで到達できたので、一日ぐらいはなんの問題もない。

なずなが申し訳なさそうな声で手を合わせた。

「脚本がちょっと煮詰まっててさ。まだ練習始められないんだ」

いや、と俺は軽く首を振る。

「それはべつに大丈夫だ。なずなが提案してくれたとおり、おかげで応援団のほうが捗(はかど)って助かってるよ」

なずなが安心したように頬(ほお)を緩めた。

「ならよかった。あ、ねーねーそれは教壇のほうに運んでおいてー！」

りょうかーい、と声をかけられた子がどこか楽しそうに答える。

話の途中で指示を出していたなずながこっちを見た。

「ごめんごめん、ちょっとばたばたしてて」

俺は軽く笑ってそれに答える。

「頼もしいよ」

実際のところ、なずなが中心になってうまくクラスをまとめてくれているみたいだ。

負担が大きくないか心配していたけど、思っていた以上に要領がいいらしい。

なずながあはっといたずらっぽく微笑む。

「意外、とか思ってるんでしょ？」

俺も冗談めかして言葉を返した。

「だってどう見ても『文化祭とかだるくない？』とか言いそうなキャラだし」

「ひどくない?!」

「そんでクラス内の空気が悪くなって衝突を引き起こしたりしてさ。かっとなったときに勢い余って衣装を破っちゃって『そんなもんに真剣になってばっかじゃないの！』とか言って教室を飛び出していくんだ。でも最後はなんだかんだ反省して手伝ってくれるっていう文化祭のお約束を担ってもらわないとだな……」

「いや急になんの話⁉　てか私そんな性格悪くないし！」

ふたりで顔を見合わせぱふっと吹き出す。

ひとしきり笑ってからなずなが続けた。

「私、他にできそうな人がいるときはわざわざ前に出ないだけ。文化祭は楽しみだし、千歳くんたちに丸投げってのも後味悪いからさ」

俺はふっと頰を緩める。

「ありがとな、なずな」

なずながわざとらしく首を傾げて上目遣いで言う。

「あれ、いまちょっとぐっときた？」

俺は口の端を上げて答える。

「ああ、うっかり惚れそうだった」

あはっ、となずなが笑った。

「私、夕湖や悠月ほど重くないよ」

「本人たちに言ったら怒られるぞ」

「いや、どっちかっていうと刺さってた」

「事後かよ」

もう一度顔を見合わせてくすくすと肩を揺らす。

冗談はさておき、となずなが言った。

「脚本なんだけど、いざやり始めてみると白雪姫って思ってたよりアレンジ難しくてさ」

俺は少し考えてから口を開く。

「まあ、よく考えたらヒロイン途中からずっと寝てるしな」

「そうそう、でも毒りんごのくだりなくすわけにはいかないじゃん？」

「白雪姫といったら魔法の鏡と毒りんごだからなぁ」

なずなが困ったように肩をすくめる。

「ということで、もうしばらくは応援団のほうに集中してて大丈夫。千歳くんたちもなにかいいアイディアがあったら教えてくれると助かるかも」

「わかった、七瀬たちにも伝えておくよ」

「うん、一応グループLINEのほうにも流しておくね」

俺は賑やかで華やかな教室を見回して言った。

「資材運びとか力仕事手伝おうか？」

その言葉に、なずなは呆れた顔で息を吐く。

「いいんじゃない、そんなの亜十夢たちにやらせとけば。千歳くんたちにはうちの看板張ってもらうんだから、休めるときは休んでおきなよ」

「そっか、帰る前に一応声だけはかけてみる」

「うん、千歳くんまた明日ねー！」

なずなの言葉に軽く手を上げて応えると、ちょうどでかい板を担いだ亜十夢が教室に入ってくるところだった。

「よう、真面目にやってるみたいだな」

近寄って声をかけると、不機嫌そうな目をこちらに向ける。

「チッ、あいつがうるせえんだよ」

亜十夢の視線の先にいるのはなずなだ。

俺は苦笑して口を開く。

「お前って、意外と尻に敷かれるタイプなんだな」

「ぶっっっっっっ殺すぞ!!!!!!」

板を担いだ亜十夢が身動きとれないのをいいことに続ける。

「お下品な言葉使ってるとなずなちゃんに言いつけちゃうぞ」

「よしくたばれ」

「あぶねぇッ?!」

こんなところで板ぶん回すんじゃねえよ。

しかもちゃっかりまわりを確認してから俺だけ狙いやがって。

それはそうと、と切り替えるように言う。

「なんか手伝うか？」

「はッ、誰がお前の手なんか借りるか」

「まあツンツンすんなって」

「暇なら帰ってバットでも振ってろ」

「急にやさしさ見せんなよ、朔くんきゅんとしちゃうぞ」

「てめぇの相手してるほうが疲れるんだよ！！」

まあ、こいつがそう言うなら大丈夫なんだろう。

「わかったよ、邪魔したな」

立ち去ろうとしたところで、

「おい」

亜十夢が俺を呼び止めた。

「応援団のほうはどうなんだ？」

その意外な問いかけに思わず苦笑する。

「楽しみにしとけよ、とびきりいかしたパフォーマンス見せてやる」

亜十夢がふんと小さく鼻を鳴らす。

「やる以上は退屈させせんじゃねえぞ」

「なあ、お前って最後にデレて締めないと気が済まないの？」

――ぶおん。

問答無用で振り抜かれた板をひょいっと躱して、俺は教室を抜け出した。

＊

昇降口に向かって校舎を歩いていると、学校全体がそわそわと浮かれ気分だ。

誰も彼も、たとえばシャツのボタンをいつもよりひとつふたつ多めに外していたり、スカートの丈が心なしか短かったり、髪飾りが彩り華やかだったり、早めにできあがったクラスTシャツをさっそく見せびらかしていたり……。

そこかしこがハレの予感に染まっている。

まだ制作途中の立て看板やペンキに絵の具、どこかの教室から漂ってくるホットケーキの甘い匂い、渡り廊下でアカペラの練習をしている五人組。

窓から見下ろす駐車場では、造り物の制作も順調に進んでいるみたいだ。

上の階から響いてくる吹奏楽部の演奏が、いつものクラシックとは打って変わって耳馴染みのあるヒットナンバーばかりになっている。

いまごろ優空はちゃんとサックスを吹けているだろうか。

あの調子だとろくに腕も上がらないんじゃないかって気がするけど。

ふと、中学のころ野球の大会に駆けつけてくれた吹奏楽部を思いだす。

ベストフォーぐらいまでいくと、攻撃のときに演奏で応援してくれるんだよな。

選手ごとにテーマ曲を変えて、俺の打席ではWhiteberryの『夏祭り』だった。

テレビで見る甲子園とかプロの試合みたいでうれしかったっけ。

懐かしい記憶に身を委ねながら昇降口で靴を履き替えた。

いつのまにか、野球のことを素直に思い出せるようになっている。

去年は無味無臭だったけど、本来、学祭の準備期間というのはこういうものだ。

過去といまと未来が入り交じった非日常。

長くて短い前夜祭。

旅行は計画しているときが一番楽しいなんて言うけれど、学祭だって同じだ。

校外祭、体育祭、文化祭。

たった三日間のためにほとんど二か月ぐらいを費やして、ああでもないこうでもないとみんなが駆けずり回る。

いざ当日を迎えたら、あっという間に過ぎ去ってしまうんだろう。

――だからきっと、俺たちが十年後に思い返すのはいまこういう日々だ。

学校祭も体育祭も文化祭もほとんど覚えてはいなくて、ただ仲間たちと積み重ねた時間ばかりが浮かび上がってくるんだろう。

当日のパフォーマンスがいい感じに決まった、観ている人たちが盛り上がっていた、高得点をつけてもらえた。

……じゃ、なくて。

夕湖の家で合宿したね、うっちーのご飯が美味しかった、夜の公園は暗かったよ、みんなのパジャマをまだ覚えてる、次の日は千歳と紅葉がいつまで経っても起きてこなかったし、筋肉痛で腕が上がらなかった。

そういえばあのとき流れていた曲はなんだっけ？

なんて、な。

とんとん、スタンスミスのつま先で地面を叩き、俺は顔を上げる。

できるだけ大切にしよう。

意識していないと素通りしてしまう一瞬さえ、いちいち立ち止まって写真を撮り溜めておくみたいに。

そんなことを考えながら昇降口を出ると、

「せーんぱいっ」


柱にもたれかかっていた紅葉(くれは)がぱたぱたと駆け寄ってきた。

俺は少し驚いて口を開く。

「なんだ、陸部は休みなのか?」

デイパックのストラップに手をかけながら紅葉が元気よく答える。

「はい!」

偶然ばったり、というわけでもなさそうだ。

「もしかして、俺のこと待ってた?」

「ですです!」

短い受け答えを繰り返す後輩に苦笑して尋ねた。

「えと、なんで……?」

紅葉は照れるでもなく素直に答える。

「もし先輩がよければ、全体練習の前にもう一回ペアダンス合わせておきたいなって」

「ああ……」

それでようやく納得した。

いちおう他のみんなも振り付けは覚えたが、ペアダンスに関しては基本的に俺たちがお手本を見せることになっている。

紅葉の踊りはほぼ完璧だったけど、それでも本人は落ち着かないってことだろう。

「じゃあ、帰り道に適当な公園でも寄るか」

「はい、よろしくお願いします！」

*

俺たちはひとまずいつもの河川敷を並んで歩いていた。

今日は応援団が休みなので、ふたりとも自転車はない。

ちなみに家は同じ方向だ。

水門の近くに差しかかったところで、ふと思いついたように紅葉が言う。

「先輩、あそこで練習しませんか？」

そう言って指さしたのは、明日姉と話すときの定位置だった。

俺がなにか答えるよりも早く、紅葉が続ける。

「先輩と明日風さん、ときどきあそこでお話ししてますよね。それがすごく絵になってて素敵だなって、ずっと憧れだったんです」

言われてみれば、と思う。

紅葉がここを通学路にしているのなら、見かけたことがあっても不思議じゃない。

俺はちょっと困って頬をかく。

「にしても、あそこじゃ狭いだろ。足踏み外して川に落ちたら笑えないぞ」

また考えすぎだと言われたらそれまでだけど、明日姉と過ごしてきた日々を想うとどうしても躊躇いが生まれてしまう。

優空が追いかけてきてくれた夕暮れの例外を除けば、俺はあの人以外とあの場所に座ったことはない。

表情からこっちが考えていることを察してしまったのか、紅葉はしゅんと声を弱める。

「……あ、ごめんなさい」

シャツの袖を握り、申し訳なさそうに続けた。

「ここで待ってれば、もしかしたら明日風さんにも会えるかなって思ったんですけど」

顔を上げた紅葉が、無理して明るく振る舞うように言った。

「やっぱり公園探しましょっか、先輩！」

まいったな、と俺はばつが悪くなる。

後輩にまた変な気遣いをさせてしまった。

それに、紅葉が言ってることにも一理ある。

ここで練習していれば明日姉に会えるかもしれないし、あの人を待ってるんだと考えれば自分のなかでも折り合いをつけやすい。

ちょうど、急に慣れない身体の動かし方をしたせいでどこか痛めてたりしないかも心配していたところだ。

よし、と切り替えて俺は口を開いた。

「練習しながら明日姉を待つか」

紅葉はぱっと顔を華やげて、うれしそうに目を細める。

「はい！」


俺たちは護岸の中段まで下りた。

夕暮れと呼ぶにはまだ早いけれど、陽が少し傾き始めている。

水面をそよぐ風は日増しに涼やかさをまとい、着実に秋を運んできていた。

それぞれのデイパックを端に並べて、紅葉がスマホのスピーカーで音楽を再生しはじめる。

——ちゃぷん。

どこかで水音が響き、ふとあたりが静けさに包まれた。
車も人も猫もカラスも、すべての流れが同時に途切れ、季節の隙間みたいな空白が訪れる。

「ねえ、先輩?」

紅葉がすっと手を差し出して、どこかぞっとするほど大人びた表情で微笑んだ。

「ここからはじめましょう」

ほんの一瞬、息を呑んで目を奪われていたことに気づき、ふたたび流れ始めた時間を確認するように、河川敷沿いを歩いてきたうちの生徒のほうへ目をやった。

「これだけ人目があると照れくさいな」

俺の軽口を遮るみたいに、紅葉が自ずからそっと手をとる。

とろりと潤んだ瞳で、耳朶を撫でる声色を紡ぐ。


「見せつけてあげればいいじゃないですか」

そうしてまるで誘うように、ぴたりと寄り添う一歩を踏み出した。

*

私、西野明日風は、重い身体を引きずりながら軽やかな気持ちで下駄箱の前に立っていた。

こんなにわかりやすい筋肉痛なんていつぶりだろう。

目が覚めたときには起き上がるのさえ辛くて、そんな自分がおかしくて、思わずひとりでけたけた声を出して笑っちゃった。

今日はお休みか、と少し寂しく思う。

きっと私や優空さん、山崎くんに気を遣ってくれたんだろうけど、べつに練習してもよかったのにな。

そんなことを考えながら、一番高い位置にある自分の下駄箱になにげなく手を伸ばし、

「——ッッッ」

声にならない悲鳴を上げた。

……えと、ごめんなさい、いまの嘘です。

あいたたと私はやさしく右腕を揉んだ。
こんな調子じゃまともな練習にならなかったな。
君は帰ったあとにもまたバットを振ったんだろうか。
運動部ってすごい、と苦笑する。
今度は慎重にゆっくりと靴を取り出し、それを履いて学校を出た。
昨日まではみんなといたのに、今日はひとりぼっち。
だけど明日からはまた、あの輪の中に戻れる。
ふふ、と私は口許に手を当てた。
短くて長い二日間の合宿を思いだすとつい頬が緩んでしまう。

君といっしょにいられたのはもちろんだけど、青海(あおみ)さんや、優空(ゆあ)さんや、みんなとかけがえのない時間を共有できたことがなによりうれしい。

やっと、君たちの物語に名前を並べられた。


それから、と空を見る。

朔(さく)くんがかんたんに心を決められない理由も、よくわかった。

君たちはみんな、誰もがお互いを思いやり、自分の居場所も誰かの居場所も大切にしながら過ごしているんだ。

優空さんと話していて気づいたことがある。

彼女もあの河川敷を通学路にしているはずなのに、少なくともこの一年間。

私と君が話しているとき、ただの一度も話しかけてきたりはしなかった。

もちろん、単純に声をかけづらかった可能性だってある。

だけど実際に優空さんと語ってみてわかった。

きっとあのやさしい女の子は、私たちの居場所を、時間を、尊重してくれていたんだ。

いつか頭をよぎった考えが、少しだけ形を変えて蘇ってくる。

君たちに触れれば触れるほどに、望んでしまうんだ。

たとえばこういうみんなのままでは、いられないんだろうか。

私たちはどうしても、男の子と女の子として答えを出さなきゃいけないんだろうか。

それが一時的な先延ばしであることも、傷つくことを恐れた甘えだってことも、本当はちゃんと理解している。

どれだけ苦しくたって、いつかは決断の日がくるんだろう。

私の場合、あと半年以内にはなんらかの選択をしなきゃいけない。

でもあともう少しだけ、せめてこの学祭が終わるまでぐらいは。

私も私たちのひとりでいられたらいい。

そんなことを考えていたら、いつもの河川敷に差しかかっていた。

もしかしたら、と泡沫(うたかた)の期待をしてしまう。

——今日は君と会えるかもしれない。

どこまでも面倒見のいい朔兄のことだ。

きっと運動があんまり得意じゃない私のことを気にかけてくれているだろう。

だけど同じぐらい素直じゃない人だから、「ちゃんと着替えはできた？」とか「改札抜けられなくて困ってない？」なんて軽口に乗せてくるかもしれない。

いつもみたいにむくれるのもひとつだけど、たとえば。

たまには幼い夏の日みたいな素直さで頼ってみたら、君はもしかして、

「え……？」

ペアダンスの、練習に、付き合って……。


どさっと、鞄の落ちた音がする。

そのままふらっと足下が覚束なくなって、橋のガードレールに手を突いた。


——どくっ。

うそ、どうして。

目の前の光景が簡単には受け入れられず、何度も目を瞬(しばたた)かせる。


どくん、どくん、どく、どく、どっどっどっど。


頭はやけに覚めているのに、動悸(どうき)が止まらない。

呼吸が浅くなり、うまく息ができなくて、それを意識すればするほどにまた心臓が高鳴る。

だって、そこは、なんで。


私たちの居場所で、君が望さんと踊っているの？

まるでふたりでひとつの月影みたいに重なって、繋(つな)がって、寄り添いながら――。

私たちの居場所を踏み荒らしているの？

あそこにいる女性(ひと)は誰、と私は心臓のあたりを握りしめる。

ここから君の顔は見えない。

だけどその手をとっているのは、間違いなく私が知ってる無邪気な後輩の女の子じゃない。

あの表情は、あの瞳(ひとみ)は、あの身体(からだ)は。


――匂い立つような色気を漂わせた、ひとりのおんなだ。


なぜだろう、その瞬間。

連れていかないで、と心のなかで祈るように叫んだ。

私たちの知らないところで、私たちの知らないうちに、彼女が君を知らない場所まで誘(いざな)ってしまうように感じたから。


朔望(さくぼう)。


優雅に踊り続けるふたりを見ながら、不意にそんな言葉が胸を刺す。

まるで月の満ち欠けみたいに巡っている。

過ごした時間、交わした言葉、流した涙さえ、まるごとかき集めて膨らんでいくように。

ふと、私に気づいた望さんが踊りをやめてぶんぶんと大きく手を振った。

「明日風(あすか)さーんっ！」

寒気がする妖艶(ようえん)さは幻のように立ち消え、この二日間をいっしょに過ごしてきた無邪気な後輩の顔に戻っている。

そうだよね、私の考えすぎだ。

逢魔時(おうまがとき)にもまだ早い。

きっと疲れが抜けていないんだろう。

私は鞄(かばん)を拾い、小さく手を振りながらふたりのところまで下りていく。

どくんっ、どっ、どくっ、どどっ。

望(のぞみ)さんがへへっとうれしそうに笑う。

「先輩といっしょに明日風さんのこと待ってたんですよ！」

やっぱり、そういうことだよね。

私、なにをひとりで空回って深刻な顔してたんだろう。

君が少しだけ照れくさそうな顔をする。

「紅葉がペアダンスをもう少し合わせておきたいってさ。ここで練習してたら明日姉に会えるかなって」

うん、私も今日は会える気がしてたんだ。

君もそう思ってくれていたなら、うれしいな。

どくどくどくどくどくどく――――。

望さんがはしゃぐように言った。

「この場所、すっごく雰囲気いい感じですね！」

じゃり、ざり、と無邪気にこの場所を踏みながら近づいてきて続ける。

「ねえ明日風さん？　これからは私もお邪魔させてもらっていいですか!?」

「……め、て」

それが誰の口からこぼれた言葉なのかもわからないままに、

「やめてよッッッッッ!!!!!!」

気づけば私は拳を握りしめながら、ほとんど裏返りそうな声でそう叫んでいた。

「え……？」

君と望さんの困惑した顔が目に映る。

「あ……」

私は、いったい、なにを。

朔くんと望さんの顔がみるみるうちにしゅんと沈んでいく。

違うの、待って、こんなこと言うつもりじゃ……。

朔くんが叱られた子どもみたいな顔で唇を嚙む。


「ごめん、明日姉。あの、なんていうか……」


それを遮るように望さんが頭を下げた。

動揺を必死に押し殺しているように丁寧な口調で言う。

「明日風さん、調子に乗ってしまって本当にすみませんでした。ここがおふたりにとって特別な場所なんだってことは知っていたのに」

お願いだから、そんなふうに謝らないで、いまのは私が……。

頭を下げたままで望さんが続ける。

「でも、先輩は悪くないんです。強引にお願いしちゃったから、仕方なく付き合ってくれて。

だから責めるなら私だけにしてほしいです」

苦しい、上手に息ができない、動悸が止まらない。
いつも私はどんなふうに呼吸していたんだっけ。
こんなときこそ、言葉を紡がなきゃいけないのに。
自分の非を詫びて、できるなら君みたいな軽口で場を和ませて、それから……。
朔くんが泣き出しそうな声を搾り出す。

「違うんだよ、べつに明日姉のことを考えてなかったわけじゃなくて……」

君の哀しそうな顔に堪えきれなくなって、

「ごめんなさいッ！」

その言葉を途中で遮ってしまう。

「明日、必ずふたりに謝るから。

できれば今日のことは忘れてくださいっ！」

そのまま乱暴に頭を下げて、私は駆け出す。

「明日姉ッ！」
「明日風さんっ！」

嗚呼、なんて惨めなんだろう。
ふたりの声を背中で拒絶しながら、思う。
男の子と女の子として答えを出す必要があるんだろうかなんて甘えてたくせに。
もうしばらくはこのままでなんて日和っていたくせに。

ぼろぼろと流れてくる涙を止めることはできなくて、振り切るように走る。

私だって、どうしようもなく恋するひとりの女じゃないか。
無邪気な後輩にみっともなく嫉妬して、傷つけて、先輩失格だ。
あそこは私と君の居場所なんかじゃない。

誰でも座って腰を落ち着けられるただの河川敷だ。

いったいなにを勘違いしていたんだろう。

確かなものなんて、私だけの特等席なんて、どこにも在りはしないのに。

げほ、えほ、と嘔吐くように酸素を求める。

痛くて切なくて哀しくて腹立たしくて、いっそ幻のままで消えてしまいたい。


私はずっときっとこれまでもこれからも。

——君の明日姉でいたかったのに。

*

私、七瀬悠月は週明け月曜日の夜、千歳に電話をかけていた。

明日から始まる応援団の全体練習について、少し摺り合わせをしておこうと思ったからだ。

いつもより長めに呼び出し音が鳴り、あいつが出る。


「やあ」

『…………ああ、うん』

そのたったひと言で、なにか様子がおかしいことに気づく。
反応がいつもより鈍いし、声もどんより沈んでいる。
「どうしたの？」
千歳はしばらく押し黙ったあと、どこかぼうっと口を開く。

『……いや、ごめんなんでもない』

「いいから、吐け」

私の言葉に、また短い沈黙が流れる。
千歳はどこか躊躇うようにぽつりと漏らした。

『俺が軽率だったんだよ』
「軽薄なのはいつものことだけどね」

それでようやくかけ合いの調子が整い、笑みに似たため息がふと零れる。

観念したように千歳が切り出した。

『明日姉を、怒らせちゃってさ』

「え……？」

予想すらしていなかった台詞に、思わず固まる。

千歳の様子から察するに、ちょっとすねてしまったという程度の話じゃないんだろう。

あの穏やかで知的な西野先輩が感情をあらわにするなんて、そうかんたんに想像はできないけれど……。


「千歳、その、確認だけど、ちゃんとやさしいキスから始めた？」

『真面目くさった口調でなに言っちゃってんの？』

ふうと、千歳もようやく肩の力を抜いたらしい。

『さんきゅ、七瀬。おかげで少し気が紛れたよ』

「深刻な物事はしょうもないジョークに貶めるって、誰かさんに教えてもらったから」

『なるほど、あとでそいつにも礼を言っておく』

それで、と私は続ける。

「なにがあったの?」

『情けない話なんだけどさ……』

千歳(ちとせ)は今日の放課後にあったことをゆっくりと話してくれた。

どちらの言い分もわかるというか、ちょっとやるせない。

紅葉(くれは)も、千歳も、ちゃんと西野(にしの)先輩のことを考えていて、だけど互いに少しだけボタンをかける穴がずれてしまったような……。

すべてを聞き終えてから私は口を開く。

「こう言っちゃなんだけど、誰も悪者がいないただのすれ違いだよ」

思わずかっとなってしまった西野先輩の気持ちもわかる。

私が千歳と紅葉のペアダンスを見たときみたいに、まるで自分の居場所を奪われたように感じてしまったんだろう。

それが無邪気な後輩だとしても、いや、無邪気な後輩だからこそ——。

ほんの一瞬、怯(おび)えてしまったんだと思う。

その無邪気さを振りかざして、私たちの足並みを乱されるんじゃないかって。

暗黙のお作法を知らない抜け駆けで、束の間の平穏が崩れちゃうんじゃないかって。

はあ、と私は私にため息を吐(つ)く。

なんて、ありありと共感してしまう自分にはかなりうんざりするけれど。

「きっといまごろ頭を冷やして後悔してるんじゃないかな」

『後悔するべきは俺のほうだよ……』

確かに紅葉は千歳によく懐いている。

だけどそれは私たちに対しても同じだし、なんなら水篠と話すときのほうが緊張しているようにさえ見えた。

飽きるほどにさらされてきたおかげで、色恋をはらんだ視線にはわりと敏感なほうだ。

そんな私から見ても紅葉の千歳に対する態度は、引っかかるところがないとは言わないまでも、あくまで懐っこい後輩の域を出ていないように思える。

そもそも、と短く息を吐く。

私とよく似ているこの男が、そのへんに鈍感であるわけがない。

偽物の恋人を持ちかけたときだって、まどろっこしく何重にも予防線を張っていたぐらいだ。

媚びを含んだまなざしを向けられていたらとっくに自分で線を引いてると思う。

そうじゃないからこそ、千歳もあまり紅葉を邪険にできないのだろう。

「明日になればきっと西野先輩のほうから謝ってくると思う。そしたら千歳と紅葉も謝って解決。あんまり深刻に考えないほうがいいよ」

『こっちから連絡して謝ろうと思ってたんだけど……』

「ううん、それは余計に向こうを追い詰めちゃうだけだからやめたほうがいい」

もしも私だったら、自分が悪いのに謝らせてしまったってなおさら落ち込むはずだ。

『……そっか』

「そうだよ」

それから私たちは、手短に明日の流れを打ち合わせした。

最後に少しだけすっきりした様子で千歳が言う。


『ありがとう、七瀬』

「おやすみ、千歳」


大丈夫だよ、私たちの九月はまだ終わらない。

＊

翌日の放課後は学祭準備に充てるため、全校的に部活が休みだった。

俺、千歳朔をはじめとした青組の応援団一同は第二体育館に集合している。

一年から三年の全員が揃うのは顔合わせ以来だ。

明日姉と会うのは少し怖かったけれど、七瀬の言ってたとおりだった。

体育館に入るなり俺と紅葉のところに駆け寄ってきて、

『昨日は本当にごめんなさい！

……私、どうかしてた』

と頭を下げられてしまう。

俺と紅葉も慌てて謝罪の言葉を並べ、三人で輪っかになってぺこぺこしていた。

なにはともあれ、気まずくならなくてよかった。

雨降って、というわけじゃないけれど、紅葉となにやら楽しげに話している明日姉を見てほっと胸をなで下ろす。

そうして俺たち二年、明日姉、紅葉の面々が通しで踊りのお手本を見せた。

ペアダンスまで終わると、一年生と三年生がどっと湧く。

ぱちぱちと手を叩きながらあちこちで声が上がる。


「めちゃくちゃかっけえ！」

「てか先輩たち上手すぎ」

「しれっと千歳先輩とペアになってる紅葉ずるくない!?」

「覚えるの大変そうだけど決まったら絶対優勝できるよこれ!」


俺は七瀬と顔を見合わせて頰を緩めた。

みんな気に入ってくれたみたいだ。

それからはまず全体で順に振り付けのポイントを説明し、いくつかのチームに分かれて個別練習に移る。

二年と明日姉、紅葉がみんな指導側に回れたことでずいぶんやりやすかった。

やっぱり合宿してよかったな、とあらためて思う。

この調子なら、本番までに全員きっちり仕上がるはずだ。

そのまま日暮れ前まで練習し、今日のところは早めのお開きにした。

ぱらぱらとみんなが体育館を出て行くなか、近寄ってきた陽が言う。

「ねえ千歳、東公園寄ってかない?」

「いいけど、どうした?」

「久しぶりにキャッチボールしようよ」

「ああ、今日はずっと教える側だったもんな」

部活もなかったたし、動き足りなくて消化不良なんだろう。

陽が相方のほうを見る。

「悠月(ゆづき)も来るっしょ？　そのままカツ丼食べて帰ろ」

七瀬はあっさりその提案に乗った。

「おっけ」

ふと、陽が近くでうずうずと話を聞いていた後輩に目をやる。

「まだ元気あるなら紅葉も来る？」

紅葉はぱっと表情を華やげた。

「いいんですか!?」

陽が偉そうに胸を張る。

「ふふん、陽ちゃんがキャッチボールの極意を教えてしんぜよう」

「お前もまだルーキーだろ」

つっこみながら、思わずふっと微笑(ほほえ)む。

明日姉との一件で少し不安になっていたけど、やっぱりみんな、後輩として紅葉のことを受け入れているみたいだ。

＊

いまはこのぐらいの関係でいい、と私、青海陽(あおみはる)は思う。

相方、後輩、それから愛するあんた。

四人並んで、夕暮れ道に自転車を走らせる。

悠月(ゆづき)には悠月の、西野(にしの)先輩には西野先輩の、みんなにはみんなの大切な居場所があるように、私にだってふたりでたどり着いた夏があるんだ。

たとえ季節は過ぎてしまったとしても、熱はこの胸に残っている。

ひとまず千歳(ちとせ)の野球にけりはついたのに、それでもときどきキャッチボールに誘うのは、きっと確かめたいんだと思う。

ここが私の居場所なんだって、少なくともこういう形であんたと繋(つな)がれるのは自分だけなんだって、そんなふうに。

しばらく走って東公園に到着し、ふと思いだして私は相方に言う。

「ナナ、そういえば明後日の練習に舞(まい)が来るって」

悠月は怪訝(けげん)そうに眉(まゆ)をひそめた。

「なにしに？」

「……さあ？　遊びに？」

「あんたたちはうちのホームをなんだと思ってるんだ」

その言葉を笑って受け流しながら、私はグローブをはめる。

最初はあんなに硬かったくせして、最近はずいぶんやわらかく素直になった。

まるで私とあいつみたいだ、とうっかりにやけそうになってしまう。

悠月と紅葉は近くのベンチに腰かけた。

こういうところだよな、と相方を見ながら思う。

似たような機会は何度かあったのに、悠月はただの一度も私たちのキャッチボールに混じろうとはしなかった。

運動神経は折り紙つきだし、同じ体育会系でも私より器用で要領がいいタイプだから、やり始めたらすぐに上達するだろう。

見てるだけってのも退屈に決まってるし、なにより千歳の世界に触れてみたいと思わないわけがない。

それでも、と私はボールを握る。

悠月は線を踏み越えてこない。

多分、私の領分だと思ってくれてるんだろう。

悠月がちょくちょく千歳の家を訪ねていても私がそれに倣わないように、まるで互いのポジションの役割を守っているように。

恋と友情のあいだで、みんなが上手くバランスを保っている。

「いっくよー！」

私はそう言ってボールを投げる。

まだまだ山なりだけど、けっこうコントロールもよくなってきた。

——ぱすっ。

千歳(ちとせ)のグローブにボールが収まる。

「ナイスボール」

言いながらぴゅっと投げ返してくる。

最近はあいつの球が少しだけ速くなっていて、それが上手(うま)くなってるぞって褒(ほ)められてるみたいでうれしい。

よおしと意気込んでグローブを突き出すけれど、ちょっと焦りすぎたのか親指の部分に当たって弾いてしまった。

ころころと転がっていくボールを紅葉(くれは)がたかたかと拾って持ってきてくれる。

「はい、陽さん」

「さんきゅ、紅葉」

千歳がこっちを見て言った。

「まだボールを摑まえに行こうとしてるぞ。どっちかっていうと軌道上に構えてそこに入ってくるのを待つイメージだ」

「把握」

――ひゅっ、ぱすっ。

――ぴゅっ、ぱちん。

千歳を励ますつもりで始めたふたりのキャッチボールは、いつのまにか私にとっても愛おしい時間になっていた。

始業式の日、悠月(ゆづき)のないしょの話ってやつにぷんすこしたけど、いいもんね。
これはあんたにも、夕湖(ゆうこ)にも、うっちーにも、西野(にしの)先輩にもできない。

私とあいつだけのないしょ話だ。

あいつの機嫌がいいときは、調子に乗って変化球や高いフライを投げてくる。
あいつがむっとしているときは、心なしか球も荒れ気味。
あいつが私を見ているときは、胸元にとくんとあったかいボールが届く。

他の女の子たちが誰も知らない、私だけのあいつ。

やっぱりいまは、ただそれだけで充分に満たされている。

そうしてしばらくキャッチボールをしながら、ふと後輩の存在を思いだす。
いけね、うっかり悠月とまとめてほったらかしにしてた。
私はちょいちょい手招きしながら叫ぶ。

「紅葉(くれは)ーっ」

「はい！」

紅葉がうれしそうに駆け寄ってくる。

私はグローブを外しながら言う。

「もしよかったら、ちょっとやってみる？」

「いいんですか!?」

普通の女の子だったら危なっかしくてそんなことさせらんないけど、合宿で見ていて、悠月みたいに器用で運動神経のいいタイプだってことはよくわかった。

千歳(ちとせ)がうまく加減してくれるはずだし、問題ないだろう。

紅葉がうきうきとした顔でグローブをはめた。

硬球を手のひらに乗せ、物珍しそうにころころと転がしている。

私はかつての自分を懐かしく思いだしながら口を開く。

「いいかね紅葉くん。女子によくあるパターンなんだけど、砲丸投げと違ってボールは押し出すように投げるんじゃない。こう身体(からだ)を捻(ひね)って投げる瞬間に反対の手を引く！」

顔を上げた紅葉が待ちきれないといった表情で笑った。

「ですよね！　承知しました！」
離れたところにいる千歳が呆れたようにつっこむ。
「どっかで聞いた説明だなおい」
三人でぷっと吹き出し、紅葉が構えた。

え、構えた……？

まるでピッチャーみたいに大きく振りかぶり、足を高く上げて、がばりと扇のように身体を広げ、弓のように腕をしならせ矢のように放つ。

——ビシュッ。

——スパァンッ。

千歳のグローブが乾いて澄み切った音を鳴らす。

「え……？」

目の前で繰り広げられた光景が受け入れられず、思わず間抜けな声を漏らす。
それは千歳も同じだったみたいで、

「なっ……」

グローブに収まったボールを見ながら固まっていた。
紅葉のフォームは、投げた球は、さすがに本気の野球部に引けをとらないとまでは言わないけど、アップのキャッチボールぐらいのこなれ感は充分にあった。

——どっ。

どっ、どっ、どっ、どっ。

不意に、左胸の鼓動が走り出す。
ボールをころころともてあそびながら千歳が言った。

「なんだよ紅葉、経験者だったのか？」

紅葉は慌てて両手を振る。

「まさか。お兄ちゃんが少年野球をやってて、よくキャッチボールの相手とかバッティングピッチャーやらされてたんですよ」

……なにそれ、ずるじゃん。

「へえ？　本格的な指導も受けてないのに大したもんだ」

褒めないで、そんなふうに褒めないでよ。

「兄がけっこう教えたがりな人で、私も運動好きだったし呑み込み早かったんですよね」

だろうね、私より踊り覚えるの早かったし。
千歳がどこかはしゃぐように言う。

「じゃあ、硬球は初めてか？」

はい、と紅葉は躊躇いがちに答える。

「思ってた以上に硬くて、ちょっと怖いです。陽さんすごいですね」

そんなお情け、いらないから。

偉そうにアドバイスなんかして馬鹿みたいじゃん、私。

千歳がふっと口の端を上げて、

「なら、軽めからいくか」

紅葉にボールを投げ返す。

――ぴゅっ。

軽めって言ったくせに、なんで、あんたは。

——どくっ、どっ、ばくん。

さっきまで私に投げてたのと同じぐらいの球を放るんだよ。

——ぱちん。

紅葉がなんなくそれをキャッチして言う。

「このぐらいなら、まだぜんぜん平気ですよ！」

このぐらい、と私は唇を噛みしめる。

紅葉はもう大仰な構えはせず、しゅっと軽やかに投げ返す。

それがぱちんとグローブに収まって、千歳がいたずらっぽく笑った。

「ちょっと上げていってもいいか？」

「はい！　望むところです！」

千歳が試すようにさっきより速いボールを投げると、

――ぴしゅっ、すぱぁん。

華麗に紅葉がキャッチして、そのまますると返球する。

――ビシュッ、スパァン。

千歳がにっと口の端を上げた。

「まだいけそうだな」

「いけるとこまでいきましょう！」

こんなのは、と思う。

——スン、パッ。

——ビシュッ、スパァン。

どこまでもうれしそうに、千歳(ちとせ)が言う。

「これはどうだ？」

「受けて立ちます！」

——ビシュッ、スパァン。

「コントロールもいいんだな、紅葉(くれは)」

「退屈させませんよ、先輩」

こんなのは、おままごとのないしょ話じゃない。

千歳の投げた球をやわらかく受け止め、そのまま流れるように投げ返す。

——ピッ。

調子に乗ったのか、紅葉の送球が大きく逸（そ）れた。

ふっ、と意地悪く口を歪（ゆが）める自分を、どこか遠くから醒（さ）めた目で眺めている自分がいる。

千歳はまるで紅葉を抱き止めようとするみたいに横へ飛ぶ。

グローブの先でボールを掴（つか）まえ、そのままくるりと転がって膝（ひざ）立ちのままで投げ返した。

今度は千歳の送球が逸れて、紅葉が飛ぶ。


——こんなのは、どこまでも優雅なふたりきりの舞踏会だ。


ひらりと制服のスカートがはためき、紅葉の艶（つや）めかしい太ももが露（あら）わになる。

ふと、どうしようもなく、後輩が女に見えた。

やわらかそうな唇、ふっくらと揺れる胸、引き締まったウエストのくびれ、きゅっと上がったお尻（しり）にそこからすらりと伸びた脚。

暮れなずむ空の下で千歳と向かい合う姿は、泣いちゃいそうなぐらい様になってる。

そんなのって、ずるいじゃん。

知らず知らずのうちに、爪（つめ）が食い込むほど固く拳（こぶし）を握りしめる。

だったら私の取り柄まで、奪わないでよ。

にっと、千歳が野球少年のように笑う。

「これなら本当にバッピぐらいできそうだな」

お願いだから、その顔を他の女に見せないで。

「先輩がお望みならいつでもお供しますよ！」

望むなら、私を望んでよ。

「そりゃあいい。亜十夢はいちいちめんどくさいからな」

ねえ、ここにいるじゃん。

「じゃあ、私が付き合ってあげますね！」

あんたに付き合えるのは、私だけじゃなかったのかよっ――――。

ふたりでたどり着いた夏が、秋に染められていく。
木々が少しずつ華やぎ、やがて散っていくように。
私たちの季節が遠ざかっていく。
行かないで、置いてかないでよ、こっちを見て。

「……して」

気づけば私は紅葉に詰め寄り、

「返してよッッッッッ!!!!!!」

その華奢な手からグローブをひったくっていた。

「――ッ」

ふたりの息を呑む気配が伝わってきて、はっと我に返る。

あれ、私、いま……。

紅葉が怯えるような目でこっちを見ている。

強引にグローブを引き抜いてしまったから痛かったんだろう。

意識しないとわからない程度にこっそりと左手をさすっている。

私に対するその気遣いが、逃げ出したくなるような申し訳なさと吐きそうなほどの後悔に変わって胸に突き刺さった。


――どっどっどっどっどっどっ。

紅葉が哀しげに目を伏せながら、別人みたいに弱々しい声で言う。

「あの、陽さん、私、お借りしたグローブを雑に扱ってしまったでしょうか?」


違う、違うんだよ。

あんたはなにひとつ悪くない。

だからお願いそんな顔しないで。

——ばくっ、だくっ、ばくんっ。

動悸(どうき)が止まらない、胸が苦しい。
早く謝らなきゃ、できれば冗談に変えなきゃ。
そう考えれば考えるほどに言葉が出てこない。
この空気をどうにかしようとしてくれているんだろう。
千歳(ちとせ)がわざとへらへらした声で言う。

「なんだよ陽、紅葉が上手(うま)かったからってやきもちか？」

ちゃんと伝わってるよ、あんたの気持ち。
そういうことにしようとしてくれているんだよね。
乗っかって笑えばいい、いつもみたいにむきーっと言い返せればいい。
だけどごめん、それは、

「うっさいッッッ!!!!!!!!」

それは、ただの、事実なんだよ。

私はグローブを抱きしめて、逃げるように駆け出す。

「陽ッ！」

「陽さんッ！」


ごめん、千歳。

ごめん、紅葉。

私が私に戻れたら、あとで絶対に頭下げるから。

視界の端に悠月のなにか言いたげな顔がちらりとよぎる。

わかってるよ、あんたに叱られなくたってわかってる。

エナメルバッグを引っ摑み、隠すようにグローブを押し込んでジオスにまたがった。

ぼろぼろと滲んでいく視界を振り切るようにペダルを漕ぐ。

なにやってるんだよ、私。

紅葉を誘ったのは自分だろ。

他の女の子に千歳の相手は務まらないだなんて、高をくくって。

それで自分より上手かったら癇癪起こすなんてださすぎでしょ。

でも、だけど、だって……。

この居場所だけは、誰にも譲りたくなかったんだよぉ。

ひっく、いっぐと喘ぎながら、ようやく気づく。
変わらない関係なんてない。
想い続けるだけの恋なんて無理だ。
両手に抱えたままで？
甘っちょろいこと言ってんじゃねえよ。
全部たまたまなんだ。
あのとき、あの七月、たまたま私が千歳のそばにいただけで。
紅葉が同じ学年だったら、同じクラスだったら。

「うわあああああああああああああッッッ」

──私は、あんたにとってたった、たったひとり、り、の、相棒でいたかったのに。

*

あの、馬鹿。

私、七瀬悠月は思わず舌打ちをして立ち上がる。

千歳とほとんど同時に紅葉のもとへ駆け寄った。

泣き出しそうな肩に手を添えて言う。

「気にしなくていいよ、いまのはあいつが悪い」

紅葉が不安げな瞳で私を見た。

「悠月さん、私……」

「大丈夫、そのうち頭冷やすから。あとで説教しておく」

しゅんと目を伏せる後輩をなだめながら、相方を想う。

ったく、そうじゃないだろ。

不安になる気持ちはわかる。

揺らいでしまったのも仕方ない。

だけどあんたが千歳と築いてきた時間は、キャッチボールの上手さひとつで崩れるほどやわなもんじゃないだろ。

それにしても、と小さく肩をすくめる。

八月を抜けて、穏やかな停滞に戻れたと思っていたけど、私たちの関係は危うい均衡の上に成り立っているんだってことがよくわかった。

昨日の西野先輩といい、まだ付き合いの浅い無邪気な後輩の存在によって、それが露呈してしまっているんだろう。

私は短くため息を吐いて口を開く。

「千歳」

名前を呼ぶと、気まずそうな顔をこっちに向ける。

「あんたも気にしないであげて」

千歳は困ったように言う。

「はしゃぎすぎたかな……」

いや、と私はゆっくりと首を横に振ってそれに答えた。

「いまのは千歳も紅葉も悪くない。本人だってきっとわかってる」

だから、と言葉を続けた。

「そのうち謝ってくるだろうから、あんまり重々しく受け止めずに軽い感じで許してやってよ。申し訳ないけど紅葉も頼める？」

ふたりは顔を見合わせてこくりとうなずく。

「……わかったよ」

「……はい」

　まったく世話の焼ける、と私は眉をひそめた。

＊

　翌日の放課後。

　俺、千歳朔は優空と並んで昇降口に向かっていた。

　ちなみに朝一から陽にめちゃくちゃ謝られた。

　七瀬に言われていたとおりあまり深刻には応じず、

『紅葉に負けないよう猛特訓だな』

『おうよ！』

　軽いやりとりにとどめておく。

　陽は昼休みになると速攻で弁当を食い、俺のグローブをふんだくって紅葉の教室に特攻。

心配して一応ついていったけど、動揺する後輩をグラウンドまで引きずっていってやっぱりめちゃくちゃ謝っていた。

仲直りの証ってことなんだろう。

そのあとはいっしょに昼休みが終わるまでキャッチボールをしていた。

ふたりが体育会系らしくさっぱりしててよかったと胸をなで下ろす。

でもその呼び出し方は生意気な後輩締めるときのやつだと思うぞ。

「朔くん、考えごと?」

隣を歩いていた優空が言った。

俺は短く首を振って答える。

「いや、もう解決したよ」

今日は優空の部活も応援団もないからいつもの買い出しに行く約束をしていた。

靴を履き替え、昇降口を出たところで、それぞれ練習着の七瀬と紅葉が話しているところに出くわす。

もしかしたら、念のために昨日のフォローを入れてくれているのかもしれない。

三人だけで仲よくカツ丼を食べるという空気でもなかったので、結局あのあとは東公園でそのまま解散した。

俺は七瀬に頼まれて紅葉を家まで送ったけれど、明日姉の件と続いたせいで、かなり凹んでいたから心配していたのだ。

紅葉が俺たちに気づき、すっかり元気になった声で叫ぶ。

「せんぱーい、優空さーん」

ふたりのほうに近づいていくと、うれしそうに言葉を続けた。

「おふたりでどこか行くんですか？」

それには優空が答える。

「うん、日用品と食材の買い出しして、そのまま朔くんのお家で作り置きできるおかずを用意するの」

「えー、そうなんですね！　あのっ……」

紅葉がなにかを言いかけて、気まずそうに押し黙った。

それから不自然に明るい笑顔で両手を振りながら言う。

「ごめんなさい、なんでもないです！」

もしかして、自分も行っていいか尋ねようとしたのかもしれない。

だけど明日姉と陽のことを思いだして自重した、ってところか。

前にうち来てみたいと言ってたし、誘ってあげたいのはやまやまだけど、俺は俺でちょっと切り出しづらい。

そんなことを考えていると、隣の優空が口を開いた。

「もしよかったら、紅葉(くれは)ちゃんも来る？」

紅葉は躊躇(ためら)いがちに問い返す。

「えと、あの、本当に、いいんですか……？」

優空(ゆあ)がなんでもないことのようにこっちを見た。

「いいよね、朔(さく)くん？」

俺はふっと頬(ほお)を緩める。

「俺は問題ないぞ」

じゃあ、と紅葉がうれしそうに目を細めた。

「部活が終わったら速攻で向かいますね！　先輩住所送っておいてください！」

優空がやさしい笑みでこくりとうなずく。

「晩ご飯の用意はそれまで待ってるね」

はい、と黙ってそのやりとりを見守っていた七瀬(ななせ)が手を上げた。

「それ、私も行っていい？」

俺は優空と目を合わせて、

「「もちろん」」

文字どおりの二つ返事をした。

＊

買い出しを終えて朔くんの家に入った私、内田優空は、脱いだ靴を丁寧に揃える。
ただいま、と心のなかでこっそりとつぶやいた。
エコバッグを両手に持ってキッチンへと向かう。
そこにちょこんと置かれている私の椅子を見て、思わず顔をほころばせてしまう。
あの日以来だったけど、ちゃんとある。
朔くんが用意してくれた、私の居場所。
まだ食材の片づけもしていないのに、待ちきれずそっと腰かけてみる。
とびきり座り心地がいいわけでも、まだ座り慣れているわけでもないけれど。

じんわりと、心があたたかくなる。

今日はなにを作ろう。
明日の分は？
明後日の分は？

この部屋でメニューを考える時間が好きだ。

まるで朔くんのカレンダーに予定を書き込んでいるような気分になれるから。

たとえばあなたが夕湖ちゃんとデートしても、悠月ちゃんとカフェへ行っても、陽ちゃんと練習しても、明日風先輩とお話ししても。

ここに帰ってきてご飯を食べるときは、きっと少しぐらい私のことを思いだしてくれる。

特別になりたいと願っても、帰ってこられた普通を手放したいわけじゃない。

みんなが同じようにこの九月を愛おしく愛でているなら、なおさらに。

私にとってのいつかと向き合わなきゃいけなくなる日までは、もう少しだけ。


——こういうのでいい、こういうのがいい。


いつものように片付けや準備を始めない私を見て、朔くんがくすっと笑う。

「麦茶でも飲むか?」

私は急に照れくさくなって、さっと立ち上がった。

ぱたぱたと顔を仰ぎながら答える。

「ごめんね、自分でやるから大丈夫だよ」

「そか、なら本読んでるよ。手伝うことがあったら呼んでくれ」

朔くんはチボリオーディオで音楽を再生して、いつものようにソファへ向かう。

スピーカーからはハナレグミの『家族の風景』が流れ始めた。

やっぱりどこまでも見慣れたこの家の風景だ。

なぜだかほっとしながら、私は食材の片付けを始める。

今日使うもの、冷凍しておくもの、我が家とこの家で分けるもの。

いつものように、てきぱきと整理していく。

ふと、朔くんが口を開いた。

「優空(ゆあ)、ちょっと聞いてもいい？」

「うん」

「紅葉(くれは)のこと、どう思う？」

珍しいな、と私は首を傾げる。

普段は人間関係のあれこれを私に相談したりはしない。

付き合いたい相手も、そうはなれない相手も、自分で決める人だから。

私は少し考えてから口を開く。

「どうって、素直でかわいい後輩の女の子だと思うけど……？」

だよな、と朔くんは言った。

「わるい、変なこと聞いた」

なにか思うところでもあるのかな。

言われてみれば、普段の朔くんだったら迷わずに紅葉ちゃんを招待していたはずだ。

代わりに私が口にしたけれど、ちょっと不自然ではあった。

女の子に優しくすることをまだ躊躇っているんだろうか。

もしそうだとしたら、後輩の紅葉ちゃんにまでそんなに構える必要はないと思うけど。

どちらにせよ、と苦笑する。

そういうところも含めて、朔くんらしい。


——とんとんとん。


浅漬けにするきゅうりを斜め切りにしながら口を開く。

「さっそくでごめん。朔くん、シャツの袖まくってくれないかな?」

いつも忘れちゃう、もしかしたら無意識のうちにわざと忘れようとしている恒例行事。

「あいよ」

面倒なそぶりも見せず、朔くんが背後からくるくるとシャツをまくってくれる。

ふと、あなたの香りが鼻孔を撫でた。

それがくすぐったくて、小さく肩を揺らす。

朔くんが耳の近くでなにげなく言う。

「優空、きゅうりひと口」

私はぴくっと身体を震わせながら、それを悟られないように答える。

「まだ味ついてないよ？」

「軽くマヨネーズと七味をかけて、醤油を一滴」

「はいはい」

ちゅるとんとんぽた、と輪切りにした一枚にマヨネーズと七味をかけて醤油をたらす。

「どうぞ」

右手できゅうりをつまみ、後ろは振り返らないまま左耳のあたりに差し出す。

——ぱくり。

朔くんがそれを咥えると、湿った唇が少しだけ指先に触れた。

——ぽりぽり。

すっかりお馴染みになっている私の動揺なんて知りもせず、呑気にきゅうりをかじる音が遠ざかっていく。

まったくあなたっていう人は。

ひっそり目尻を下げながら、私はまた包丁を握った。

そうしてなんだかんだで二時間ぐらいかけて作り置きを仕上げる。

いつもなら終わり際を察して洗い物を手伝いに来てくれるころだけど……。

ソファのほうを見ると、読みかけの文庫本に指を挟んだまま、朔くんが横向きでくうくうと気持ちよさそうに眠っていた。

窓から差し込むあたたかな夕陽がお布団みたいにかかっている。

私はソファに近づき、静かにしゃがみ込んでその寝顔を見た。

目にかかった前髪を小指でそっとかきわける。


「ん……」


むにゅむにゅと、くすぐったそうに朔くんの唇が動く。

男の子のくせにぱちりと長いまつげが、薄い影を落としていた。

こういう時間だけは、と思う。

いつだって格好をつけて完璧に振る舞おうとするあなたが、不意に見せる隙。

たとえ朔くんがどこで、誰と、どんなふうに過ごしていたとしても。

包丁やお鍋の音を聴きながら、安心してお昼寝しちゃうような時間だけは、せめて私にだけ許された特別であってほしい。

*

十九時を過ぎてしばらくしたところで、悠月(ゆづき)ちゃんと紅葉(くれは)ちゃんが到着した。

部活終わりにふたりで待ち合わせしていたらしい。

悠月ちゃんが片手を顔の前に上げて申し訳なさそうに口を開く。

「ごめん、手ぶらで来ちゃった」

ソファに座っていた朔(さく)くんが答える。

「飯の材料は買って来たし、飲み物もあるから大丈夫だぞ」

紅葉ちゃんは興味津々といった様子で部屋の中を見回していた。

「ここが先輩のお家なんですね！　私ちょっと感動してます」

悠月ちゃんは慣れた様子でエナメルバッグを下ろしてソファに腰かける。

朔くんが紅葉ちゃんに言った。

「適当に座ってくつろいでくれ。喉(のど)渇いてたら冷蔵庫に入ってるもの好きに飲んでいいぞ」

「はい！　ありがとうございます！」

私はそんなふたりを眺めながらくすっと頬(ほお)を緩める。

「じゃあ、私は晩ご飯の支度はじめるね」

一度外していたエプロンを着けようとしたら、

「あの、それなんですけど……」

デイパックを下ろした紅葉ちゃんが遠慮がちに言った。

「優空さん、さっきまでずっとお料理しててお疲れじゃないですか？」

言葉の意図が読めずに私はきょとんと首を傾げる。

「いつものことだし、大丈夫だよ？」

紅葉ちゃんがおへその前でもじもじと指を組み替えながら口を開く。

「あの、合宿では優空さんにたくさんご馳走になったから、そのお返しってわけじゃないんですけど……」

意を決したように顔を上げて、

「今日の晩ご飯は私がみなさんに振る舞ってもいいでしょうか!?」

真っ直ぐな目で私を見た。

どこかそわそわしていた態度にようやく納得がいく。

合宿のときも、今日も、当然のように私が作るつもりでいたし、朔くんも悠月ちゃんもそう思っていたはずだから、きっと言いだしにくかったんだろう。

私はくすっと微笑んで尋ねる。

「紅葉ちゃん、よくお料理するの？」

紅葉ちゃんは照れくさそうに頬をかく。

「優空さんの前で胸張れるほどじゃないですけど、嗜み程度には」

「このあいだもう少し本格的なパスタご馳走するって約束したから、今日はペスカトーレにするつもりで材料買ってきてるんだけど……」

「レシピ見ながらなら作れると思います！」

そっか、と私は目を細めた。

パスタのなかではちょっと手のかかるメニューだけど、じつはけっこうお料理が好きなのかもしれない。

合宿のとき、本当は自分もなにか作りたいのに遠慮させてしまっていたなら申し訳なかったな、と思う。

たまには晩ご飯を待つ側の気持ちになってみるのも悪くない。

それに、もし途中で困っているようなら手伝ってあげればいいだけだ。

ソファのほうに目をやると、朔くんは判断を委ねるみたいに小さく肩をすくめ、悠月ちゃんはなぜだかぼんやりと考え込むように紅葉ちゃんを見ている。

うん、と私はうなずいた。

「エプロン、私のでよければ使う？」

「はい！　お借りします！」

エプロンを手渡すと、紅葉ちゃんは慣れた様子でさっとそれを身に着ける。

自然にヘアゴムを取り出し、髪の毛をまとめた。

「先輩、優空さん、余ってるお野菜は使っちゃっても大丈夫ですか？」

私たちは口々に答える。

「おう」

「大丈夫だよ」

それにしても、とさっそくキャベツを取り出す紅葉ちゃんを見ながら思う。

この家で自分がキッチンに立っていないというのは不思議な感覚だ。

ソファやダイニングテーブルで座っていればいいのか、なにかお手伝いができるように近くで控えていたほうがいいのか、どうにもそわそわと落ち着かない。

よく考えてみれば、お母さんがいなくなってから、自分がキッチンに立たず誰かの手料理を待つ機会なんてなかったかもしれない。

まるでお手並み拝見とでもいうように、朔くんが近寄ってきた。

後輩をからかうようにいつもの軽口を叩く。

「ほう？　俺は千切りキャベツにうるさいぞ」

私は呆れてその背中を軽く叩く。

「もう、紅葉ちゃんにまで言わないの」

なんて、結局こうやって見守ってる自分もたいがいだ、と自嘲する。

先輩ふたりに後ろから覗かれてたらやりづらいよね。

だけど、当の紅葉ちゃんはまったく気負っていない様子で答える。

「はい！　承知してます！」

四分の一ぐらい残っていたキャベツの芯をすとんと切り落とし、真ん中ぐらいでぱかっとふたつに分ける。

あれ、と思った。

最初のころの私がそうだったように、四分の一サイズのキャベツを千切りにするとき、そのままやろうとすると高さがありすぎてちょっと難しい。

ふたつに分けるというのは、明らかに手慣れている人の仕草だった。

そのまま紅葉ちゃんはすっと包丁を構え、

——とんとんとんとんとん。

どこまでも小気味のいい音を響かせる。

まるでふわふわの綿菓子みたいに細い千切りキャベツが広がっていく。


「「え……？」」


思わず私と朔くんの声が漏れた。

紅葉ちゃんがいたずらっぽい口調で言う。

「先輩たち、さては意外だと思ってますね⁉」

私たちの反応を待たずに言葉を続けた。

「うち、両親が共働きで帰り遅くて、昔から晩ご飯を担当することが多かったんです」

キャベツの千切りを終えたところで、紅葉ちゃんが振り返る。

にこっとかわいらしい笑みを浮かべて口を開いた。

「先輩、何点ですか？」

朔くんは考えるまでもないというように即答する。

「参ったよ、文句なしの百点だ」

――ツッツ。

なぜだかその些細なひと言が、胸に深く突き刺さった。
私が朔くんに合格をもらったのは、何回目だっただろう。
そんな比較をしても意味がないことはわかっている。
悠月ちゃんだって、何倍も時間はかかっていたけど二回目で朔くんを納得させていたし、そのときはなにも思わなかった。
たまたま紅葉ちゃんは千切りキャベツの好きな家族がいただけなのかもしれない。
だけど、一発で朔くんを満足させた後輩の女の子と、時間がかかった私。

こんなことで優劣を競っても仕方ないのに、それでも。

——どくんっ。


不意に、言いようのない恐怖がこみ上げてきた。

これまで、同世代で私より料理に慣れている女の子はいなかった。

朔くんは自炊のできる人だし、もちろん悠月ちゃんに心得があることも知っている。

だけど単純に経験の差として、私は小学生のころから毎日のように料理を作っていたから、扱ったことのある食材やメニューが多い。

忙しいときでもさっと作れるものとか、片付けの手間を減らす工夫とか、余ってしまった食材の活かし方とか……。

そういう生活と結びついた料理を覚えている女子高生なんて、きっと自分ぐらいだろうと思っていた。


目の前では紅葉ちゃんがキャベツを水にさらし、鍋でお湯を沸かしはじめている。

だけど、それを身近な誰かと比べてことさらに誇ったことはない。

どちらかというと必要に迫られて覚えざるを得なかっただけだし、私だってお母さんがいたらこんなに料理をすることはなかっただろう。

普通に学校生活を送っている子たちよりできるのは当たり前のことだ。

それに、みんなは褒(ほ)めてくれるけれど、自分が特別に料理の上手(うま)い人間だと思ったことは一度もない。

よく言えば素朴、悪く言えば地味めだし、まあ普通のお家ご飯という感じだ。

だから上手い、ではなく、慣れている。

その一点だけは、自分を誇れるようになっていた。

だってこういう料理だからこそ、気構えることも気取ることもなく、ただ自然とあなたの生活に寄り添って、支えることができるから。

——でもそれが私だけじゃなかったら？

紅葉(くれは)ちゃんはあり合わせの野菜でコンソメスープを作っているみたいだ。パスタはコンロを二口使っちゃうから先に済ませておこうとしているんだろう。

私に尋ねるでもなく、レシピを見るでもなく、冷蔵庫からエビ、イカ、砂抜きしていたあさり、ムール貝を取り出してきて下処理を始める。
背わたをとり、足糸を抜いてたわしで洗い……。
ふと手を止め、紅葉ちゃんがはっとしたように言った。

「先輩ごめんなさい。ちょっとシャツの袖まくってもらってもいいですか？」

え……？

ちょっと、待って。
だめ、やめて、私がやるから。
知らず知らずのうちに、しくしくと心が泣き出しそうになっている。
だってそれは……。

いつも私に頼まれている朔くんは、躊躇うでもなく紅葉ちゃんの後ろに立つ。

「あいよ」

片腕ずつ、ひょいひょいっと手慣れた仕草で袖（そで）をまくった。

「ありがとうございます！」

「どういたしまして」

紅葉（くれは）ちゃんはとくに恥じらうでもなく下処理を続ける。

いま、あの後輩の女の子は、朔（さく）くんの香りを感じただろうか。

背中で彼の温（ぬく）もりに触れただろうか。

くすぐったい吐息に耳を撫（な）でられただろうか。

やがて、いつでもそういう瞬間を思い出せるようになってしまうのだろうか。

もしもあなたのそばに、と繰り返し思う。

私以外にも料理に慣れた女の子がいたのなら？

下処理を終えた紅葉ちゃんが、手を洗ってふと思いついたようにえびの数をかぞえる。

納得したようにうなずいて、鉄フライパンを火にかけた。

空焼きしているあいだに、四尾の殻を剝（む）いて頭を外す。

小さなボウルにオリーブオイル、チューブのにんにく、酒、レモン汁、塩胡椒（こしょう）を入れて混ぜ合わせる。

そこにエビを加えてちゃかちゃかと馴染（なじ）ませた。

鉄フライパンから白い煙が出てきたら、ボウルのオリーブオイルを加えて軽く回す。

四尾のエビを並べると、食欲をそそる匂いがじうと広がった。

そのまましばらく放置してから、ひっくり返して反対の面を焼く。

充分に火が通ったところで、仕上げの乾燥パセリを振りかけて紅葉ちゃんが言う。

「エビがちょっと多めだったので、繫（つな）ぎのなんちゃってガーリックシュリンプです！　本当はもうちょっと漬けておいたほうが美味（おい）しいんですけどね」

そのまま焼けたエビを一尾手に取り、ちょいちょいと手招きする。

「先輩、おひとつどうぞ」

朔くんは言われるがままに近づいていく。
紅葉ちゃんはふうふうと息を吹きかけて冷ましてから、

「あーん」

当たり前のようにエビを差し出した。
朔くんは困ったように眉をひそめる。

「いいよ、自分でとるからそれは紅葉が食べれば」

その答えに、どこかで安心している私がいる。
さっき差し出したきゅうりは遠慮せず食べてくれたのに、紅葉ちゃんに対しては違う。
そんなことにほっとしている自分が、少しだけ嫌いになりそうだった。

紅葉ちゃんはめげずに言う。

「駄目です、あーん」

ったく、と朔くんが頭をかいた。
諦めたのか紅葉ちゃんを受け入れたのか、ぱくりとエビにかぶりつく。
もぐもぐと味を確かめたあと、ぽつりと言った。

「うん、普通に美味いな」

彼女は、と思う。

――いま、彼の唇に触れただろうか。

どくっ、どくっ、どくっ、どくっ。

指一本動かせない身体の真ん中で、心臓だけが大きな音を立てていた。
キッチンに紅葉ちゃんが立っている。
普通に美味しいお家のご飯を、朔くんのために作ってる。

どこまでも見慣れないこの家の風景。

紅葉(くれは)ちゃんが残ったエビを小皿に乗せて私のところへ近寄ってくる。

ひとつをつまみ、朔(さく)くんにそうしたように差し出してきた。


「はい優空(ゆあ)さんも、あーん」


うまく微笑(ほほえ)むことができているのかもわからないまま、私はエビを食べる。

ゆっくり噛(か)みしめながら、そのたびに心が苦しくなっていく。

そんなに手間をかけているわけじゃなくて、目についた材料と調味料でさっと仕上げた、素朴で落ち着く家庭の味。

そっか、もう、私だけじゃないんだね。


「うん、とっても美味(おい)しいね」

あなたにこういうご飯を作ってあげられるのは、私だけじゃ……。

紅葉ちゃんはそのまま悠月(ゆづき)ちゃんのところへ行き、最後に自分でも食べてからさっとフライパンを洗った。

朔くんがなにげなく口を開く。

「手際もいいんだな、俺は優空に教わるまで全然だった」

やめてよ、そんなこと言わないで。

悪気がないとわかっていても、優空の代わりが務まるって聞こえてしまう。

口にしようがしまいがただの事実なんだと私が気づいてしまう。

紅葉ちゃんはパスタ鍋をシンクに置き、勢いよく水を出す。

じゃあ、とまるで過去を洗い流すような音が響き、

「優、空さんが、お忙、しい、ときは、私が、作って、あ、げま、しょ、うか、?」

とうとう、私が一番恐れていたことを口にした。

だくっ、どっどっどっ、ばくんっ――。

「まさか、後輩にそんな情けないこと頼めるか。こう見えて自炊はできるんだよ」

大丈夫、朔くんはちゃんと断ってくれてる。

「なんだ、ざーんねん」

大丈夫、紅葉ちゃんもあっさり引いてくれた。

大丈夫だいじょうぶ。

それでも、私の動悸は止まらない。
だって、いまのは約束なんかじゃない。
一瞬で通り過ぎるただのかけ合いで、忘れても破っても文句を言う筋合いなんかない。
紅葉ちゃんがここでお料理をするのは最初で最後？

あの無邪気な後輩は、朔くんに懐いている女の子は、今日みたいな調子で気兼ねなく遊びに来るようになるんじゃないだろうか。

私がいれば譲ってくれるかもしれないけど、もしもふたりきりだったら？

今日の会話なんてすっかり忘れ、はりきって晩ご飯の材料を買い込んできたら、さすがに朔くんだって断りにくいだろう。

ううん、私はまだ目を逸らそうとしてる。

断りにくいだろう、じゃなくて、断る理由がない。

いつもは私のご飯を食べていて、悠月ちゃんの料理を食べたこともあって、なのに紅葉ちゃんの料理だけ食べないでほしいと願うなんて最低なわがままだ。

だいたい、さっきのやりとりは定期的にご飯を作りに来てもらうことを断っただけで、たまになららなんの問題もないだろう。


そうやって、あなたは、少しずつ――――。

私以外の家庭の味を覚えていくの？

やだな、とパスタ鍋を火にかける紅葉ちゃんを見ながら強く胸を握りしめる。

私以外の包丁の音に、リズムに、慣れていくの？

私のご飯を食べるとき、あの子のご飯を思いだしたりするの？

やがてそれが日常の風景になっていくの？

そのうち安心して眠れる時間になるの？

紅葉(くれは)ちゃんはそんな朔(さく)くんに気づいて、近づいて、しゃがみ込んで、そっと前髪をかきわけながら、あなたの寝顔に微笑(ほほえ)みかけるの？

やだよ、と血が出てしまいそうなほどに唇を噛(か)みしめる。


――だってそれは、私だけに許されていた特別な普通(日常)なのに。


スープの具合を確かめていた紅葉ちゃんが小さく首を傾ける。

お野菜に火が通りきっていなかったんだろう、もう少し煮込むみたいだ。

気づけば他の下準備はすべて終わっていた。

ガスコンロは二口。

いまはスープとパスタ鍋で埋まってる。

紅葉ちゃんがきょろきょろと当たりを見回し、ふと一点に目を止めた。

視線の先には、朔くんが贈ってくれた私の椅子(いす)がある。

スープの完成を待つにはちょうどいい。

ぱたぱたと、紅葉ちゃんが無邪気に歩み寄っていく。

――どく、どくどくどくどくどッどッどッ。

不規則な動悸が大きくなる。

「……だめ」

私はほとんど音にならないつぶやきを漏らした。

紅葉ちゃんが椅子に手をかけ引き寄せる。

ぼんやりとした視界の端で、朔くんが慌ててなにかを言いかけて口を開き、だけどそれを追い抜くように、

「座らないでッッッッッ!!!!!!!!」

私はありったけの声を振り絞っていた。

しん、と哀しみが鳴り。

ほろり、紅葉ちゃんの瞳から大粒の涙がこぼれた。

時が、止まる。

私は自分がやってしまったことをすぐには受け入れられなくて。
朔くんは悔いるようにうつむいていて。
ソファのほうにいる悠月ちゃんも声を発しはしなくて。
ただひとり、紅葉ちゃんだけが、

「す、スープに入れた玉ねぎがいまさら目に染みてしまって」

健気に強がってえへへと笑った。

その、瞬間———。

言いようのない罪悪感に全身をずぶりと呑み込まれた。

紅葉ちゃんがさりげなく涙を拭いながら、それでもなお明るい声で紡ぐ。

「もしかして、優空さんの椅子でしたか？　だとしたら大変失礼しました！」

はっとした朔くんが、文字どおり私たちのあいだに入る。

「ごめん、俺が悪かった！　今日は当然のように優空が作ってくれると思ってたから……」

必死に私を気遣うふたりの言葉が、どうしようもなく私を追い詰めていく。
じわりと、目許があたたかくなった。
視界がぼやけていき、あなたが見えない、私の椅子が見えない。
それでも、と私はぎゅっと目を瞑る。

いまここで涙をこぼしてしまうことだけは、絶対に違う。

朔くんと紅葉ちゃんに背を向けて、ごしごしと目をこする。

自分の鞄を手に取り、玄関のほうへ駆けた。


「優空ッ！」

「優空さんッ！」


呼び止めないで、引き止めないで、私が勝手に傷ついただけだから。

靴を履き、みんなから目を背けるように深く頭を下げ、

「ごめんなさい、今日は帰ります。

紅葉ちゃん、朔くんのご飯をよろしくね」


謝罪に見せかけながらそれすらも厭みに響くような言葉を転がして、やっとただいまと言えるようになったはずの家を飛び出した。

じたばたと転がり落ちるように階段を駆け下りながら、堰を切ったようにあふれる涙をやすりがけみたいにがしがし擦る。

なんで、どうして、だって――――。

がんがんがんがん、自分のものとは思えない乱暴な足音が響く。
まるでお返しみたいに階段を踏みにじる。

汚い私。
醜い私。

だからきっと罰（ばち）が当たったんだろう。
最後から二段目にローファーのつま先を引っかけあっけなくつまずいた。
じゃりっとひざを擦り、ざりっと手のひらを突く。
かっと燃えるような痛みが走った。

じくじくと、私が滲（にじ）んでいく。

いつのまにか自惚（うぬぼ）れていたんだ。

ただ普通に料理ができるだけのくせして、まるで朔くんにご飯を作ってあげられるのは自分だけだなんて、ここは私の居場所だなんて勘違いして。

そんなの、紅葉ちゃんの存在ひとつであっさり揺らいでしまうのに。


「つぐ、ぇほっ」


吸っても吸っても吐き出してしまう空気を探すように、嗚咽を繰り返す。

震えるように両腕で自分の身体をかき抱きながら思う。

けっきょく私はまだ普通という言葉にすがってるんだ。

このままの穏やかな日常が続いていけば、傷つけも傷つけられもしないから。

恋と向き合うことが怖くて、親友の女の子みたいにはなれなくて。

踏み出す勇気も失う覚悟もないくせに、都合よく優しさだけを受けとりながらあそこに居座っていただけだ。


——私が望む普通は、あなたの特別にならないと手に入らないものなのに。

*

そうして迎えた翌日の放課後。

私、七瀬悠月は制服を着て昇降口へ向かっている。

昨日はあのあと、動揺している後輩に代わってパスタを仕上げた。

三人とも無言でそれを食べ、私が紅葉を家まで送る。

真夜中に、うっちーから長い謝罪のLINEが届いた。

千歳と紅葉には、きっともっと長い文章をしたためたんだと思う。

あいつは電話で折り返すぐらいしたのかもしれない。

朝の教室ではなにごともなかったようにとまでは言わないものの、千歳とも、私とも、いつものうっちーで接してくれた。

それからお詫びの印とばかりに手作りのお弁当を差し出されてしまう。

もし自分で持ってきてたら部活のあとにでも食べて、と。

千歳と私、それから紅葉の分。

きっと早起きしてくれたんだと思う。

もしかしたら、眠れなかったのかもしれない。

お昼には、一年生の教室まで届けに行ってたみたいだ。

いつだって穏やかでやさしいうっちーが感情をあらわにしたことは驚いた。

それほどまでに、あの家であの居場所を大切に想っていたんだろう。
気持ちが嫌というほど理解できるからこそ、痛くて、切なくて、やるせなかった。
それでも、と思う。
相方じゃないから面と向かっては言いにくいけど、やっぱり昨日のはうっちーが悪い。
紅葉はちゃんとお伺いを立てていたし、千歳も判断は委ねていた。

ぱた、ぱた、ぱたと、昇降口が近づいてくる。

ここ最近はずっと、私たちのなにかが嚙み合っていない。
みんなで仲よく白昼夢を彷徨っているようなちぐはぐさだ。
もしかしたら、と思う。
九月が誘っているのかもしれない。
夏と秋のあいだで立ち止まっている私たちを。
時間をかけて恋と向き合おうとしている私たちを。
下駄箱にもたれかかっている予想どおりの人影を見て、ふっと微笑む。

そして私たちの九月にはいつだって、

「あ、悠月さんっ！」

美しい後輩の女の子がいた。

無邪気な顔で駆け寄ってくる紅葉に、私は告げる。

「千歳はもう帰ったよ、駅前のカフェにも行かない」

「え……？」

昨晩、紅葉を送っているとき、私はささやかなひとつの嘘をついた。
今日、千歳といっしょに駅前のカフェで応援団の打ち合わせをする、と。
そうすればきっと、この子が現れるような気がしたからだ。
もちろん、実際にそんな約束はしていない。
東堂が顔を見せると言ってた日だし、陽には少しだけ遅れるかもしれないと伝えておいたけど、このあとは部活に行く。

千歳のことは、適当な用事を頼んで早々に学校から追い出した。

紅葉が無邪気な笑みを浮かべる。

「ざんねんです、私もお邪魔しちゃおうと思ってたのに」

こういうところだ、と私は思う。

千歳も、みんなもきっと――――。

「紅葉、話があるんだけどちょっといい？」

「はい！　よろこんで！」

そうして私たちは、きびすを返して校舎の階段を上っていった。

＊

千歳からあらかじめ借りていた鍵で屋上に出る。

あたりの空は夏のように青々と澄み渡っているけれど、西のほうにはどんよりと暗い雲が立ちこめている。

もしかしたら夕立がくるのかもしれない。

季節を変える雨だ。

少しずつ、着実に、私たちは秋へと向かっている。

ただしその前に、と決意するように目を細めた。


――私たちはこの九月にけりをつける必要がある。


柵を摑んで、呑気に景色を堪能している紅葉が口を開いた。

「屋上って出られたんですね」

私は隣に並びながら答える。

「千歳がスペアキーを持ってるんだよ」

そのまま後輩とは反対向きで、背中を柵に預けた。

「悠月さんたちって、よくここに来られるんですか？」

「たまにだよ。千歳とか西野先輩は常連みたいだけど」

「そうなんですね！　私もここでご飯とか食べたいなあ」

「紅葉なら千歳に頼めば普通に鍵貸してくれるよ」

「じゃ、なくて！　先輩たちとみんなで食べたいんです」

互いに目を合わせず、なんてことのない会話を紡いでいく。

どこまでも穏やかな放課後の光景だった。

ここだけを切り取れば、先輩と後輩のちょっとした秘密の時間。

いつかふと思いだす青春の一ページだ。

それでも、と私は刀の鯉口を切るように言った。

「――今度は私の番、ってわけ？」

紅葉がこちらを見て、きょとんと首を傾げる。

「なんの話ですか？」

突然の問いかけだったのに、その表情と声色はどこまでも落ち着いている。

もしかしたらとっくに腹をくくっているのかもしれない。

私は相手の出方を探るように続ける。

「あいにく、私は思い出のカフェに紅葉(くれは)を連れて行ったぐらいじゃ傷つかないから」


河川敷の西野(にしの)先輩、東公園の陽。

最初は不幸なすれ違いだろうと思っていたけれど。

目の前で紅葉があいつの家に行く約束を取り付けたとき、一抹の猜疑心(さいぎしん)が生まれた。

頭のどこかで小さな警戒音が鳴り、同行を申し出たのだ。

結果は案の定。

うっちーまでもが、この後輩の女の子をきっかけに傷ついてしまった。

こうも立て続けだとさすがに怪しみたくもなる。

けれど正直なところ、ぎりぎりまで判断はつかなかった。

千歳(ちとせ)とうっちーのふたりには申し訳ないと思いつつ、私はフォローに入るでもなく、傍観者へと徹して冷静にあの場を観察していたのに。

それでも、この七瀬悠月(ななせゆづき)をもってしても、紅葉の真意を見抜くことはできなかったからだ。

合宿の明け方に千歳とふたりで抜け出していたことを鑑みても、まだ灰色でわからない。

本当に無邪気なだけの後輩なのか、それともなんらかの他意をもっているのか。
だから小さな嘘(うそ)を吹き込んだ。
これで乗ってきたら黒、と心を決めて。
そうして目の前に立っている紅葉を睨(にら)むように見つめる。
答え合わせは終わった。

こいつは意図的に私たちの居場所を踏みにじっている。

一歩、詰め寄るように私は口を開く。

「——あんた、私たちをどうしたいの?」

紅葉はほんの一瞬、わずかな逡巡(しゅんじゅん)を瞳(ひとみ)に浮かべたあと、

「私たち、ですか」

堪(こら)えきれないとでもいうように、ぞっとするほど大人びた声で口の端を上げた。

私が近づいた分だけ離れるように一歩下がってこちらに向き直り、

「そこで千歳を、と言えないところがいまの悠月さんたちと夕湖さんとの距離だと思いますよ」

挑発するように艶っぽく目を細める。

――ッ。

なぜだかそのひと言が、お腹の皮を薄く裂いた。
私なりに真っ向から対峙する覚悟を決めていたはずなのに、あっさりと。
最初の一太刀を浴びてしまう。
こちらの反応を窺うでもなく、紅葉が頭の後ろで手を組む。

「あーあ、やっぱり最初に勘づくのは悠月さんですか」

そうして薄い笑みを浮かべ、私を見る。

「でも、思ってたより浅いんですね」

へえ、と気を取りなおして言葉を返す。

「そっちが本性ってわけ？」

紅葉は驚くように目を見開いたあと、くすくすと可笑しそうに肩を揺らす。

「ちょっと、自分からふっかけてきてひどいこと言わないでください。私だって体育会系なんですよ。売られたけんかは謹んで買わせていただきます」

まあ、それは一理ある。

確かに口火を切ったのはこっちだ。言い返されたからって揚げ足をとる道理はない。

「もう一度聞きますね」

紅葉(くれは)が真(ま)っ直(す)ぐこっちを見る。

「これはいったい、なんのお話でしょうか?」

だから私たちを、と言いかけてはたと口をつぐむ。

……これはなんの話なんだろう。

返答がないことを察して、紅葉が続ける。

「さっきの質問がすべてならお答えします。
べつに悠月(ゆづき)さんたちをどうこうしたいなんて思っていませんよ」

私が知りたかったのは他意があるのかどうかで、その答えはすでに出た。
少なくとも、ただただ無邪気な後輩じゃなかったことはわかる。
じゃあその先に、私はどんな言葉を紡ごうとしていたんだろう。
どこかつまらなそうに紅葉が言う。

「千歳にこれ以上近づくな、っていうことなら、受け入れるかどうかはともかくとして話はわかります。でも、悠月さんにその筋合いがあるんですか？」

……いや、ない。


私は千歳の家族でもなければもちろん恋人でもないから。

そんなのは端からわかりきっていることだ。

後輩に指摘されるまでもない。

だけど、と私は眉間に力を込める。

西野先輩が、陽が、うっちーが傷つくのを見ると、あいつも傷ついてしまうんだ。

それをおめおめと見過ごしてはおけないだろ。

きっと紅葉をにらみ返し啖呵を切ると、

「もしもあいつのお人好しにつけ込もうとしているなら、私が黙っていないってこと」

「それを悠月さんが言いますか？」

軽くあしらうように刃を流される。

「悠月さん、面倒な人に付きまとわれて先輩に恋人のふりをお願いしたんですよね。

きっと、頼んだら断らないとわかったうえで。

普通に考えて危ないですよ。

ストーカーってことでいいのかわからないですけど、その恨みとか憎しみが先輩に向かっちゃうことになりません？」


それって、と紅葉が呆れたように息を吐く。

「私なんかより遥かにたちが悪くないですか？」

――ッッッ。


ざくりと、真っ向から袈裟斬りにされた気分になる。

どこまでも言い逃れできないただの図星だった。

誰よりあいつのお人好しにつけ込んでいたのは私だ。

まるで追い打ちをかけるように紅葉が続ける。

「明日風さんも、陽さんも、優空さんも。

みなさんのなかで、先輩のやさしさに甘えていない人がいますかね？」


そうして惑わすようにとろける笑みを浮かべた。

「私だけ仲間はずれにしないでくださいよ」


この子が言っていることは、ただただ正しい。

紅葉がどこまで知ってるかはともかくとして、東京行きに付き添ってもらった西野先輩、チームメイトと上手くいってなかったときに支えてもらってた陽、うっちーだって過去になんらかの形で救われたのは聞かなくてもわかる。

もちろん、自分自身がそうであるように、まわりに見えないところではもっといろんな瞬間があったんだろう。

私たちはみんな、千歳のやさしさにすがってきた。

浅く唇を噛んで、後輩の目を見る。

「どうして、千歳(ちとせ)に近づくの？」

紅葉(くれは)はいっさいの躊躇(ためら)いを見せず、

「そんなの、先輩のことが大好きだからに決まってるじゃないですか」


弾けるようにくしゃっと笑った。

やっぱりか、と思わず眉(まゆ)をひそめる。

うっすらと予想はしていた。

私は自分の答案用紙に乱暴な丸をつけるように言う。

「応援団に入る前からだよね」

「へえ？」

紅葉がようやく意外そうな表情を浮かべた。

「どうしてそう思うんですか？」

私はなんでもないことのように告げる。

「最初から違和感はあった。私たちのことはさん付けで呼ぶのに、千歳だけはかたくなに先輩呼び。そんな相手が、特別じゃないわけないでしょう」

一度言葉を句切り、短く息を吐く。

「身近な例もいることだしね」

紅葉はすぐ察したようにぽんと手を叩く。

「ああ、明日風さん……！」

くすぐったそうに肩を揺らしながら続けた。

「あからさまだっていう自覚はありましたけど、こればっかりは譲れなかったんです」

だって、と紅葉がうっとり頬を撫でた。

「先輩を先輩と呼べるのは、後輩の特権じゃないですか」

とろんと蠱惑的な瞳に、同性ながらも思わず目を奪われる。

どうして気づかなかったんだろう。

目の前にいるのは無邪気な後輩の女の子なんかじゃない。

鳥肌が立つほどに妖艶な空気をまとった、恋するひとりの女だ。

私は自分を奮い立たせるように尋ねる。

「聞いてもいい？」

紅葉はとたんに無邪気な表情で言う。

「はい！　よろこんで！」

「なんで千歳のこと好きになったの？」

それは、純粋な好奇心だったのかもしれない。

もしも私たちの知らないところであのお人好しが千歳朔をやってたのだとしたら、紅葉の心を少しは理解できるような気がしたのだ。

だけど後輩の女の子は不敵に微笑んでちろりと唇を舐めながら、

「──ただのひと目惚れですけど、なにか？」

三度ばっさりと切り捨てるように言った。

その真っ直ぐな眼差しに、思わず気圧されそうになってしまう。

強いな、となぜだか胸が苦しくなった。

かつての私にも、これぐらい誇れる想いがあったはずなのに。

あの熱は、いつのまに穏やかな温もりへと変わってしまったんだろう。

それでも引けない、と私は続ける。

「だったら、どうしてこんなに迂遠なやり口を？」

千歳や私ですら気づけなかったぐらいだ。
一貫して、紅葉はあくまで後輩として振る舞っていた。
だけどそんなことを続けたって、あいつと親しくなることはできても、好きな男に女として意識してもらうことはできない。

「本当はわかってるくせに、悠月さんって意外といじわるなんですね」

紅葉が屋上の柵をなぞるようにゆっくり歩き始める。

「夕湖さん、優空さん、悠月さん、陽さんに明日風さん。いまの先輩に他の女の子が入り込む余地がないことぐらい、見てればわかりますよ」

隣に並んだ私のほうを見てにこっと微笑んだ。

「だからこそ私はまず、無邪気な後輩でいる必要があったんです。それなら先輩はきっと仲間に入れてくれるじゃないですか」

そういうことか、と思わず唇を噛む。


「先輩を怒らないであげてくださいね。

いまはまだ、私のことをただの後輩としてしか見てくれていません。

だから普段は女性に対してできてるはずの線引きができなかったんだと思います」


「あんまり舐めないで、そのぐらいわかってる」


ただでさえややこしいあの男のことだ。

自分で言うのもなんだけど、確かにいま私たち以外が言い寄ったところであっさり門前払いを食らってしまうだろう。

だけど女として見ていない、そして男として見られていない後輩の無邪気な好意なら、無条件で受け入れてしまうのが千歳朔だ。

そういう意味で、いまのあいつに近づこうとするなら、紅葉の選択は考え得るかぎりでもっとも正解に近いかもしれない。

私たちの一枚上をいくなんて、と後輩の横顔を盗み見る。

うっかり舌打ちしそうになるのを堪えながらも、黙ってはいられない。

私は静々とこみ上げてくる冷たい怒りを言葉に込める。

「そうやってまんまと無邪気な顔で私たちの居場所を踏みにじったってわけか」

紅葉はきょとんとした顔でこっちを見て、どこか後輩らしい声を上げた。

「ちょっと！　人を悪人みたいに言わないでくださいよ！」

歩みを止め、真摯な眼差しを向けてくる。

「悠月さん、私がなにか卑怯なことをしたでしょうか？」

「それ、は……」

思わず言葉に詰まった。

「先輩のパートナーに名乗りを上げて、河川敷でペアダンスの練習をして、公園では楽しくキャッチボールをして、お家でご飯を作って……」

紅葉がきっと私の目を見てもう一度言う。

「私はなにかひとつでも卑怯なことをしましたか？」

……いや、していない。

だからこそ私もずっと測りかねていたんだ。

無邪気な後輩のふりして近づいたにせよ、それは悪いことでもなんでもない。

恋心を隠しちゃいけないお約束なんてどこにもないから。

「ねえ悠月さん？」

紅葉が心まで見透かすような声で言った。

「みなさんって、本当にやさしくて仲よしですよね」

くすくすと、まるで嘲笑うように続ける。

「もし悠月さんも先輩と踊りたかったならそう言えばよかったじゃないですか。あの河川敷に座りたければ座ればいい。キャッチボールも、料理だって……」

それでも、と紅葉がすぱんと断じるように目を細める。

「みなさんはそうしないんですよね。やさしくて、仲よしだから」

——どくんっ。

不意に左胸の鼓動が大きくなった。
まるで的確に急所をえぐられたように、喉元が苦しくなる。
それを誤魔化そうとするみたいに私は固い声を出す。

「温(ぬる)い関係だって言いたいの？」

紅葉(くれは)は静かに首を振った。

「まさか、心から素敵な関係だと思います。

きらきらと美しくて、ほんわり温かくて、まぶしいです。

信じてもらえないかもしれないですけど、みなさんに憧(あこが)れてるのは嘘(うそ)じゃないんですよ。

私はずっと外からうらやましく眺めているだけでした。

西野(にしの)先輩も、陽(はる)さんも、優空(ゆあ)さんも、わざと傷つけたかったわけじゃありません。

流した涙は本物です。

ああ、大好きなみなさんの居場所を踏みにじっちゃったんだなって。

痛くて、哀しくなりました」

驚くことに、含むところのない素直な言葉みたいだった。

いまさら誤魔化(ごまか)しても仕方ないってのはあるけれど、なにより心からうらやましそうで、苦しくて哀しそうな紅葉の表情がそれを物語っている。

だけど、と後輩はふたたび刃を向けるように口を開く。

「それって、みなさんが勝手に思い込んでるだけですよね」

案の定、その言葉は、

「――恋人でもないのに、ここは自分の居場所だって」

すぱっと私の胸を切り裂いた。

――どく、どく、どく、どく。

動悸(どうき)の音がうるさい。

静まれ、鎮まれ、しずまれ。

自分を落ち着けるように呼吸を繰り返していると、言葉が続く。

「悠月(ゆづき)さんに関してはそれさえも曖昧(あいまい)です」

ああ、紅葉はなにか致命的なことを言おうとしている。

「夕湖さんは先輩のお隣に相応しいですし、優空さんはあのお家で日々のご飯、陽さんはスポーツを通じた絆があって、明日風さんはどう見ても憧れの人ですよね」

まるで、私が見ないふりしていた弱みをさらけ出すように。

「悠月さんの居場所は、どこにあるんですか？」

——ばぐんッッッ。

「先輩に救われた以外に、どんな繋がりをもってるんですか？」

「っっっ」

とうとう堪えきれずに動揺がこぼれてしまう。

見透かされた。

まだ付き合いの浅い後輩にさえ、こんなにもあっさりと。

『――ただ一方的に救われただけの私は、千歳に返せるものをなにひとつ持っていない』


本当は私だってずっと気づいてた。

似たもの同士って言葉で誤魔化しながら、だからなに、と心が泣いていた。

仮にそれが正しい理解だったとしても。

自分とそっくりな相手をわざわざ選ぶ意味なんてあるんだろうか。

特別な絆がないことは、特別な理由がなくてもそばにいられることの裏返しって、そんなのどこまでも甘ったれた言い訳だ。

私たちのなかで私だけが、一方通行の空っぽな片想い。

後輩相手になにひとつ反論できない先輩になんて、さして興味がないように紅葉が言った。


「まあそれはいいです」

狂おしいほど繰り返してきた葛藤を、あっさりと切り捨てて続ける。

「繰り返しになりますが、みなさんは、仲よしでやさしいから。互いに譲り合って、相手の大切な居場所にはお邪魔しないようにしてるんですよね」


紅葉の言葉が、耳に痛い。

私はあの河川敷に座らないし、陽と千歳のキャッチボールに混じらないし、特別な事情がないかぎりあいつの家でキッチンに立とうとも思わない。

そういう七瀬悠月では在りたくないから。

誰かの居場所を妬んで、ずけずけ乗り込んで、思い出ごと踏み荒らすような真似は私の美学に反する。

だけど紅葉は断罪するように話を止めない。


「みなさんはそうやって進むことも引くこともしないままに」


ちょっと待て。

駄目、その先は、だめ。

あんたはここにたどり着くまでの四月も五月も六月も七月も、あの八月も知らないだろ。

私たちが暗黙のうちに見て見ぬふりしてる安寧の舞台に。

新入りが土足で上がってくるなよ。

紅葉は一歩詰め寄ってきて、まるで宣戦布告のように、あるいはとどめのように、あなたたちの行儀がいいお作法なんて知らないとばかりに、

「――手を、、、繋ぎ輪に、、、なって、、、仲よく、、、停滞、、、してる、、、んです、、、よね」

すとんと、急所に刃を突き立てる。

――ツッツ。

停滞、と私は唇を嚙みしめた。

どくどくとやまない動悸をねじ伏せようと胸に拳を叩きつける。

その短いひと言が、いまの私たちのすべてだった。

『夕湖の告白とその結末は、良くも悪くも私たちを束の間の停滞に押し込むはずだ』

想像どおりの九月。
私たちは誰もが隣人の肩を叩き、お疲れさまと労い合っている。
互いの健闘を称えて、ひとときの充足感に身を委ねている。
そういう時間に水を差すほど、七瀬悠月は野暮じゃない。
だけどそれだけでは、と望紅葉が続ける。
「満ち足りないいから、望みます」
切なげに目尻を下げ、どこまでも無邪気な少女のままで、
「先輩のなかに私じゃない女の子の場所があったら嫌です。
全部ぜんぶ私色に染め上げたいです」
真っ直ぐなわがままを口ずさむ。

「だって、先輩に甘えるのは後輩の義務じゃないですか」


美しい、となぜだか私は目を奪われてしまった。

この後輩の女の子は、焦がれるほどにひたむきだ。

好きな人のためならあっさりすべてをなげうってしまえるほどに、

――ただ一途な、恋をしている。

私はずたぼろの切り傷をなぞるみたいに言葉を紡ぐ。


「紅葉の気持ちはわかった」

「はい！　うれしいです！」

「だけどすべてを知ったら、千歳(ちとせ)はきっと傷ついてしまう」

「かもしれませんね」

「こんな騙(だま)し討ちみたいなやり方じゃ、嫌われてもおかしくないよ」

「かまいません」

幼稚なちゃんばらをあしらいながら、ぴしゃりと断ち切るように紅葉が言った。

「私、傷つける覚悟もないままに恋してませんから」

傷つく、ではなく、傷つける。
その真っ直ぐな眼差しにどうしようもなく気圧されてしまう。
恋する女の子なら誰だって傷つく覚悟のひとつぐらいは決めていると思うけど、愛する男を傷つける覚悟をもっている人がどれだけいるだろう。
……私は、怖いよ。
あいつに傷つけられてもいいけど、あいつを傷つけたくはないんだ。

それに、と紅葉が続けた。

「無関心のままで終わるぐらいなら、大嫌いのほうがずっといいです」

震えるほどに美しい決意を瞳にたたえながら、

「あのやさしい先輩にそこまで意識してもらえるなら幸せじゃないですか」

へへっと無邪気に微笑(ほほえ)んでみせる。

どうしようもなく突きつけられてしまう。
自分の弱さも拙(つたな)さも惨めさも哀れさも。

——どく、ばく、どく、ばく。

「だけど嘘(うそ)はつきたくないので、夕湖(ゆうこ)さんに友達になろうと言われたときも、先輩からみなさんの一員だと言われたときも、私はうなずきませんでしたよ。
仲間には入れてほしいけど、友達にはなれないし輪の中にも入りません。
私の望みが叶うときは、みなさんを傷つけるときですから」

自分の手のひらをじっと見つめながら紅葉がつぶやいた。

「手を繋(つな)いだら、停滞してしまうから」

だからもしも、と顔を上げて、

「もしもこんな時間がずっと続けばいいと願っているのなら」

切っ先を向けるように言い放つ。

「――そんなのは偽物の恋だと思います」

「っっっっっっ」

ごろごろと、西の空が啼(な)いている。

青空が少しずつ黒に塗り替えられていく。

「どう、して……」

ひくひくと、喘(あえ)ぐようにか細い声で私は言う。

「どうして、そこまで……」

強く在れるの、という言葉までは音にならなかった。

紅葉は柵に手をかけ、近づいてくる暗雲を眺めながら口を開く。

「出会う順番が違っていたら、そう考えたことはありませんか?」

はっとして、私はどこか儚げなその横顔を見た。

「たとえば自分も一年生のときから同じクラスだったら、幼なじみだったら……」

どこかひとり言のように淡々と言葉を続ける。

「好きになったときにはもうその人の心に他の女の子がいて、もしも自分のほうが先に出会っていたらって、そんなふうに」

考えたことがないと言ったら嘘になる。

夕湖の、うっちーの、西野先輩の過ごしてきた時間が私にもあれば、もっとあいつに近づけていたかもしれないって。

紅葉が穏やかなまなざしをこちらに向けた。

虚勢を張るでもなく、ただ事実を並べるみたいな声色で言う。


「私、悠月さんに見劣りしないぐらいの美人です。

優空さんみたいに料理ができますし、運動も陽さんに引けをとりません。

その気になれば、明日風さんみたいに相談に乗ってあげることもできますよ」


ぽつ、ぽつ、ぽつぽつぽつぽつ。

降り始めた涙雨が私たちの頰を濡らす。


「なのに出会うのが遅かったっていう理由だけで仲間はずれなんて、そんなの納得できないじゃないですか。

私はずっと私でしかないのに、偶然ごときを相手に引けないじゃないですか。

だから……」

ごろごろと、嘶(いなな)きみたいに雲が唸る。

晴れと雨の境目みたいな空を背負って紅葉が言った。

「春を巻き戻したいんですよ」

かっと稲光が走る。

「ナナさん、本気にもなれない女には負けません」

濡れた髪をかき上げながら、寒気のするほど優艶(ゆうえん)な色を瞳(ひとみ)に浮かべ、

「――先輩の憂鬱なんて、私が撃ち抜いてみせますから」

後輩の女の子は弾けるようにくしゃっと笑った。

ほろりと、私の頰を雨粒がたどる。

……駄目だ。

いまの七瀬悠月じゃ、叶わない、敵わない。

きっといつか、紅葉が千歳を遠くに誘ってしまう。

あっさりと私たちの時間を覆してしまう。

居場所を取り上げられてしまう。

そのしたたかな望みを弾丸にして、

──悠な月を、撃ち抜いてしまう。

四章　私の本気

――嗚呼、狂おしい、狂おしい。

怒りで胸がはち切れてしまいそうだ。

私、七瀬悠月は雨に打たれていた。

紅葉が屋上を出て行ってからも、やまない涙を洗い流そうとするように、ただ茫然と立ち尽くしている。

悔しい、情けない、恥ずかしい。

自分から一騎討ちを仕掛けておいて、完膚なきまでに返り討ちを食らっておめおめ泣いていれば世話がない。

「っつ、ひっぐ、えほっ、げほっ」

全部吐き出してしまえば楽になれるかもしれないと縋るように。

何度嗚咽を繰り返しても動悸が止まらない。

――だくんっ、ばくんっ、どくっ。

後輩相手になにひとつ言い返すことができなかった。

真っ直ぐ好きな人を想う少女の強さに、美しさに、心が打ちのめされてしまった。

先輩ぶって他人の恋路に口を挟もうとした自分が、ひどく矮小な存在に思えてしまった。

紅葉の言うとおりだ。

『――あんた、私たちをどうしたいの?』

私はいったい何様のつもりだったんだろう。

『もしもあいつのお人好しにつけ込もうとしているなら、私が黙っていないってこと』

恋人でもないくせして、なにを偉そうに。
いや、ともすればそれすら薄っぺらい言い訳かもしれない。
もしかして私は知らないうちに怯(おび)えていたのか?
私たちの関係を変えてしまうかもしれない女の子の存在に。
誰も傷つけず傷つかない停滞の終わりに。

だとすれば――――。

この格好悪い女は誰だ。
お前は本当に七瀬悠月(ななせゆづき)かよ。

女の子として誰よりもバランスよく心の距離を近づけられてはいるはずだ?

偽物の恋人だったときよりも恋人らしいと思える瞬間が、少しずつ増えてきた？

なに勝手にあぐらかいて満足してるんだ。

その程度の想いで、紅葉(くれは)の研ぎ澄まされた覚悟に太刀打ちできるわけがないだろ。

きっと私は、私たちは。

心のどこかで自分たちの恋だけが特別だと勘違いしてたんだ。

千歳(ちとせ)の心に居場所を作れるのは私たちしかいないって、そんなふうに。


だけど、本当は──。


たまたまあいつの近くにいて、たまたま救われて、たまたま恋に落ちただけだから。

それが他の誰かだったとしてもおかしくはないし、これからそういう誰かが現れたってなにひとつ不思議じゃない。

『いま、彼の心にいる女の子はこの五人だと思う』

自分の甘っちょろい考えを思いだすだけで羞恥心に首を絞められそうになる。
現状維持で緩やかな停滞を望んでいるくせして、本気であいつを望んで過ごした時間の差ごとひっくり返そうとあがいてる子を牽制するなんて。

ださすぎるだろ。

紅葉はきっと、とめられない気持ちにさっさと恋って名前をつけて走り始めたんだ。

それなのに私ときたら。

夕湖が千歳に告白するのを茫然と眺めながら、神様にもう少しだけ時間をくださいって願ったはずだったのに。

また同じことを繰り返すつもりかよ。

本物の恋の物語じゃなかったのか。

月を撃ち落とすんじゃなかったのか。

——嗚呼、狂おしい、狂おしい。


「くっそおおおおおおおおおおおおおおおおッッッ」

私は七瀬悠月という女に、狂おしいほど腹が立つ。

＊

私、青海陽はチームメイトたちと練習を始めていた。

予定どおりに来た舞もとりあえずは同じメニューをこなしている。

時計を見ると、三十分ぐらいが経過していた。

ったく、なにやってんだナナのやつは。

遅れるかもしれないって話は聞いているし、美咲ちゃんにも説明はしてるみたいだけど、こんなことはいままでに一度もなかった。
他人の時間や労力を奪うことに誰より敏感な女だ。
そんなことを考えながら軽いシュート練を続けていると、

――がらがらッ。

部室棟に通じているほうのドアが開く。
近くのゴールで舞と並んでいた私は、

「ちょっとあんた、なにやっ、て……」

たまには説教のひとつでもしてやろうとして、思わず息を呑んだ。

「え……?」

なぜだか濡れている髪に驚いたってのもあるけど、それ以上に。
うつむきがちにゆらりと立つ相棒からは、背筋が凍るような迫力が漂っていた。

表情は垂れた髪の毛に隠れてほとんど見えないけど、なにか様子がおかしい。

怖ずおずと躊躇いがちに声をかける。

「ナナ、なにがあったの……？」

「東堂」

私の呼びかけを無視してナナが言った。

「私と１ｏｎ１してくんない？」

「あんた遅れてきてなに勝手なこと――」

すっと、舞が私を制するように腕を差し出す。

口の端を上げ、どこか面白がるように答えた。

「私、あんたのすかしたプレーにはあんまり興味ないんだけど」

ぎりッ、と歯を噛(か)みしめる音が聞こえたような気がした。

ゆっくりと、ナナが顔を上げる。

「大丈夫、退屈はさせないよ」

頬(ほお)に張りついた髪を小指で払い、ゆっくりと目を開けて舞(まい)を見た。

その、瞬間。

——ツツツ。

ぞわっと全身に鳥肌が立った。

無意識に肩をぶるっと震わせる。

怖い。

とっさに浮かんだ感想がそれだった。

まるで抜き身の日本刀みたいに薄く微笑(ほほえ)むナナの瞳(ひとみ)は、寒気がするほどに冷たく、火傷(やけど)しそうなほどに熱い。

まるで全身からゆらゆらと青い炎が噴き出しているみたいだ。

こんな相棒を見るのは初めてだった。

まるで気圧(けお)されてしまったように半歩後ずさる。

その瞳に浮かんでいる感情はなに？

喜び、哀しみ、楽しみ、期待、不安、好奇心、恐怖、躊躇(ためら)い、覚悟。


それとも、純粋な怒りか？

舞も尋常じゃない雰囲気を察したらしい。

「へえ、完全にキマってる顔だ？」

ナナはちろりと艶(なま)めかしく唇を舐(な)める。

「救いようのない恋患いみたいなものだよ」

舞が愛おしそうに目を細めた。

「いまの悠月なら抱いてあげてもいいね」

悪いけど、とナナが見惚れてしまいそうに耽美な顔で言う。

「――ちょっと八つ当たりさせてもらうから」

「相手を選ばないと罰が当たるよ」


私は判断を仰ぐように美咲ちゃんを見る。

個人的には痺れるほど興味があった。

ナナと舞の１ｏｎ１。

相棒ならどこまで食い下がれるのか、知りたい。

美咲ちゃんは推し測るようにじっとナナを見たあと、

「いいだろう、やってみろ。

みんな勉強だと思って見ておくように」

どこか期待に満ちた眼差しでふっと笑った。

新しいおもちゃを手に入れた子どもみたいに舞が言う。

「スリーもありの二十点先取制？

オフェンス側がボールを奪われたらディフェンスとチェンジ」

初めて舞と１　ｏｎ　１をしたときは、スリーをもってなかった私に配慮してどこからシュートを打っても一点の十点先取制で、先攻も譲られてしまった。

だけどナナと舞なら、当然スリーは解禁する。

そうなると普通のシュートが二点になるから、単純に倍の二十点という計算だろう。

私とナナでやるときもこのルールが多い。

普通のシュートなら十本、スリーを挟めばもう少し短縮できる。

「足りない」

相棒は不敵に言った。

「二十じゃすぐ終わっちゃうから、三十」

舞が可笑しくてたまらないといった様子で答える。

「べつにいいけど、二十じゃ巻き返す自信がないんだ?」

「逆さまだよ」

ナナが濡れた前髪をかき上げながら、

「二十だと私が七本決めてお仕舞い」

しゅらりと刀を抜き放つように告げた。

「こんなにいい女だったなら、もっと早く誘ってきなよ」

まるで私と戦う(ヤる)ときみたいに、舞の頰(ほお)が緩む。

「あいにく、目が肥えてるの」

ナナが近くに転がっていたボールを拾う。

「先攻はそっち」

「いいじゃん、乗ってあげる」

そうしてふたりが、センターラインのあたりで向き合った。

「ごめんね、東堂(とうどう)」

「謝るのは負けてからでいいよ、悠月」

ふっと互いに微笑み合って、ナナがボールを渡す。

それを受けとった舞がすうと目を細めた。

腰を落とし、ひざに力を溜める。

きりきりと空気が張り詰めていく。

タイミングを見計らうように舞の身体がゆっくり上下し、やがて芦高の黒いチームTシャツに刻まれた白文字がぶうんと揺れる。

——疾風迅雷。

ちかっと空が光り、

——キッ。

舞が黒い稲妻みたいなドライブを繰り出す。

――疾いッ。

「舐めんなよ」

ぱすっ。

「えっ……？」

気づいたときにはもう、

「この程度？」

ボールはナナの手中に収まっていた。

チームメイトたちがわっと歓声を上げる。

舞が信じられないとでもいうように自分の手を見た。

「わぁお」

なんだいまの、と私はつばを呑み込む。
ナナのやつ、ほとんどワンステップしかしてなかった。
奪ったというよりも盗んだに近い。
ただボールが来るところに手を置いていたという感じだ。
腕さえほとんど動かさずに最小限の動きでしゅるりとかすめとる。
最初から軌道が見えていて、そこで待ってたってこと？
言葉にすれば簡単だけど、相手は芦高の東堂舞だぞ。
ナナは平然とボールを渡す。
まるで自分ならこのぐらいのプレーはできて当たり前とでも言うように。
それを受けとった舞がうっとりした声で口を開く。

「いいね、悠月。浮気しちゃいそうだよ」

――っ。

その短いひと言がなぜだか胸に刺さる。
いままで私に夢中だったくせして、あっさり乗り換えてんじゃねえよ。
一瞬、東公園でさらした醜態が蘇ってきた。
紅葉(くれは)とのキャッチボールで無邪気にはしゃいでる、あいつ。

そうやって、みんなして……。

ひとりで落ち込んでる暇もなく、ナナが言う。

「あいにく、撃ち落とさなきゃいけない男がいるの」

相方がコートの上ではっきりそれを宣言するなんて。
この短いあいだにいったいなにがあったの。
だから、とナナが不敵に告げる。

「手始めにあんたたちから」

ひゅう、と舞が口笛を吹く。

「この噛ませ犬は、噛みつくよ？」

言いながらボールをナナに出し、スリーポイントラインの手前ですっと腰を落とす。

「いいの？」

――しゅる。

「私、ウミじゃないんだけど」

――さしゅ。

「「え……」」

ボールが静かにネットをくぐり、私と舞の声が重なる。

始まった瞬間にはもう終わっていた。

短い沈黙が流れ、チームメイトの歓声が爆発する。

冗談だろ、と私は知らずのうちにひくひく苦笑いを浮かべていた。

まだいまの光景を受け入れられていない。

ナナは開始位置、つまりはセンターラインのあたりからほんのわずかな助走をつけ、スリーポイントラインの遙か手前からシュートを放って一発で沈めた。

さすがの舞でも対応できるわけがない、というか想定できるわけがない。

休憩時間とかでたまにやる遊びか、ほとんど博打みたいなもんだ。

いくらゾーンに入ってるからって、あんなとこからゴール落とされたら相手はたまったもんじゃないぞ。

普段はいくら言っても確率の高い場面でしか狙わないくせして、どうしちゃったんだよ。

それとも、と思う。

まさか確信を持って撃ち落としたのか？

ボールを回収したナナが口を開く。

「言ったでしょ、八つ当たりだって」

ますます楽しげに目を細める舞(まい)が言う。

「答えたよね、罰が当たるって」

センターラインでナナからのボールを受けとり、やわらかなドリブルを始める。

――たん、たん、たん。

すうっと、まわりの温度が下がったような錯覚に陥る。
舞も決して手を抜いてたわけじゃないけど、基本的にお遊びの多いやつだ。
舐(な)めてたとまでは言わないまでも、ナナの実力を見誤ってはいたんだろう。
舞が本当に怖いのは相手を認めてから。
ゆらゆらと、全身から黒い炎が噴き出していく。

——たん、たん、だだんっ。

来るッ。

——キキュッ。

舞が研ぎ澄ませた一歩を踏み出した。
ナナはすかさずディフェンスにつく。
ステップしながらボールを内外へと散らすインサイドアウトクロスオーバーで舞が揺さぶりをかけていく。
ナナは重心をぶらさず冷静に嫌な距離を保っている。

——キッ。

舞が左から抜きにかかり、

——ダンッ。

開いた脚の下を通すレッグスルーでボールを右に持ち替える。

ナナがすかさず反応したのを見て、

——たんっ。

今度は身体の背後でボールを突くバックチェンジでふたたび左に持ち替えていっきにドライブを仕掛ける。

惚れ惚れするような動きだ。
右に左にあれだけ重心を振ってもぶれないってどんな体幹してるんだあの女。
さすがのナナも出遅れたけど即座に切り返してその背中を追う。
舞の位置はスリーポイントラインのあたり。
まだぎりぎり間に合う。
舞がレイアップのモーションに入り、ナナがブロックに飛ぶ。
その、瞬間。

——ぽおん。

舞がアンダーハンドでボールを高々と放った。

——さしゅ。


ナナの腕を楽々越えたボールがネットに吸い込まれる。

スクープショット。

私みたいに小さな選手がでかいディフェンスを交わすためのテクニックなのに、舞の身長でそれをやるかよ。

最近はいっしょに練習する機会が多くて慣れちゃってたけど、こうやって端から見てると笑っちゃうほどにとんでもない化け物だ。

北陸ナンバーワンプレイヤーの肩書きは伊達じゃない。

ボールを回収した舞が口の端を上げる。


「さあ、躍ろうか」

ナナは真っ向から受けて立つようにヘアゴムで髪をまとめた。

「あいにく、チークタイムは先約がいるの」


さっきのスリーを警戒しているんだろう。

舞(まい)はボールを渡すとすかさず距離を詰めにいく。

ナナは基本的にインサイドで勝負するタイプじゃない。

ポイントガードとしてまわりを上手(うま)く使いつつ、隙(すき)を見て外からゴールを射貫くプレイスタイル。

だからこそ、中にこだわりがある私と外に強いナナで1 on 1をすると、だいたい勝ち負けが拮抗(きっこう)する。

両方いける舞を相手にどうやって隙を作るのか見物だな、と思った瞬間。


「え……？」

——ナナが真っ向からドライブで切り込んだ。

ステップしながらボールを内外へと散らすインサイドアウトクロスオーバー。

左から抜きにかかり、レッグスルーでボールを右に持ち替え、流れるようなバックチェンジでふたたび左へ。

相手を一歩突き放してゴールへ向かう。

ナナがシュートモーションに入る。

舞がブロックに飛ぶ。

――ぽおん。

――さしゅ。

これっ、て……。

当然、同じことに気づいたんだろう。
舞がぞくぞくしているような表情で口を開く。

「鏡の魔女かよ」

まるでリプレイを見せられているように寸分違わず同じプレーだった。
相手はナンバーワンプレイヤーだぞ。
ふふ、とナナがうっとり目尻を下げる。

「この場で一番強いのは誰か尋ねてみる？」

――どくっ、どくっ、どくっ。

紅葉とあいつのキャッチボールを見ていたときの動悸が蘇ってくる。
目を逸らしたくても認めるしかない。

ナナが舞を圧倒している。

どうして、と唇を嚙(か)みしめる。

いつか舞をぶっ飛ばすのは私の役目だって思ってたのに。

もちろんナナの実力を見くびっていたわけじゃない。

信頼できる最高の相棒だって気持ちに嘘(うそ)はない。

だけど、それでも、心のどっかで。

——せめてバスケの一番だけは、あんたにも譲りたくないと思っていたんだ。

ねえナナ、これが本当のあんたなの。

七瀬悠月(ななせゆづき)の本気なの。

私はバスケと恋をどうしようもなく結びつけてしまったのに。

やめてよ、待って、ふたりきりの世界に行かないで。

そうやって、みんなして……。

私の領分で、私を置き去りにしないでよぉ。

＊

雨の音、濡(ぬ)れたアスファルトの匂い、空気の流れ、遠くから近づいてくる青空、首筋を伝う汗、呼吸のリズム、落ち着きを取り戻した胸の鼓動、見守るチームメイトの顔、美咲(みさき)ちゃんの微笑(ほほえ)み、相棒の不安げな瞳(ひとみ)、東堂(とうどう)のステップ、視線、重心、リングまでの距離、指先にかかったボールの感触。

そのすべてに、触れようとしなくても触れられる。

青く澄み渡った私だけの世界。

どこからどんな体勢で打っても外す気がしない。

ずっと見て見ぬふりをしていたことがあった。

――七瀬悠月（ななせゆづき）の奥に隠された、鍵のかかっている部屋。

昔から私は他人に付け入られる隙（すき）を見せないように生きてきた。

なすべき努力をなし、残すべき結果を残し、その繰り返し。

それらは着実に実を結んでいったし、だからこそいまの私がある。

バスケも、勉強も、身だしなみもおしゃれも、それから恋も。

どれひとつにだって手を抜いているつもりはない。

だけど、ときどきそんな自分に引っかかりを覚えることがある。

たとえば無意識のうちに女（毒りんご）を隠していたように。

どこかでここから先までは踏み込まないという場所を隠してはいないだろうか。

金沢から帰ってきた日の夜、夕湖（ゆうこ）がお母さんの車に乗って帰るのを見届けたあと、なずなに向けられた言葉が蘇ってくる。

『あんたの本気ってその程度なわけ？』

『恋でもバスケでもいいけど、七瀬悠月のすべてを振り絞ってその程度なのかって聞いてんの』

本当に、この程度なんだろうか。

私は私のすべてを振り絞っているのか。

『——たがを外した七瀬悠月なら、本当は青海よりも東堂舞よりもすごいんじゃないかって、私は勝手にそう思ってるってこと』

ウミよりも、東堂舞よりも、七瀬悠月はすごいんだろうか。

『恋も同じでしょ』

『その気になれば月ぐらい撃ち落とせるんじゃないの』

かんたんに言ってくれる、と思いながらもどこかで否定したくない自分がいた。

──私の奥には、まだ鍵のかかっている部屋がある。

それはきっと、誰かに隙(すき)を見せたくなかったから。

それはきっと、自分の底を見たくなかったから。

すべてを振り絞ってもなお届かなかったとき、叶わなかったとき、七瀬悠月ではいられなくなるんじゃないかって、びびってたんだ。

だからまるで奥の手みたいに封印して、心の拠(よ)りどころにしていたんだと思う。

私はまだ本気を出していない。

そんなありふれたチープな言い訳を握りしめて。

いつか陽（はる）に伝えたことがある。

『本気になるのが恐い、ってことなんじゃないかな』

『当たり前のことだけどさ、本気になるとどこかで限界にぶち当たるじゃない？　練習がきつくて吐くかもしれないし、死ぬ気でプレーしたのに軽く捻（ひね）られるかもしれない。これ以上は無理ってほど努力しても届かなかった夢を、鼻唄（はなうた）まじりでかっさらっていくやつがいるかもしれない。そういう自分を見たくないんじゃないかってこと』

『最初から「こんなものだよね」って線を引いておけば、自分の本気が否定されるほどには傷つかないんだよ、きっと』

ああ、そうか。

きっとあのとき私のハートは泣いていた。

鍵をかけられた部屋に閉じ込められて、ひざを抱えてひとりぼっちで震えながら必死に助けを求めてたんだ。

——本当の七瀬悠月はここにいるのに、早く迎えに来てよって。

ごめんね私。

恋も、バスケも、いろんなものから一歩引いて冷静に俯瞰しているような気になって、負けることからも傷つくことからも逃げていた。

その程度で抱き寄せられる男じゃないよね。
その程度で撃ち落とせる月じゃないよね。

ふと、あのとき陽が口にした言葉が脳裏をよぎる。

『だけど、本気にならなかったら自分の限界もわからないよね。超えられるかもしれないっていう、限界のその先も』

あんたの言うとおりだ、相棒。

――だから私、向き合ってみるよ。

自分の本気に。

もしかしたら泥臭くてみっともなくて情けないかもしれないけれど。

もしかしたらそれでも届かなくて涙するかもしれないけれど。

鍵を開けて、本当の七瀬悠月に会いに行く。

――すっ。

もうほとんど音すら立てずに私のスリーがネットをくぐる。
これでスコアは二十七対二十四。
さすがに東堂（とうどう）は一筋縄じゃいかないけど、最初のスリー分をまだ縮められずにいる。
身体（からだ）が軽い、視界が広い、まるで生まれ変わったみたいだ。

本当はできるかもしれないと思っていたプレーがあった。
本当は入るかもしれないと思っていたシュートがあった。

ウミを見ながら、自分だったら決められたと思う瞬間があった。
東堂を見ながら、自分だったら止められると思う瞬間があった。

本当は勝てるかもしれないと思っていた相手がいた。

描いていた私に私がぴたりと重なる。

そうだよね、七瀬悠月（ななせゆづき）ならこれぐらいできて当然だ。

もう互いに言葉は交わさず、私は東堂にボールを渡す。
ありがとう、あなたが今日ここにいてくれてよかった。
相手が陽（はる）だったら、きっと私は殻を破れなかったと思う。
インサイドは陽の領分だからってまた線を引いて、バスケは相棒の主戦場だからって遠慮して、同じことの繰り返し。

だから目の前にいるのがナンバーワンでよかった。

とりあえずあんたを食えたら、私は私の本気を信じられる。

東堂(とうどう)が公式戦でも見たことのない表情を浮かべる。
この場所は譲れない。
自分より上がいるなんて認めない。
ましてやぽっと出のお前なんかに。

わかるよ、本当の意味ではこれまでなにひとつ捧げてこなかった半端者。

ウミならともかく、って思うのも当然だ。

きっと相方もなんであんたが、って思ってる。

だけど、悪いね。

これが七瀬悠月だ。

東堂のぎりぎりと食いしばる歯から、殺気を込めて睨みつけてくる瞳から、お遊びだとしても絶対に負けられないという誇りから。

——キキュッ。

——ぱすん。

次の一歩が、繰り出す一手が見えちゃうんだよ。

盗んだボールを指先でくるりと回してから東堂にパスする。

センターラインに立ち、すうと息を吸った。

——ただ愛してるよ。

たまたま最初に出会ったのがバスケだったから。
たまたま恋に落ちただけだから。

知らないね、だったら私が運命に変えてみせる。

……まあそれに気づかせてくれたのがあの生意気な小娘だってのは、釈然としないけど。

東堂（とうどう）からのパスを受けとり、

――ザンッッッ。

一歩目を踏み出す。

雨に駆ける、夕暮れに駆ける、いまを駆ける、私を駆ける。

――嗚呼（ああ）、狂おしい、狂おしい。

『いつか、あなたが名前をつけるその日までは』

いつかいつかって、それはいつだ。

名前をつけられないのなら、書き込んでやれ。

『——ずっと、こんな偽物（じかん）が続いていけばいいのに』

偽物なんかいらない、本物をよこせ。

『ナナさん、本気にもなれない女には負けません』

私にコートネームで啖呵（たんか）切ったってことは、真剣勝負ってことでいいんだよね。

スリーポイントラインの遙（はる）か後ろから放ったシュートが美しい弧を描く。

あの日名前をつけた感情のように、あの日焦がれた悠な月のように。

入ることを確信して、私は背を向けた。

――嗚呼、狂おしい、狂おしい。

ねえ、陽、東堂、紅葉。

それから朔。

――しゅさつ。

魅せてあげるよ。

私が狂おしいほどに愛してやまない。

――七瀬悠月という、女を。

プロローグ　ヒーロー見参

踏み出せなかった一歩がある。
お返しできなかったやさしさがある。
みすみす見送ってしまった春がある。

だからいまこそ。

On your marks.
スタートラインにぴんと指を立て。

Set.
高々と腰を掲げありったけの力を脚に溜め。

Gun shot.
撃鉄のように鋭くブロックを蹴(け)り込んだなら。

――だからいまこそ、走り出せ。

周回遅れの時間を巻き返す、あり得たかもしれない未来を取り戻す、あの日の私を振り切って情けない過去にさよならを告げろ。

もう二度と立ち止まりたくはないからと、抗うように願うように祈るように。

不安にも迷いにも後悔にも追いつかれない速さですべてを置き去りにしてゴールを目指す。

たったひとつの望みを叶えるため。

月に向かって駆け抜ける。

あの日、冷たい涙を止めてくれたさりげないヒーローみたいに。

停滞を切り裂き、憂鬱を撃ち抜いてみせろ。

――今度は私が私のヒーローだ。

あとがき

お久しぶりです、裕夢です。

まず最初にお知らせがあります。大好評で幕を閉じた「チラムネ×福井コラボ」の「2ndシーズン」開催が決定しました！　期間は2022年8月19日（金）～10月30日（日）。前回を超える大充実の内容になっていますので、詳細や最新情報は福井市観光公式サイト「福いろ」をチェックしてみてください。

また、これはお願いになりますが、もし7巻で「なんの話？」となった箇所が多かった方はぜひ6・5巻をお読みいただければ幸いです。短編集は基本的に買わない人もいらっしゃると思いますが、実質的な本編として書いた一冊ですので、シリーズ後半にものすごく深く関わってきます。たとえば夕湖の成長、悠月の白雪姫、明日姉のURALA（出版社）見学、朔の家に置かれていた優空の椅子、陽とOGの試合といった重要なエピソードはすべて6・5巻に収録されています。後半を楽しむうえで必読の一冊ですので、ぜひお手に取ってみてください。

さて、もともと僕はあとがきを書くのがあまり得意ではないので、いつもなら前述したコラボの内容をもっと細かく説明して尺を稼いだり（おい）、ちょっとエモいエピソードやしょうもない小咄でお茶を濁して終わるところです。

だから正直、この先に記す内容をあとがきに掲載するかどうかは最後の最後まで悩みました。書き始めたいまでもまだ悩んでますし、書き終わったら担当編集の岩浅さんにも相談します。

というのも、僕はSNSでもあとがきでも、基本的に自作の解説や制作裏話、それから作品に関わる自分語りをしない主義です。語りたいことは物語のなかで語るし、読者の方にはそこから得られるものだけを持ち帰ってほしい。作品と作者を結びつける必要はないと思っています（これは良い悪いの話ではないので、異なるスタンスをとられている他の作家さんを否定するつもりは一切ありません。あくまで僕の個人的な信条ということでご理解ください）。

加えて、公の場で冗談の範疇を超えるネガティブな発言をすることもまずありません。僕の個人的な負の感情は作品のノイズになってしまうと考えているからです。

だけど今回だけはその信条を曲げて、少し制作裏話と自分語りをしてみようと思います。負の感情を漏らすことになりますが（最後には救いのある話です）、誓って「吐き出さないと耐えられない」とか「苦しみを理解してほしい」というわけではありません。

僕は常に自身の感情よりもチラムネを優先していますし、作品に悪い影響があると判断したら間違いなくこうして表には出しませんでした。

だけど今回の7巻だけは、「この先まで語って完成するんじゃないか」という不思議な感覚がずっと付きまとっていました。

こういう経験は僕にとっても初めてなので、もしかしたらやっぱり蛇足かもしれないし、作品のノイズになってしまうのかもしれません。

繰り返しになりますが、ここから先は7巻の制作裏話と作品に関する自分語り、そこにはもしかしたら読者のみなさんが聞きたくない個人的な負の感情も含まれているかもしれません。

当然のことながら読むかどうかの判断はみなさんにお任せします。

そういうのを知りたくない方は（普段の僕は絶対に知りたくない派です）、次の＊から先は飛ばし、最後の謝辞だけを受けとって本を閉じていただければ幸いです。

ちなみにネタバレありのため、必ず本編のあとにお読みください。

それでは少しだけ、語っていこう思います（ここから先は丁寧語抜きでいきます）。

＊

この7巻で、僕はいまだかつて経験したことのないスランプに陥った。

デビューしてから苦しい瞬間というのは山ほどあったけれど、それは「もっと気の利いた比喩があるんじゃないか」とか「もっと熱く描けるんじゃないか」とか「もっと感動させられるはずだ」とか、創作するうえでは当然のように降りかかってくる産みの苦しみばかり。

筆が進まない、いい言葉が降りてこないなんて日常茶飯事でとっくに慣れっこだ。

だけど今回の不調は、これまでとは質も深さも異なっていた。

——小説が書けない。


大げさに聞こえるかもしれないが、言葉にするならそう表現するのがいちばん近いと思う。

本当に自分は作家として七冊も世に出してきたのかと疑いたくなるほどに、書き始めようとしてもなにひとつ言葉が降りてこない、チラムネの世界に触れられない。

もちろん、そうは言ってもちゃちな手癖でなんとなく空白を埋めていくことはできる。

だけど少しずつページをかさ増ししていっても、

——こんなのはチラムネじゃない。


ずっと頭のなかで声が響いていた。

いろんな場で話してきたことだけど、この作品の一番のファンは自分だと信じている。僕は一巻のときから僕が読みたいものを読むためにチラムネを書いてきた。もちろん結果として読者のみなさんの心に届けばそんなにうれしいことはない。

だからこそ、世界で一番チラムネに対して期待し、同時に厳しい目で見ている自分だからこそ、惰性で書き連ねている無味無臭な言葉が許せなかった。

熱くも、美しくも、切なくも苦しくもない。

チラムネの世界を踏みにじってしまっているような感覚に胸がはち切れそうだった。

理由ははっきりしている。

6巻を、あの八月を抜けて九月にたどり着いた彼ら彼女たちは、みんなひとときの休息を求めていた。戻ってこられた日常に身を委ねたいと願っていた。

誰も自ずから動こうとはしてくれなくて、かといって登場人物たちが動きたがっていないのを作者が無理に動かすことはできない。

これもいろんな場所で語ったけれど、僕は彼ら彼女たちが紡いでいく物語を見守りながら文章という形に落とし込んでいるだけで、そこに介入することはできないからだ。

この停滞は訪れるべくして訪れた必要な停滞。

ただそれを受け入れて、穏やかな時間を描けばいい。

頭ではそうわかっていた。

だけど同時に物語から離れた現実では、生々しい現実的な問題と向き合わなければいけない。

具体的にはまず「このラノ」が頭にちらついていた。

お世話になっている方たちや熱いファンのみんなから、否応なしに「三連覇」を期待されていることはわかってる。

それも「できるかな?」よりも「できるっしょ」寄りの、チラムネなら当然そこまで成し遂げてくれるだろうという無邪気な期待が多かった。

本当は気にしていないふりで自分を誤魔化（ごまか）したいのに嫌でも意識せざるを得なくて、だけど同時にそんなに甘いものじゃないってことは人一倍痛感している。

短編集の6・5巻一冊で勝負できないことはわかっていたので、真っ向から挑むなら投票対象となる八月になんとしてでもシリーズ後半スタートの7巻を出さなければいけない。

それもありったけを振り絞った渾身（こんしん）の一冊を、だ。

少なくとも、7巻をたださやかで穏やかなだけの日常回にしてしまったら、とうてい勝負の舞台には上がれないだろう。

だけどチーム千歳（ちとせ）のみんなはそれを望んでいてやっぱり動こうとはしてくれない。

僕は物語や登場人物と深く繋（つな）がりながら書くことしかできないタイプなので、彼ら彼女たちの感情に毎巻必ず振り回される。たとえば4巻であれば燃え上がるような熱量だったし、6巻は深い哀しみや絶望、そこからの救いだった。

いつだって登場人物たちの感情が書いているときの僕の感情そのものになる。

そして7巻で訪れたのは停滞だ。

彼ら彼女たちの停滞は、そのまま僕の停滞だった。

ただひとつ違っていたのは、登場人物たちにとっての穏やかで満ち足りた停滞が、現実の作家である僕にとってはどうしようもないほどに苦しくてやるせない停滞だったことだ。

僕の肩へと重くのしかかっていたものがあとふたつある。

ひとつは当然シリーズ後半へ向けた読者の期待。

もうひとつは6巻までを書き上げてきた自分自身との勝負だ。

これもたびたび言ってることだが、僕はその都度出し惜しみせずに全力を尽くしてきた。

だからこそ後半へ向かえば向かうほどに、残された手札は限られてくる。

焼き直しを是とすれば話は早かった。

新しいヒロインを出して、その子がピンチに陥り、千歳朔がまたかっこよく解決すればいい。

だけど実際には物語のなかで登場人物たちがみな成長していて、関係性も進んでいるから、これまでと同じことはもうできない。

それに、一度上手くいった手法の繰り返しに逃げるのは過去の自分への敗北だ。

僕はいつまでも変わり続けていたいし、叶うなら新しい一冊を出すたびに新鮮な驚きや、出逢いや、喜びや愛おしさや哀しみや苦しみを読者のみんなに差し出したい。

……本当に前半を超える後半を描けるんだろうか。

心のどこかでずっと不安に思っていたところで、案の定、7巻の停滞と直面した。

出口の見えない迷路を手探りで匍匐前進するように、長い戦いが始まる。

基本的にプロットを作らない僕にとって先の展開が読めないのは毎度おなじみのことだけど、最後にきっと面白くなるという予感だけはずっと手のひらに握りしめていた。

だけど今回だけは、本当になにひとつ見えなかった。

何度ぐーぱーしてみても手のなかは空っぽで、とりあえずは登場人物たちに寄り添って穏やかな日常を描いてみても、本当にこのまま最後まで仲よく学校祭の準備をして終わってしまうんじゃないかって、じりじりじりと足下から這い上がってくる不安に押し潰されそうだった。

シリーズものを書くうえで心に決めていることがある。

読者によって好きな巻が分かれるのは自然なことだし大歓迎だ。

だけど繋ぎ巻だとか捨て巻だとか呼ばれるような巻だけは誓って作りたくなかった。

たとえシリーズのなかでどんな役割をもった一冊だったとしても、なにかひとつぐらいは読んだ人の心に残るような物語を綴りたい。

でもこのままじゃ7巻がただの繋ぎ巻になってしまう。後半を楽しみにしている読者の期待に応えられない、過去の自分を超えられない。

誇張でも比喩でもなんでもなく、停滞しているハートをノックするみたいに、何度も拳を心臓のあたりに叩きつけながら書いた。

僕は毎日10kmのランニングを習慣にしているのだけど、「まだ立ち止まりたくない」、「走り続けていたい」、「ここで終わりにしたくない」と祈るように走ってまた書いた。

たとえあとから全部ボツにすることになったとしても、書き続けていればなにかが見えるかもしれないと願って書いた。

朝早く起きて深夜に眠るまで、一日一回の食事とランニングの時間以外は全部捧げて書いた。

正直このラノさえ諦(あきら)めてしまえば、少しだけ楽になることはわかっていた。

ここで挑戦をやめてしまえば僕は勝ち逃げができる。

デビュー作としては史上初の二連覇、充分すぎる勲章だ。

世間にはありがたい評価をいただいたし、ファンでいてくれるみんなからのプレゼント(応援)も受けとった。

もう満ち足りているからと足を止めたところで、まわりの誰にも文句は言われないだろう。

それでもまだ次を目指そうとするなら、望むなら、ここから先はただプライドを賭けた己との戦いでしかない。

ただしその一歩を踏み出してしまったら、今度こそ過去の自分自身に負けるかもしれない恐怖と向き合うことになる。

……もういいだろう、6・5巻一冊なら言い訳もきく。

発売月を延期して、ゆっくりと時間をかけながらこの物語に向き合おう。焦って質の低いものを世に出すほうが読者に対して不誠実だ。

いったい何度そういう誘惑に負けてしまいそうだったかわからない。

だけどそんな僕を支えてくれたのは、

——月に手を伸ばせ。

チラムネが教えてくれたことだった。


行く末なんて誰にもわからないけど、ありったけで挑んでそれでも散るなら仕方ない。

だけど戦う前から言い訳して逃げ出すことだけは絶対に違う。

目を背けたくない、もうこれで充分だからと勝手に自分を、チラムネを諦めたくない。

まだ届いていないいなら、たとえ届かないとしても手を伸ばしたい。

ずっと自分で綴ってきたことだ。

熱くなることは格好いい、がむしゃらに目の前の一瞬をあがけ、たとえつまずいたとしても
それこそが挑戦し続けている証だ、可能性を信じて前を向き夢を追いかけろ。

だったら誰よりもまず自分自身がそういう生き様を見せないと、チラムネという物語にも、
それを信じてついてきてくれた読者にも申し訳が立たないだろ。


それに、たったひとつだけ僕には希望があった。

望紅葉という女の子だ。

ここで後輩を出すことは決めていたので、彼女の存在によって物語が動き出すかもしれない。

だけど名前と容姿のイメージ以外はなにひとつ考えていなかったから、実際に登場するまでどんな性格で、どんな台詞を紡ぎ、どんな想いを抱えているのかもわからなかった。

そうして迎えた応援団の顔合わせシーン。

僕はあっけなく深い絶望に呑み込まれた。

ただ素直でかわいい女の子がひとり増えただけで、停滞は停滞のまま、ぴくりとも時間は流れ始めてくれなかった。

それが最後の引き金になったんだろう。

夕方のランニングから帰ってきたとき、僕はもう一文字も書けなくなっていた。

頭のなかはぐるぐるとした焦燥感にどろりと黒い不安が渦巻いて、なにひとつ言葉が浮かんでこない。キーボードに手をのせたら冗談みたいにかたかたと震え始めた。いつもならとっくにクールダウンしているはずなのに、まるで走っている最中のように呼吸が浅い。

もう書きたくない、書くのが怖い、と初めてそう思った。

僕が自分の手でチラムネをだいなしにしてしまうという確信があった。

――ああ、もうここまでだ。

岩浅さんに連絡して発売を無期限に延ばそう。

デビューしてからこれまで、あまりにも一途に走り続けた。

半年ぐらいゆっくりと休んでからまた歩き出せばいい。

半分本気、半分朦朧として思いながら、それでも僕の手はスマホで検索を始めていた。

「不安　市販　薬　漢方」

毎日書くことは毎日走ることに似ていると思う。

一度でも「今日はいいや」と立ち止まってしまったら、二度と走り出せなくなる気がする。

だから「今回はいいや」と諦めてしまったら、きっと僕は二度と僕の好きなチラムネを書けなくなってしまう。

ドラッグストアへ向かうため、知らずのうちに胸を押さえながら車に乗り込んだ。

念のために断っておくけれど、僕はこれまで自他ともに認めるメンタルが強い人間で、もちろん心の不調を薬で誤魔化そうとするなんて生まれて初めての経験だった。

エンジンをかけ、せめてもの気分転換になればと窓を全開にした。

Bluetoothで車のオーディオと繋いだスマホを全曲ランダム再生にして音量を上げる。

あたりはすっかり夕暮れに差しかかっていた。

車を走らせながら、窓から吹き込んでくる風に吹かれながら、もう少し踏ん張るのかここで足を止めるのか何度も何度も自問自答した。あとなにかひとつ、たとえばドラッグストアでお目当ての薬や漢方が見つからなかっただけで、ぽっきりと心が折れてしまう予感があった。

そうして、道中の陸橋に差しかかる。

西の空が真っ赤に焼けていた。

そのときふと、スピーカーから流れる曲の歌詞が心に触れた。

「夕焼け空きれいだと思う
心をどうか殺さないで」

つうと、気づいたときには涙がこぼれていた。

BUMP OF CHICKENの『真っ赤な空を見ただろうか』。

正直この瞬間までは、素敵な曲だとは思っていたけど僕にとってトクベツな曲ではなかった。

だけどその短い言葉が、くじける寸前だった僕の心をあたたかい夕焼け色で包んでくれた。

これは嘘(うそ)みたいな本当の話。

僕が信条に反するあとがきをしたためようと思ったのは、自分の苦しさを知ってほしかったのではなく、諦(あきら)めずにあがき続けていればこんなふうに救われることもあるんだなという不思議なできごとをみんなに共有したいと思ったからだ。

ぽろぽろと泣いているうちに曲が終わってしまい、僕は慌てて同じ曲をリピートした。

「言葉ばかり必死になって
やっと幾つか覚えたのに」
「いろんな世界を覗く度に
いろんな事が恥ずかしくなった」
「子供のままじゃみっともないからと
爪先で立つ本当のガキだ」
「そんな心馬鹿正直に
話すことを馬鹿にしないで」
「大切な人に唄いたい
聴こえているのかも解らない
だからせめて続けたい
続ける意味さえ解らない」

これまでずっと素通りしてしまっていた言葉のひとつひとつが、じんわりと染み渡った。

BUMPを聴きながら過ごした青春時代、狂ったように小説を読んでたころの気持ち、自分で物語を綴ってみようと思ったきっかけ、デビューしてから文字どおり走り続けてきた日々。


僕がチラムネを書き続ける、理由。

いろんなことが頭に浮かんだけれど、言葉にしてしまうととてもチープなのでやめておく。

――続きを書こう。


ただ自然と僕はそう思った。

それからドラッグストアでお守り代わりの薬と漢方を購入し、帰路についた。

本当にフィクションみたいだけど、立て続けにまた不思議なことが起きた。

まずはドラッグストアの駐車場。BUMPっていいなとしみじみ思って、今度はBUMPの曲に絞ってランダム再生をした。

最初に流れ始めたのはやっぱり『真っ赤な空を見ただろうか』だった。

まるでいまのお前にはこの曲が必要だ、今日はこれを聴いておけとでも言わんばかりに。

だから僕は帰り道、延々と『真っ赤な空を見ただろうか』をリピートしながら唄っていた。

おかげで心はずいぶんと楽になった。

とはいえ、停滞は停滞のまま、なにかが解決したわけじゃない。

本当にまだ書けるんだろうか、走り続けられるんだろうかという不安は消えなかった。

そうして行きと同じ陸橋にまた差しかかったとき、

「――――――――」


初めて、望紅葉が自分の意志でしゃべった。

あえてここでは伏せ字にしておくけれど、それは本編のクライマックス、屋上で最後に口にした台詞だった。

堰を切ったように次から次へと、彼女の伝えたかった言葉があふれてくる。

僕はようやく、後輩の女の子が朔たちの前に、そして僕の前に現れてくれた理由を知った。


ああ、そうか。

紅葉は戦おうとしているんだ、運命に抗おうとしているんだ。

だったら僕は、それを最後まで見届ける義務があるだろ。

そうして腹をくってからは、心まで折れかけた停滞が嘘みたいに筆が進んだ。

振り返ってみれば、こんなのはチラムネじゃないとまで思った文章は、すべて正しくチラムネだった。

僕はずっと、彼ら彼女たちに必要な物語をすくいとれていたらしい。

まずいところを削り、曇っていた言葉を磨いてあげるだけで、意味が生まれた。

走り出そうとしている紅葉をスタートラインに立たせてあげなきゃいけない。

ただそれだけの想いを胸に、最後まで書き上げることができた。

結果として、誰がなんと言おうともチラムネ後半戦の開幕を飾るに相応しい7巻になったと思う。

＊

そんなわけで、長い自分語りにお付き合いいただきありがとうございました。紅葉にとっての紅葉がヒーローだったように、7巻における僕にとってのヒーローはBUMPと紅葉です。

僕は、それからきっと僕たちは、どうしようもなく言葉や物語に救われてきたんだと思い出せる一冊になりました。

7巻の停滞を振り切って走り続けられた僕は、きっとチラムネの最後を見届けるまで走り続けていけると思います。

読者のみなさんも、どうか最後までお付き合いいただければ幸いです。

謝辞に移ります。

イラストレーターのraemzさん。僕は先に原稿を書き上げていたので、思い入れの深い紅葉のキャラクターデザインがイメージどおりになるのか少し不安もありました。だけどそんな臆病風を軽々と吹き飛ばして、最高の紅葉をありがとうございます。raemzさんのイラストによってこの女の子に命が吹き込まれました。

担当編集の岩浅さん。いろんな意味で覚悟の巻となりましたが、同じ熱量で付き合ってくれてありがとうございます。4巻以来の熱い感想で、ようやくすべてが報われたような気がしました。このあとがきを載せるか本当に最後の最後まで迷いましたが、岩浅さんの「これもチラムネの一部だ。この物語がこの世に生まれ落ちないのはつらい」という言葉で決心できました。

そのほか、宣伝、校正など、チラムネに関わってくださったすべての方々、なにより走り続ける僕を追いかけ続けてくれる読者のみなさまに心から感謝を。

この物語が、綴られた言葉が、どうかあなたの憂鬱も撃ち抜いてくれますように。

裕夢

GAGAGA

ガガガ文庫

千歳くんはラムネ瓶のなか7

裕夢

発行	2022年8月23日　初版第1刷発行
発行人	鳥光 裕
編集人	星野博規
編集	岩浅健太郎
発行所	株式会社小学館 〒101-8001 東京都千代田区一ツ橋2-3-1 [編集]03-3230-9343　[販売]03-5281-3556
カバー印刷	株式会社美松堂
印刷・製本	図書印刷株式会社

Printed in Japan　ISBN978-4-09-453085-8
JASRAC 出 2205961-201